Zum Buch:

Starreporter Kyle Hadley wird von allen Frauen in seinem Büro umschwärmt – nur eine zeigt ihm stets die kalte Schulter: Emma Gideon. Und gerade das macht sie so interessant. Nach außen hin ist sie zurückhaltend, aber Kyle fragt sich schon lange, welche sinnlichen Sehnsüchte hinter der unscheinbaren Fassade schlummern. Beim Nackt-Fotoshooting eines berühmten Künstlers hat er endlich die Chance, Emma ganz nahe zu sein. Als sie sich vor ihm auszieht, stockt ihm der Atem, und er erkennt: Für eine heiße Nacht mit dieser Traumfrau würde er alles geben …

„McCarthy wird dafür sorgen, dass sie am Anfang kichern, sich ab Seite 25 Luft zufächeln müssen und die ganze Zeit mit dem Helden und der Heldin mitfiebern."

Romantic Times Book Reviews

Zum Autor:

New York Times-Bestsellerautorin Erin McCarthy verkaufte ihr erstes Buch im Jahr 2002. Mittlerweile hat sie mehr als 35 Romane veröffentlicht und unterhält Leser auf der ganzen Welt mit ihren aufregenden Liebesromanen.

Alle handelnden Personen in dieser Ausgabe sind frei erfunden.
Ähnlichkeiten mit lebenden oder verstorbenen Personen wären rein zufällig.

Der Preis dieses Bandes versteht sich einschließlich
der gesetzlichen Mehrwertsteuer.

Umwelthinweis:
Dieses Buch wurde auf chlor- und säurefreiem Papier gedruckt.

1. KAPITEL

„Und wann ziehen wir uns aus?“

Emma Gideon warf ihrem Kollegen Kyle Hadley einen finsteren Blick zu und musste sich davon abhalten, ihm eine runterzuhauen. Er machte es ihr wirklich nicht leicht, ruhig und gelassen zu bleiben, während er völlig lässig dastand und darauf wartete, dass ihn jemand aufforderte, sein Hemd abzulegen. Nichts an diesem Fotoshooting schien ihn zu beeindrucken. Emma dagegen wollte sich am liebsten in einem tiefen Erdloch verstecken und unter einem Stapel dicker Fleecedecken verschwinden, wenn sie nur daran dachte, sich vor anderen Leuten auszuziehen.

Dies hier war etwas, das ihre Karriere verlangte. Als sie jetzt zusammen mit zweihundert anderen Leuten auf dem Parkplatz hinter dem leer stehenden Lagerhaus auf die Anweisung wartete, sich bis auf die Unterwäsche auszuziehen, war sie sich ihrer Sache jedoch nicht mehr ganz so sicher. War ein Interview mit dem berühmten Fotografen Ian Bainbridge ein solches Unbehagen tatsächlich wert?

„Wenn du zu früh loslegst, schmeißen die Veranstalter dich raus. Also behalt bitte deine Hose an“, antwortete Emma und schaute verstohlen auf Kyles Jeans, als würde ihr der Anblick etwas anderes zeigen, als dass er muskulös war. Und das wusste sie längst. Das bemerkte sie an jedem einzelnen Tag, seit er vor dreiundzwanzig Monaten und einer Woche in der Redaktion zu arbeiten begonnen hatte, also drei Monate und fünfzehn Tage nach ihrem eigenen ersten Arbeitstag … Nicht dass sie darüber Buch geführt hätte. „Hast du Boxershorts an, oder was? Du weißt, du sollst hier in Unterwäsche erscheinen, sonst fliegst du raus.“ Als sie hörte, wie nervös und hektisch ihre Stimme klang, presste sie sofort die Lippen zusammen.

„Du bist anscheinend echt sehr besorgt, dass man mich rausschmeißen könnte.“ Er rückte seine Baseballkappe gerade. „Ich weiß es zu schätzen, dass du mich unbedingt dabeihaben willst.“

Emma verdrehte die Augen. Tatsache war, dass sie lieber mit einem tollwütigen Hund als mit Kyle hier herumgestanden hätte, obwohl sie nicht völlig davon überzeugt war, dass es zwischen beiden einen großen Unterschied gab. Zugegeben, im Gegensatz zu einem tollwütigen Hund lächelte Kyle eindeutig häufiger, doch ansonsten …

Als wollte er beweisen, wie recht sie hatte, grinste er sie an und zog den Bund seiner Jeans so weit nach unten, dass sie seine straffen Bauchmuskeln und den Gummizug seiner eng anliegenden schwarzen Unterhose sehen konnte. „Aber ich trage natürlich Unterwäsche, und es macht mir nichts aus, wenn sie mit Farbe beschmiert wird. Ich kann Anweisungen befolgen.“

Genau daran zweifelte Emma. Seit jenem schicksalhaften Tag, an dem ihr Boss Kyle eingestellt hatte, arbeitete sie mit ihm zusammen und wusste, dass er glaubte, sein Charme gebe ihm das Recht, sich regelmäßig über Vorschriften hinwegzusetzen. Ein Lächeln von ihm reichte, und es war anderen plötzlich unwichtig, ob er seine Arbeit sofort oder erst in drei Stunden ablieferte. Was sie dabei vor allem wurmte, war ihr Eindruck, dass er damit auch noch fast immer durchkam. Hätte sie sich selbst bloß einen Bruchteil seiner Nachlässigkeiten erlaubt, wäre sie schon längst gefeuert worden.

Doch sie war eben kein heißer Typ, bei dem allen Frauen im Büro das Wasser im Mund zusammenlief. Ihre vorgesetzte Redakteurin war geschieden, und Kyle war Single und für jeden Spaß zu haben. Das ließ sich nicht ignorieren, so gern Emma das getan hätte. Hinzu kam, dass ihre eigene Reaktion auf ihn absolut frustrierend war. Sie rühmte sich gern mit ihrer Selbstbeherrschung und ihrer Fähigkeit, sich ganz auf ihre Arbeit zu konzentrieren. Sie war eine Karrierefrau, zielstrebig und vernünftig. Und dennoch reagierte sie wie jede andere Frau, wenn Kyle den Raum betrat: mit weichen Knien und einem warmen Gefühl zwischen den Schenkeln. Es war zum Verrücktwerden. Sie hatte vollstes Verständnis für jeden Teenager, der ein Sklave seiner Hormone war, denn was Kyle bei ihr auslöste, war einfach nur lächerlich.

Und jetzt würde sie sich für ein Gruppenfoto auch noch fast komplett ausziehen und dabei direkt neben ihm stehen müssen. Fantastisch.

„Mir ist egal, ob du bleiben darfst oder nicht“, entgegnete sie. „Aber ich weiß, dass Claire nicht begeistert sein wird, wenn sie dich mit einem Tritt in den Hintern hier rausbefördern.“ In seinen verdammt knackigen Hintern. Vermutlich würde sie nirgendwo sonst mehr hinschauen können, wenn er erst einmal seine Jeans abgelegt hatte. „Mir wäre es lieber, wenn meine grandiose Berichterstattung im Mittelpunkt dieser Story steht und nicht deine Mätzchen.“

Auch wenn sie bloß Artikel für die Rubrik Life & Style des *Daily Journal* schrieb, nahm sie ihren Job ernst. An einem Sonntag zu arbeiten war für sie eine Selbstverständlichkeit – allerdings geschah das normalerweise nicht unter solch außergewöhnlichen Umständen. Dass sie bei dem Shooting mitmachte, lag nur daran, dass sie als Reporterin gar nicht bis hierher vorgelassen worden wäre und daher auch nicht mit dem Fotografen hätte sprechen können. Doch Emma war fest entschlossen, wenigstens ein paar Worte mit Ian Bainbridge zu reden.

Ian galt als der kommende große Star, was Fotos mit Massenaufläufen von Nackten anging, und reiste von Stadt zu Stadt, um Scharen von Freiwilligen so kunstvoll anzuordnen, dass sie eins wurden mit der von ihm ausgewählten Umgebung. Es war seine Art, ein Statement abzugeben, und dafür hatte er sich nach seiner Ankunft im nordöstlichen Ohio dieses abbruchreife Lagerhaus ausgesucht. Emma wäre ein Shooting am Seeufer oder im botanischen Garten viel lieber gewesen, aber solche Orte übten auf einen Künstler wie Bainbridge offenbar nicht die gleiche Anziehung aus wie das hier.

Bislang hatte sie Ian noch nicht zu Gesicht bekommen; nur die Leute von der Security schritten den abgesperrten Bereich ab, um Schaulustige davon abzuhalten, mit ihren Smartphones Bilder zu machen. Ein Zelt war als zusätzliche Barriere aufgebaut worden. Darin wurden die Teilnehmer mit Farbe besprüht und von dort direkt in das heruntergekommene Lagerhaus geführt. Das Ganze war bestens durchorganisiert, was für Emma bedeutete, dass jeden Moment die Aufforderung an sie ergehen würde, Jeans und T-Shirt abzulegen. Ihre Handflächen waren schweißnass. Allein nackt unter der Dusche zu stehen war normal. Nackt zu sein, um mit einem Mann auf ein, nun ja, erfreuliches Ziel hinzuarbeiten, war für den Zweck unverzichtbar. Aber nackt inmitten von zweihundert Fremden? Das war alles andere als normal.

Es war nicht so, als wäre sie prüde. Sie war bloß sittsam, und daran war nichts verkehrt. Sie würde nicht zulassen, dass Kyle ihr ein schlechtes Gewissen einredete.

„Meine Mätzchen?“, gab er zurück. „Tut mir leid, Mom, ich werde jetzt brav sein, versprochen. Wir werden uns ganz köstlich amüsieren.“ Dann grinste er sie dämlich an und ließ seine Arme vor und zurück schwingen.

Sein Sarkasmus kam alles andere als gut bei ihr an. Okay, vielleicht war sie ein klein wenig prüde. Oder vielleicht war sie ein bisschen verstimmt, weil Kyle im Büro jede Frau zwischen vierundzwanzig und fünfzig anbaggerte, mit ihr aber bis heute nicht ein einziges Mal geflirtet hatte. Taugte sie nicht zum Flirten? Klar, sie würde niemals in Erwägung ziehen, sich mit ihm zu verabreden. Nicht in einer Million … ach, nicht mal in einer Billion Jahren. Trotzdem wäre es nett gewesen, wenn er es zumindest mal versucht hätte.

Warum sie sich in diesem Moment darüber Gedanken machte, war ihr ein Rätsel. Sie durfte sich nicht mit Kyle befassen, sondern musste sich darauf konzentrieren, Ian zu finden.

„Außerdem wäre Claire das völlig egal", fügte Kyle hinzu. „Sie wollte sowieso nicht, dass gleich zwei von uns bei der Story mitmachen."

Das war ihr neu. „Und wieso bist du dann hier?"

Kyle ergriff ihren Ellbogen und dirigierte sie in Richtung der Schlange, die sich vor dem Zelt gebildet hatte. „Ich finde, wir sollten hier sein. Ich kenne Bainbridges Arbeit und dachte, es wäre eine coole Sache, dabei mitzumachen. Es gefällt mir, dass er so ein mutiges Statement abgibt." Er zwinkerte ihr zu. „Außerdem ist das die Gelegenheit, sich mal in aller Öffentlichkeit auszuziehen, ohne dass die Cops einen einkassieren. Wie oft kommt so was schon vor?"

Emma warf mit einer knappen Kopfbewegung ihr blondes Haar über die Schulter. Eigentlich hätte sie zum Friseur gemusst, weil es zu lang war, doch heute Morgen hatte sie es dennoch nicht zum Pferdeschwanz zusammengebunden. Sie hatte geglaubt, sich nicht ganz so nackt zu fühlen, wenn die Haare auf ihren Schultern ausgebreitet lagen. Das war allerdings ein Trugschluss gewesen, denn ihre Brüste würden ja vollständig unbedeckt sein. Es war offenbar ein verzweifelter Versuch gewesen, ihre Angst zu lindern, auch wenn sie nicht genau sagen konnte, wovor sie sich so fürchtete. Sie wusste nur, dass sie schon Wurzelbehandlungen über sich hatte ergehen lassen, die ihr nicht halb so viel Angst gemacht hatten wie das hier. Vielleicht sollte ich mir eine Betäubungsspritze geben lassen, überlegte Emma und seufzte.

„Du bist ein Freak, weißt du das?“, sagte sie zu Kyle. „Leute sollten sich nicht gemeinsam nackt umherwälzen.“

Er zog eine Augenbraue hoch. „Ach wirklich? Wissen das auch die Leute, die Sex haben?“

So hatte sie das natürlich nicht gemeint. Emma bekam einen roten Kopf, als sie in der Schlange weiter nach vorn rückte. Bloß noch acht Leute, dann war der Eingang zum Zelt erreicht. Dem Zelt, in dem sie ihre Kleidung ausziehen würde. Dem Zelt, in dem sie vermutlich in Panik ausbrechen würde. „Du weißt, wie ich das gemeint habe! Es ist nichts normal daran, zweihundert nackte Menschen in ein Lagerhaus zu stecken.“

„Das ist keine Massenorgie, sondern Kunst. Deshalb macht Bainbridge das ja“, erklärte Kyle. „Wir Amerikaner sind von der Nacktheit fasziniert, und zugleich fühlen wir uns unbehaglich. Das ist der Blickwinkel, aus dem ich schreiben werde. Claire lässt mich eine Kolumne darüber schreiben, dass zum Beispiel in Filmen und in der Werbung eine Übersexualisierung zu beobachten ist, während bei der Kunst immer noch moralische Einschränkungen existieren."

Na, großartig.

Irgendwie war es Kyle gelungen, einen Ansatz zu finden, der viel mehr in die Tiefe ging als das, was Emma sich vorgenommen hatte. Im Gegensatz zu seinem Text würde ihr Artikel jetzt so interessant wie eine Schlaftablette werden. Dabei hatte sie gehofft, an den Fotografen heranzukommen und ihn zu diesen Vorfällen mit dem Stalker zu befragen. Der Unbekannte, der schon mehrmals ausgewählte Motive verwüstet und dadurch Zeit und Geld gekostet hatte, da für das Fotoshooting alles wieder hergerichtet werden musste, schien es wegen Ians Kunstform auf den Mann abgesehen zu haben.

Es war jedoch mehr als fraglich, ob sie auch nur in die Nähe des Fotografen gelangen würde – von Fragen zu diesem heiklen Thema ganz zu schweigen. Sehr wahrscheinlich kam für sie am Ende nichts weiter als ein Bericht über das Shooting an sich heraus, während Kyle einen gründlich recherchierten Artikel verfassen würde, in dem er außerdem Stellung zu einem heiklen Thema nehmen konnte.

Im Augenblick war Emma sich nicht sicher, ob Kyle ihr überhaupt noch unsympathischer werden konnte. „Hört sich nach etwas ziemlich Offensichtlichem an“, gab sie beiläufig zurück. Was sollte sie sonst auch sagen? Dass er schlauer war als sie? Eher würde sie an diesen Worten ersticken, bevor die ihr über die Lippen kommen konnten.

Sie arbeitete wie besessen für das Magazin und hatte fast ihr gesamtes Privatleben geopfert, um Karriere zu machen, während Kyle gerade mal das Nötigste tat. Und wer von ihnen stand öfter als Autor unter einem Artikel?

Das war einfach nicht fair.

Sie war entschlossener als je zuvor, ein paar Minuten lang Ian Bainbridge zu interviewen.

Aber erst mal musste sie sich ausziehen.

„Verzichtserklärung“, herrschte eine ältere Frau sie an, als sie sich dem Eingang zum Zelt näherten.

Emma zog das Standardschreiben mit klammen Fingern aus der Tasche und gab es der Frau, während sie sich auf die Unterlippe biss. Sie überlegte, ob sie Kyle wohl irgendwie entwischen konnte, wenn der Moment kam, in dem man sie mit Farbe bemalen würde. Der Tag wäre womöglich nicht ganz so demütigend und schrecklich, wenn sie ihn für eine Weile ohne ihren selbstbewussten und sexy Kollegen verbringen konnte.

„Sieht alles ordentlich aus“, sagte die Frau schroff und legte ein Plastikband um Emmas Handgelenk. „Sie stellen sich rechts an. Sie werden grün sein.“

„Grün?“ Emma schaute argwöhnisch in die angezeigte Richtung. Dort standen fünf Leute, zwei zogen soeben ihre Hosen aus, zwei andere trugen bereits nur noch Unterwäsche. Jeder konnte ungehindert einen Blick auf die riesigen Brüste der einen Frau werfen. Der Erste in der Schlange, ein älterer Mann, bekam gerade seinen Hängebauch in Smaragdgrün besprüht.

Himmel!

„Grüne Farbe. Sie werden grün sein. Machen Sie schon, Sie halten hier den ganzen Betrieb auf.“ Die Frau starrte sie ungeduldig an.

„Und was ist mit mir?“, fragte Kyle. „Werde ich auch grün? Dann würde ich mir vorkommen wie der unglaubliche Hulk. Sie würden mir meinen Kindheitstraum erfüllen.“

Die Frau, die Emma gegenüber so schroff und hastig gewesen war, lächelte jetzt und begann amüsiert zu kichern. „Eigentlich sollen wir nur jeden zweiten nehmen, aber ich denke, für Sie kann ich eine Ausnahme machen.“

Emma verdrehte die Augen.

Kyle zwinkerte der Hexe zu, die sich als freiwillige Helferin getarnt hatte. „Danke, Puppe, du hast was gut bei mir.“

Puppe? War das sein Ernst?

Gleich darauf löste sich Emmas Verärgerung über Kyles Überredungskünste jedoch in Luft auf, als ein Mann vor ihr meinte: „Hier ist der Beutel für Ihre Kleidung, und das ist die Nummer, mit der Sie ihn später abholen können. Wenn Sie fertig sind, geben Sie Jane den Beutel und stellen sich in die Reihe zum Färben.“

Emma nahm Tasche und Nummer an sich, blieb dann aber wie angewurzelt stehen und musste erst mal schlucken. Sie konnte das nicht machen. Sie konnte sich nicht hier inmitten von so vielen Leuten ausziehen. Okay, niemand starrte sie an, weil es niemanden kümmerte. Alle hier gingen mit ihrer teilweisen Nacktheit so um, als würden sie so was jeden Tag tun. Die Erkenntnis, dass sie verlegen war, machte sie bloß noch verlegener. Sie stand da, schwitzend, mit rasendem Herz, kurzatmig, einer Panik gefährlich nahe.

Plötzlich fasste Kyle sie am Ellbogen. „Hey, du musst das nicht tun, wenn du nicht willst. Deinen Artikel kannst du auch schreiben, ohne dass du mitgemacht hast.“

Antworten konnte sie nicht, da sie gegen eine massive Übelkeitsattacke ankämpfen musste, aber sie nickte ihm dankbar zu. Kyle sah sie erstaunlich mitfühlend an, sein Tonfall hatte nichts Ironisches oder Herausforderndes mehr an sich. Ja, er hatte recht. Sie musste das nicht machen. Nur weil es ihr nicht gefiel, sich die nackten Brüste mit koboldgrüner Farbe besprühen zu lassen, war sie noch lange nicht prüde. Es zeigte vielmehr, dass sie sittsam war, und es bewies, dass sie für sich den richtigen Karriereweg gewählt hatte. Als Stripperin oder Kellnerin bei Hooters hätte sie es nicht weit gebracht, und mit dieser Tatsache konnte sie leben. Sie würde einen schönen Artikel über das Fotoshooting schreiben, und angezogen hatte sie vielleicht sogar eine bessere Chance, mit dem Fotografen ins Gespräch zu kommen. Immerhin konnte sie ihn ja nicht interviewen, wenn sie in einem Meer aus bemalten Nackten stand. Außerdem hatte sie bereits genug gesehen, um einen brauchbaren Text schreiben zu können.

Emma seufzte erleichtert, während Kyle sie aufmunternd anlächelte, an ihr vorbeiging und sein Shirt auszog. Aus nächster Nähe konnte sie nun seine Rückenmuskeln und diese kleine sexy Kuhle in Höhe des Kreuzes bewundern. Dann drehte sie sich schnell weg. Einerseits kam sie sich wie eine Spannerin vor; andererseits machte sie diese Aussicht mit einem Mal unglaublich scharf … Es war Zeit, woanders hinzusehen.

Allerdings fiel ihr Blick dabei auf die Frau, die hinter ihr stand und sich gerade bis auf ein weißes Bikinihöschen entblättert hatte. Ehe sie woanders hinschauen konnte, bemerkte sie bei der Frau die Narben einer beidseitigen Brustamputation. „Oh, tut mir leid", murmelte sie entsetzt. Sie fühlte sich, als wäre sie beim Anstarren erwischt worden, obwohl das Ganze keine drei Sekunden gedauert hatte.

Die Frau schenkte ihr ein freundliches Lächeln. „Kein Problem. Wir stehen hier ja so dicht gedrängt wie die Ölsardinen, aber ich glaube, das wird noch schlimmer kommen. Ich bin nur froh, dass ich heute Morgen mein Deo nicht vergessen habe."

Emma erwiderte das Lächeln schwach. „Stimmt, doch ich denke nicht, dass ich … Ich finde, ich sollte besser …“ Sie wusste nicht, wie sie ihr Unbehagen erklären sollte, was wohl daran lag, dass ihr der Grund dafür nicht so klar war.

„Nicht Ihr Ding, wie?“ Die Frau machte einen provisorischen Knoten in ihr dunkles Haar. „Als ich zwanzig war, hätte ich das vermutlich auch nicht machen wollen. Aber heute kümmert mich das nicht mehr. Mir gefällt die Botschaft, die der Fotograf rüberbringen will: dass wir alle Menschen sind und keine Maschinen oder Unternehmen.“ Sie deutete auf ihren Oberkörper. „Oder Pharmakonzerne oder Versicherungsunternehmen. Wir sind Menschen, und wir stecken in unvollkommenen Hüllen.“

Emma biss sich auf die Unterlippe. „Sie haben völlig recht. Meine Mutter hat bei meiner Erziehung eben einfach großen Wert auf Sittsamkeit gelegt, weil mein Großvater bei uns lebte. Es kommt mir so unnatürlich vor.“ Sie hatte jedoch oft den Eindruck gehabt, dass Sittsamkeit für ihre Mutter auch ein ganz persönliches Anliegen gewesen war. Sie hatte wahrscheinlich immer befürchtet, Emma könnte genauso enden wie sie – schwanger mit achtzehn, alleinerziehende Mutter mit zwanzig. Welche Gründe letztlich eine Rolle gespielt hatten, konnte Emma gar nicht sagen. Auf jeden Fall hatte man bei ihr zu Hause die Kleidung anbehalten, und von nackten Menschen umgeben fühlte sie sich nicht wohl.

Bestimmt war sie nicht die Einzige, die so empfand, doch es war anzunehmen, dass alle anderen, die sich lieber bedeckt hielten, von vornherein einen großen Bogen um diese Veranstaltung machten.

„Kann ich total verstehen", stimmte die Frau ihr zu. „So ging es mir auch. Aber ich glaube, das hier zeigt uns, dass wir in Wahrheit doch von unserer Biologie gesteuert werden, nicht wahr? Ob Hunger oder Sex oder Krankheiten: Wir werden von unserem Körper kontrolliert. Also müssen wir uns nicht auch noch von Konzernen beherrschen lassen. Befreien wir uns von dieser Kontrolle."

Bislang hatte Emma sich nie Gedanken darüber gemacht, ob und wie sie von ihrem Körper beherrscht wurde. Außer, wenn Kyle sich in der Nähe aufhielt. Dann übernahm ihr Körper eindeutig die Kontrolle. Dann hatte ihr Verlangen ihre Nippel im Todesgriff, und ihre Lust versuchte beharrlich, ihre Schenkel auseinanderzudrücken.

„Ja, das ist wahr", sagte sie zu der Frau und kam sich plötzlich vor, als würde sie von neuer Energie und Entschlossenheit angetrieben. „Danke, ich möchte mich auch befreit fühlen." Sie wollte nicht länger die langweilige, arbeitswütige Kollegin sein, für die der Serienflirter Kyle nichts übrighatte. Sie wollte nicht länger nur die Angestellte Emma mit dem Handy und den vernünftigen Schuhen sein, sondern wenigstens hin und wieder die lockere und lässige Emma, die ein Privatleben inklusive Sex hatte.

Also atmete sie einmal tief durch. Und dann zog sie ihr T-Shirt aus.

In dem Moment drehte sich ein lachender Kyle zu ihr um, der sich eben wieder die Baseballkappe aufsetzte. „Hey, Em, sieh dir mal …“

Sie öffnete den BH und befreite ihre Mädels, bevor sie es sich anders überlegen konnte.

Kyles Grinsen erstarrte kurz und verschwand schließlich ganz. Aus seiner Kehle drang ein erstickter Laut.

Emma fasste nach den Knöpfen ihrer Jeans.

Jetzt gab es kein Zurück mehr.

Doch beim Blick in sein Gesicht verlor sie auch jedes Interesse an einem Rückzieher. Für Kyle wollte sie alles ausziehen, was sie am Leib trug.

Die Frage war nur, ob er genauso empfand wie sie.

2. KAPITEL

Kyle vergaß den dummen Witz, den er wegen seiner grünen Haut hatte reißen wollen. Er vergaß, dass er von Kopf bis Fuß mit kalter, juckender Farbe überzogen war. Er vergaß einfach alles.

Und das, weil seine Kollegin, die nur ihre Arbeit und sonst gar nichts zu kennen schien, soeben ihren BH ausgezogen hatte. Zum Vorschein gekommen war ein Paar perfekte Brüste der Körbchengröße C. Die festen rosigen Nippel schienen ihm förmlich zuzuzwinkern. Er hatte absolut nicht damit gerechnet, dass sie das durchziehen würde. Es passte nicht zu der Seite ihrer Persönlichkeit, die er kannte, und er hätte es ihr nicht mal verübeln können, wenn sie einen Rückzieher gemacht hätte. Für die Frauen war das Spektakel entblößender als für die Männer. Er trug schließlich immer noch seine Unterhose – es war also wirklich nichts Wildes. Manchmal brachte er ja sogar in Boxershorts den Müll raus. Doch angesichts der Besessenheit mancher Männer für die weibliche Oberweite konnte er jede Frau verstehen, die sich nicht vor ein paar Hundert Leuten ausziehen wollte.

Allerdings war er sehr froh, dass Emma sich letztlich dazu durchgerungen hatte. Dieser Anblick würde seine Wunschträume weiter beflügeln. Außerdem kannte er jetzt die Antwort auf die eine Frage, die ihm in den letzten Wochen zu schaffen gemacht hatte: War diese vollkommene Form einem Push-up-BH zu verdanken, oder war das pure Natur?

Es war pure Natur, daran bestand kein Zweifel mehr.

Der BH hielt nur, was tatsächlich vorhanden war; er war nicht der Erschaffer des grandiosen Dekolletés, das sie immer unter dünnen Pullovern und Ähnlichem zu verstecken versuchte.

Ihm wurde bewusst, dass er schon viel zu lange dastand und keinen Ton sagte. Also zwang er sich, den Blick von ihren Brüsten zu ihrer Hand weiterwandern zu lassen, von deren Daumen der rote BH baumelte. In die Augen konnte er ihr nicht sehen, denn ihm war klar, dass sie ihm sofort die Lust anmerken würde, die ihm ins Gesicht geschrieben stand.

„Also ziehst du's durch", stieß er hervor und hoffte, dass er fröhlich genug klang. „Cool. Das wird sicher lustig werden." Himmel, er musste sich anhören wie ein Idiot. Allerdings befand er sich am Rand der Verzweiflung, denn ihre Finger waren jetzt damit befasst, ihre Jeans aufzuknöpfen. Er stand nur in Unterwäsche vor ihr, und wenn grüne Farbe auch ein paar Pickel kaschieren konnte, half sie ihm bei einem gigantischen Ständer nicht weiter.

Er sollte wegschauen, sollte sich unbedingt auf etwas anderes konzentrieren. Aber der Reißverschluss ging Stück für Stück auf, und er fühlte sich zu dem Anblick genauso hingezogen wie Bienen zu Honig. In diesem Fall verdammt sexy Honig. Er konnte sich nicht abwenden.

Immerhin war Emma die einzige Frau in der Redaktion, die noch nie einen Hauch von Interesse an ihm hatte erkennen lassen. Oder besser gesagt: die noch nie einen Hauch von Interesse an Männern überhaupt oder auch nur an Sex gezeigt hatte.

Das hier war möglicherweise seine einzige Chance, zu sehen, welche Freuden sie vor aller Welt versteckt hielt. Obwohl er mit seinem Gewissen ringen musste, wollte er gleichzeitig doch wenigstens einen kurzen Blick auf ihre verbotene Frucht werfen. Dann sah er etwas Weißes aufblitzen und überlegte es sich anders. Zeit, woanders hinzuschauen. Er würde seine Reaktion nicht verbergen können, wenn er auch bloß einen Moment darüber nachdenken würde, was sich unter dem halb durchsichtigen Spitzenstoff ihres Slips befand.

Er hob den Kopf, um ihr wieder in die Augen zu sehen, musste auf dem Weg dorthin aber innehalten, als Emma sich aus ihren Jeans schälte und ihre Brüste bei jeder Bewegung wippten. Himmel, er gab sich ja wirklich Mühe, das alles zu ignorieren – doch es war so verlockend wie ein Festmahl, das man einem Verhungernden hingestellt hatte. Ihm lief das Wasser im Mund zusammen. Und was seine Befürchtung hinsichtlich seiner Reaktion betraf, hatte sie sich soeben bewahrheitet: Er hatte eine Erektion von den Ausmaßen des Sears-Towers.

Dann beugte Emma sich vor, um die Jeans über ihre vollen Hüften weiter nach unten zu schieben. Dabei kam sie seiner Erektion bedenklich nahe. Er durfte sich um Himmels willen nicht ausmalen, was in der gleichen Position unter ganz anderen Umständen passieren konnte. Kyle wollte die Hände in die Hosentaschen schieben, um sich selbst davon abzuhalten, nach Emma zu fassen. Erst jetzt fiel ihm wieder ein, dass er momentan gar keine Hosentaschen hatte.

Emma stieß einen leisen Schrei aus, als sie bei dem Versuch, ihren Fuß aus den Jeans zu ziehen, das Gleichgewicht verlor. Sofort streckte Kyle eine Hand aus und gab ihr Halt. Zwar war es eine durchaus reizvolle Vorstellung: sie, halb nackt auf dem Boden liegend. Doch er war nun auch nicht so krank im Kopf, dass es ihm egal gewesen wäre, ob sie sich dabei womöglich verletzte. Was er bislang gesehen hatte, sollte seine Fantasie sowieso erst mal für eine Weile anregen.

„Danke“, hauchte sie und blickte ihn mit ihren bernsteinfarbenen Augen an. Was in diesem Moment in ihr vorgehen mochte, konnte er nicht sagen.

Sie stand da und drückte ihre Jeans zusammen mit den restlichen Klamotten an sich, um ihre Brüste zu bedecken. Die Hose, das T-Shirt, der BH und der Beutel ließen so kaum etwas von ihrer nackten Haut erkennen. Das galt jedenfalls für die wirklich interessanten Körperpartien. Kyle war erleichtert und zugleich enttäuscht.

„Komm, stell dich vor mich, bis du besprüht wirst. Dann kann ich den Leuten die Sicht auf dich versperren“, schlug er vor, weil ihr deutlich anzumerken war, wie unbehaglich ihr ihre eigene Nacktheit war. Ihre Wangen waren gerötet, und sie war etwas näher an ihn herangetreten, so als wollte sie auf Abstand zu den anderen in diesem Zelt gehen.

Wenn sie das hier durchziehen wollte, würde er ihr dabei helfen. Er wollte, dass sie ihm vertraute, und wenn er es sich jetzt durch den Kopf gehen ließ, gefiel ihm der Gedanke gar nicht, dass die anderen Kerle in diesem Zelt genauso wie er auf ihre Brüste starrten.

Sie kniff die Augen ein wenig zusammen. „Wo ist der Haken?"

Er hielt beide Hände hoch. „Es gibt keinen, ganz ehrlich. Ich will einfach nur nett sein. Du kannst mich ja verklagen, wenn dir das nicht gefällt." Er zeigte sich von seiner besten Pfadfinder-Seite, indem er ihr stur in die Augen sah, und sie meinte, er hätte irgendwas vor? Er fühlte sich beleidigt.

„Ich will nur sicher sein, dass ich nicht zur Lachnummer werde."

„Hältst du mich wirklich für so ein Arschloch?" Kyle ging um sie herum und warf einem Typen einen finsteren Blick zu, den er verdächtigte, Emmas Po anzuglotzen. Diesen vollkommenen Po, der – oh Gott – von einem Bikinislip bedeckt wurde. Es lag wie eine zweite Haut auf ihren perfekt geformten Pobacken, sodass für die eigene Fantasie wenig auszumalen blieb. Aber immerhin war es kein G-String. Trotzdem war es kein Wunder, dass dem Kerl fast die Augen aus dem Kopf fielen. Kyle musste selbst schlucken, während er die grünen Arme vor seiner Brust verschränkte. Er wusste, dass seine Schultern und Hüften breit genug waren, um einigen Leuten die Sicht auf Emma zu versperren. An der Highschool hatte er Hockey gespielt, und er trainierte heute noch mit Gewichten. Enge Jeans konnte er mit dieser Figur nicht tragen, und er schreckte nicht davor zurück, notfalls die Muskeln spielen zu lassen.

Der Typ ließ seinen interessierten Blick weiterwandern. Das hätte Kyle dem kranken Mistkerl auch spätestens jetzt geraten. Allerdings wusste er nicht so recht, ob er selbst nicht ebenfalls in Richtung Mistkerl tendierte – was ihm im nächsten Moment von Emma bestätigt wurde.

„Ich halte dich nicht für ein Arschloch, aber ich finde schon, dass du dich quer durchs ganze Büro flirtest und ein ziemlicher Scherzbold bist“, sagte sie. Sehen konnte er sie nicht, da er mit dem Rücken zu ihr stand. Er hörte nur, wie der Plastikbeutel raschelte, als sie ihre Kleidung einpackte.

Wenn er Emma reden hörte, hatte er manchmal den Eindruck, dass sie aus einem anderen Jahrhundert stammte. Oder zumindest ihre Wortwahl. „Scherzbold?“, wiederholte er schnaubend. „Wieso? Nur weil mir meine Arbeit Spaß macht?“

„Die dir vor allem dann besonders viel Spaß macht, wenn du dich in der Buchhaltung an Gina mit dem tiefen Ausschnitt ranmachst. Für gewöhnlich, wenn du mit irgendeinem Termin eine Stunde oder mehr hinterherhängst."

Die Erkenntnis war für Kyle ein Schock. Es war ihm immer so vorgekommen, als würde Emma ihn nicht mögen, und jetzt stand fest: Sie mochte ihn nicht.

Das war okay. Nicht toll, aber okay. Es war ihr gutes Recht, ihn nicht zu mögen, auch wenn er noch so scharf auf sie war. Doch sie hatte nicht das Recht, seine berufliche Integrität anzugreifen. „Ich habe noch nie eine Frist verstreichen lassen. Und falls du es unbedingt wissen willst: Ginas tiefer Ausschnitt kümmert mich gar nicht. Ihr Mann ist ein guter Freund von mir, und Gina und ich sind dadurch ebenfalls befreundet. Mehr ist da nicht."

„Du hast noch nie eine Frist verstreichen lassen? Willst du mich auf den Arm nehmen? Und willst du mir ernsthaft weismachen, dass du nicht mit jeder Frau im Büro flirtest?"

„Noch nie eine Frist versäumt. Nicht ein einziges Mal", beharrte er. Er und Claire hatten vereinbart, dass er von montags bis donnerstags jeweils statt um acht erst um halb neun ins Büro kommen konnte, wenn er dafür freitags eine Stunde früher erschien und eine weitere Stunde an den eigentlichen Feierabend dranhängte. Möglicherweise führte das zu einer Wahrnehmung, er würde zu wenig arbeiten, aber er sah nicht ein, warum er ihr das erklären sollte.

„Ich bin freundlich", fügte er stattdessen hinzu, „und ich mag Menschen. Seit wann ist das ein Verbrechen?" Genau genommen war das der Hauptgrund dafür, dass er seine Arbeit so gut leiden konnte. Er hatte nicht nur mit den Leuten im Büro, sondern mit der ganzen weiten Welt zu tun. Die gesellschaftlichen Anlässe, die Sportveranstaltungen, die Wohltätigkeitsbälle – er berichtete über alles, was sich auf dem Gebiet abspielte, und es machte ihm riesigen Spaß. Zugegeben, ihm war das Sportressort weggenommen worden, weil er sich eine kleine Eigenmächtigkeit mit seinem Presseausweis erlaubt und so einem an Krebs erkrankten langjährigen Kumpel das einmalige Erlebnis verschafft hatte, die Footballspieler der Cleveland Browns persönlich kennenzulernen. Doch er bedauerte seine Degradierung kein bisschen.

Hinzu kam, dass sich ihm durch seine Kolumne über Kunst und Unterhaltung ein Teil der Stadt erschlossen hatte, der ihm bis dahin völlig unbekannt gewesen war. In dem, was er machte, war er zudem verdammt gut, aber nichts davon schien Emma zu kümmern.

Es machte ihn wirklich wütend, dass sie es so hinstellte, als würde er sich ständig bedenklich nahe am Tatbestand der sexuellen Belästigung bewegen. „Außerdem flirte ich nicht mit *jeder* Frau – oder habe ich mit *dir* schon mal geflirtet?“, bemerkte er noch.

Als sie daraufhin entrüstet nach Luft schnappte, kam ihm der Gedanke, dass das womöglich nicht das beste Argument war, das er in diesem Moment hatte vorbringen können. Der vorwurfsvolle Blick der Frau, die in der

Schlange ursprünglich hinter Emma gestanden hatte, sich jetzt aber vor ihm befand, bestätigte seinen Verdacht. Dass sie den Kopf flüchtig schüttelte, war eindeutig eine freundliche Warnung gewesen.

„Was ich natürlich nur nicht mache, weil ich vor dir zu großen Respekt habe“, ergänzte er hastig. Normalerweise war das ein Spruch, mit dem sich ein Mann vor einer Menge Ärger bewahren konnte. Zumindest war das die Erfahrung, die er bei anderen Frauen gemacht hatte.

„Du bist ein Weichei“, konterte Emma kurz und knapp. „Von wegen Respekt.“

Emma war eindeutig nicht wie andere Frauen. Die anderen hätten eine solche Erklärung charmant gefunden, Emma hielt sie für Gewäsch. Das war ein Problem, das er nicht so recht zu lösen wusste. Warum er das überhaupt wollte, war ihm selbst ein Rätsel, aber auf jeden Fall konnte er das nicht auf sich beruhen lassen. Es machte ihm ebenso zu schaffen wie die Tatsache, dass er seit Monaten keinen Weg fand, ihr Interesse an ihm zu wecken. Und jetzt kam es ihm sogar so vor, als hätte er zwei Aufträge gleichzeitig zu erledigen: nämlich zum einen, Emma dazu zu bringen, dass sie seine guten Eigenschaften zur Kenntnis nahm, und zum anderen, herauszufinden, warum Arbeit und Vergnügen sich ihrer Meinung nach gegenseitig ausschlossen.

„Vielleicht flirte ich ja bloß nicht mit dir, weil du so gemein zu mir bist“, sagte er ausweichend, da er das Gefühl hatte, bei Emma mit Gegenargumenten nicht ans Ziel zu gelangen. Jedes weitere Widerwort würde ihr nur einen Vorwand liefern, um wütend davonzumarschieren. Wenn er ruhig war, würde sie sich eventuell wieder beruhigen.

Sie schnaubte verächtlich. „Ich bin überhaupt nicht gemein zu dir.“ Im nächsten Moment klatschte etwas gegen seinen Rücken. „Hier, halt meinen Beutel“, forderte sie ihn auf.

Kyle verstand das als Einladung, sich zu ihr umzudrehen.

Also drehte er sich um …

… und war froh darüber, dass er es getan hatte.

Emma zitterte förmlich vor Entrüstung über ihr Gespräch, sie hatte eine Gänsehaut und starrte ihn herausfordernd an. Und sie hielt nicht länger den Beutel in der Hand, mit dem sie ihre Brüste hätte bedecken können. Die wippten bei jeder Bewegung sanft hin und her, seit sie vom BH befreit worden waren. Oh ja, er sah hin. Und es tat ihm kein bisschen leid. Er nahm ihr den Beutel ab und beobachtete sie interessiert, während sie dastand und die Arme seitlich ausstreckte, damit sie mit grüner Farbe besprüht werden konnte.

„Du siehst lächerlich aus“, meinte sie zu ihm und stieß gleich darauf einen spitzen Schrei aus, als die erste Lage der kalten Farbe auf ihre Haut traf.

„Besonders elegant wirkst du auch nicht gerade“, gab er zurück. Allerdings sah sie nicht lächerlich, sondern zum Anbeißen aus. Sogar wenn sie sauer war, strahlte sie dieses gewisse Etwas aus. Sie war einfach heiß. Wenn sich diese Leidenschaft auch aufs Schlafzimmer erstreckte und wenn sie sich dort ein wenig von ihrer geschäftsmäßigen Coolness löste, würde sie durchaus in der Lage sein, einen Mann mit Haut und Haar zu verschlingen. Sie würde das Sagen haben und Forderungen stellen, sie würde ihn aufs Bett drücken, während sie seinen Schwanz in den Mund nahm …

„Wieso hast du diese Kappe auf?", wollte sie wissen.

„Hm?" Kyle wünschte sich mehr als alles andere, seine Unterhose zurechtziehen zu können. In den unteren Regionen wurde es immer unbequemer und schmerzhafter. Dieses ständige Auf und Ab tat keinem Mann gut. „Weil darunter mein Schlüsselbund versteckt ist. Ich bin nämlich nicht sicher, ob ich diesem Zahlensystem bei den Beuteln wirklich vertrauen kann." Brieftasche und Handy hatte er von vornherein im Wagen gelassen, aber er wollte nicht, dass sein Schlüsselbund mit anderen verwechselt wurde.

„Das können Sie beim Shooting nicht anbehalten." Die Frau, die Emma besprühte – eine stark tätowierte Mittzwanzigerin –, warf ihm einen missbilligenden Blick zu. „Ian gestattet keine Requisiten."

„Ich weiß. Ich werde die Kappe rechtzeitig abnehmen."

„Du trägst deinen Schlüsselbund auf dem Kopf mit dir herum?", fragte Emma und trat einen Schritt nach vorn, als die junge Frau sie für fertig besprüht erklärte. „Du siehst echt albern aus."

Sie bewegte sich wie Frankensteins Monster: die Arme vor sich ausgestreckt, die Knie steif, das Gesicht von der noch nassen Farbe glänzend und sehr, sehr grün. Ein wenig Farbe war an ihre Haare gekommen, was sie aussehen ließ, als hätte sie in einem wilden Paintball-Gefecht den Kürzeren gezogen. Ihre Nippel konnten in dieser Farbgebung für kleine Rosenkohlröschen durchgehen. Gleich nach dem Einsprühen hatte sie sich an der Nase gekratzt, und so blitzte dort ein Stückchen blanker Haut zwischen dem Grün auf. Definitiv war er hier ganz bestimmt nicht der Einzige, der albern aussah.

„Wenn du mich weiter als albern bezeichnest, werde ich so viele Witze über dich reißen, dass es dir leidtun wird. Nur mal so als Warnung“, entgegnete er.

Sie streckte ihm die Zunge raus, die von grünen Lippen umrahmt in einem kräftigen Rosaton leuchtete. Das hätte wirklich nicht sexy sein sollen, aber genau das war es. Gegen seinen Willen malte sein Verstand sich aus, wie diese Zunge über seinen Körper wanderte, um ihn lustvoll zu quälen.

Kyle trat unbehaglich von einem Fuß auf den anderen. Er musste schnellstens von hier weg, bevor er noch auf die Idee kam, Emma gegen die nächste Wand zu drücken, seine grünen Arme um ihren grünen Leib zu schlingen und etwas folgen zu lassen, was man wohl nur als Alien-Porno hätte bezeichnen können.

Zum Glück wurde er vor dieser womöglich peinlich

endenden Idee bewahrt, als ein Mann sich über eine Lautsprecheranlage an die Menge wandte: „An alle Teilnehmer, Sie müssen sich jetzt ins Lagerhaus begeben, wo die Helfer jedem von Ihnen einen Platz zuweisen werden."

Die Leute setzten sich in Bewegung, ein Teil von ihnen in Grüntönen eingefärbt, die von Moos bis Smaragd reichten, andere in einer Vielzahl von Brauntönen. Emma zögerte, woraufhin sich Kyle vorbeugte und ihr beschwichtigend ins Ohr flüsterte: „Hat dir schon mal jemand gesagt, dass du in Grün toll aussiehst?"

„Nein", erwiderte sie mürrisch. „Grün gehört nicht zu meinem Farbschema."

„Vielleicht liegt das daran, dass dich noch niemand ganz in Grün gesehen hat. Das steht dir nämlich wirklich gut."

„M-hm."

Als ihr ein Platz an der Wand gleich unter einem eingeworfenen Fenster zugewiesen wurde, sagte Kyle: „Gib dein Bestes, Mädchen. Stell dir vor, die Kamera wäre dein Geliebter."

Ihre Mundwinkel zuckten, als würde sie überlegen, ob sie es sich erlauben sollte, über seine Bemerkung zu lachen. Das war schon mal ein gutes Zeichen.

„Mütze runter!", knurrte eine stämmige Frau mit einem Durag auf dem Kopf und einem Klemmbrett in der Hand ihn an.

Kyle nahm die Baseballkappe ab, legte den Schlüsselbund hinein und hielt sie hinter dem Rücken, während er neben Emma in Position ging. Dann ließ er die Kappe zu Boden fallen und hörte die Schlüssel klimpern. Es war ein beruhigendes Geräusch, weil es ihm sagte, dass sie wieder von hier wegkommen würden, selbst wenn all ihre Sachen abhandenkommen sollten. Nach dem Shooting wollte er noch den einen oder anderen Teilnehmer interviewen, aber die Fakten zum Event lagen ihm bereits alle vor, da das Team des Künstlers eine umfassende Pressemitteilung herausgegeben hatte. Eine Kolumne zu schreiben, in der er seine Meinung zu einem Thema äußern konnte, war ihm von allen Aufgaben am liebsten.

„Wie fühlst du dich?“, fragte er Emma.

Sie stieß ihn mit der Hüfte an. „Ich komme mir nicht wie ein Teil eines Kunstwerks vor. Ich fühle mich eher wie ein nackter smaragdgrüner Trottel. Kannst du den Fotografen irgendwo entdecken?“

„Nein.“ Er sah nur eine Reihe von grünen Hintern, als die Leute in der Reihe vor ihm aufgefordert wurden, sich auf den Bauch zu legen. „Ich bin froh, dass wir stehen dürfen. Das Gebäude ist bestimmt radioaktiv verseucht. Da möchte ich mein bestes Stück nicht mal dann mit dem Boden in Berührung kommen lassen, wenn noch meine Unterhose dazwischen ist.“ Allein der Gedanke ließ ihn schaudern. „Ich möchte schließlich irgendwann Kinder haben.“

Von der einst erfolgreichen Stahlfabrik war nur noch eine verfallene Halle übrig, deren Fenster fast alle eingeworfen waren. Der Betonboden war von einer dicken Staubschicht überzogen. Wenn Kyle genauer darüber nachdachte, gefiel es ihm auch nicht, barfuß an diesem Ort herumzustehen. Auf keinen Fall hätte er sich hingelegt und von dem Zeugs auch noch etwas eingeatmet.

„Hier ist doch bis zuletzt Stahl verarbeitet worden", meinte Emma. „Wie gefährlich kann das schon sein?"

Kyle zeigte auf ein Schild, das schief an der Wand hing. „So gefährlich."

Auf dem Schild stand geschrieben: *Kein Betriebsunfall mehr seit 3 Tagen.*

„Na ja, aber die Maschinen sind alle weg, und sie haben gesagt, dass das Shooting nicht sehr lange dauern wird."

Na toll. Jetzt redete sie beschwichtigend auf ihn ein. Dabei war doch er derjenige, der ihr die Nervosität nehmen sollte. Stattdessen drückte sie nun seine Hand, als wollte sie ihm Mut machen. Moment mal. Das war eigentlich gar nicht so schlecht.

Im Gegenzug drückte er ihre Hand.

„Ich bin davon überzeugt, dass deine Fruchtbarkeit nicht beeinträchtigt wird", erklärte sie.

Daran bestand kein Zweifel. Kyle bewegte sein Bein, sodass sein Oberschenkel ihren berührte, und sie stießen mit den Schultern aneinander. Er sah zu ihr. „Ganz sicher?"

Sie lachte kurz auf und presste schnell wieder die Lippen aufeinander. „Ja."

„Du hast nicht mal nachgesehen.“ Er wusste, was für ein Risiko er gerade einging, aber er war zu sehr Spieler, als dass er sich die Bemerkung hätte verkneifen können. Er würde darauf wetten, dass sie ihm nicht während eines Shootings eine Ohrfeige verpassen würde.

Emma wandte sich ihm zu. Ihre Zunge glitt nervös über ihre grünen Lippen. „Kyle … was soll das hier werden?“

„Ich flirte mit dir.“

„Warum?“

„Weil du attraktiv bist. Gewusst habe ich das schon immer, aber heute habe ich das auf eine ganz neue Art zu schätzen gelernt.“

„Du fühlst dich nicht zu mir hingezogen.“

„Tja, mein grüner Riese ist da aber anderer Meinung.“ Er wollte nicht prahlen, doch seine Erregung war für jeden deutlich sichtbar, der einen Blick unter seine Gürtellinie wagte. In diesem Fall konnte nicht mal seine Unterhose darüber hinwegtäuschen.

„Dein …“ Sie sah nach unten und machte große Augen. „Oh. Oh.“

Er war sich nicht sicher, ob er jemals eine sprachlose Emma erlebt hatte. Er wusste bloß, dass es irgendwie sehr befriedigend war.

Sie starrte noch immer auf seinen Schwanz.

All die Aufmerksamkeit ließ ihn zucken, woraufhin sie zurückwich, als wäre sie von etwas gestochen worden.

Kyle lächelte. Er liebte seinen Job über alles.

3. KAPITEL

Emma wusste, dass sie auf die Beule in Kyles Unterhose starrte. Das war allerdings tatsächlich ein grüner Riese.

Sie hielt seine Hand. Und sie verspürte plötzlich den dringenden Wunsch, sich mit Kyle in einem großen Bett zu wälzen. Keines von beidem ergab für sie einen Sinn.

Ihr war auch klar, dass sie außer einem kleinen Slip nichts am Leib trug, weshalb sie für ihre seltsame Reaktion keine rechte Erklärung hatte. Abgesehen von dem einen offensichtlichen Grund, dass für sie Nacktheit automatisch mit Sex verbunden war. Das würde auch erklären, wieso ihre Nippel so steinhart waren, seit sie sich im Zelt ausgezogen hatte. Und wieso sie das Gefühl hatte, innerlich dahinzuschmelzen. Und wieso es ihr in den Fingern kribbelte, nach seiner Erektion zu greifen und zu sehen, wie er darauf reagieren würde.

Mit Kyle selbst konnte das alles unmöglich etwas zu tun haben.

Was natürlich eine dreiste Lüge war. Sie fühlte sich schon zu ihm hingezogen, seit sie ihm vor zwei Jahren das erste Mal begegnet war, als Claire ihn durch die Abteilung geführt und ihn den Kolleginnen vorgestellt hatte, denen reihenweise das Wasser im Mund zusammengelaufen war. Sogar die Männer konnten ihn gut leiden, weil sie in Kyle einen richtigen Kerl sahen, jemanden, mit dem man golfen gehen konnte.

Aber keiner von ihren Kollegen – männlich oder weiblich – stand jetzt hier dicht an dicht neben Kyle und starrte auf seine Erektion.

„Emma." Seine Stimme klang beinahe schmerzerfüllt.

Sie zwang sich, den Blick von seiner Unterhose loszureißen und ihm ins Gesicht zu sehen. „Was?", fragte sie atemlos.

„Meinst du ...?"

Seine Frage ging in den lauten Worten des Mannes unter, der sich nun per Megafon an die Menge wandte: „Okay, jeder muss jetzt auf seiner zugewiesenen Position still stehen. Die Damen hinten an der Wand halten die Arme so vor sich, dass sie vor der Brust den Buchstaben I bilden. Verstanden?"

„Das gilt für dich", murmelte Kyle.

Automatisch hob Emma die Arme, obwohl sie sich wie benommen fühlte. Wieso hatte sie den Eindruck, dass Kyle sie eben um ein Date hatte bitten wollen? Warum sollte er so etwas tun? Das konnte nicht sein. Er fühlte sich nicht zu ihr hingezogen. Zumindest war sie bis heute immer dieser Meinung gewesen. Doch was sie gerade gesehen hatte, war der Beweis dafür, dass sie sich geirrt hatte.

Aber selbstverständlich hieß das nicht zwangsläufig, dass er auch mit ihr ausgehen wollte. Wie war sie bloß auf diese Idee gekommen?

Weil ihr diese Idee gefiel.

Oh.

Sie war froh, dass sie die Arme vor ihre grünen Brüste halten konnte. Zugegeben, man würde ohnehin nicht viel erkennen können, denn schließlich würden auf dem Foto noch zweihundert andere mit Farbe besprühte Frauen und Männer zu sehen sein. Dennoch war ihr gleich viel wohler. So hatte Kyle nichts, was er die ganze Zeit anstarren konnte. Und auch im Internet würde sich nichts finden lassen, woraus man ihr einen Strick drehen konnte.

„Mr. Bainbridge möchte Ihnen allen für Ihre Mitwirkung danken. Er wird für die Fotos nur ein paar Minuten benötigen. Aber wenn Sie das Resultat zu Gesicht bekommen, werden Sie ganz bestimmt erfreut darüber sein, wie gut er das Gefühl von Menschen erfasst hat, die auf die Mauern einer zerfallenden produzierenden Wirtschaft reduziert worden sind."

Die Worte rissen sie aus ihren Gedanken über Kyle und erinnerten sie daran, weshalb sie eigentlich hergekommen war. War das eine offizielle Erklärung gewesen? Emma wiederholte die Sätze im Geiste und fragte sich, ob sie sie als Zitat in ihrem Artikel verwenden konnte. Wenn dieser Mann da vorne allerdings nicht gerade der Pressesprecher des Fotografen war, musste sie beim Zitieren vorsichtig sein.

„Da ist der Mann der Stunde", raunte Kyle ihr zu. „Es wird allmählich auch Zeit. Meine Farbe ist inzwischen so trocken, dass sie schon anfängt, abzublättern."

„Wo ist er?" Kaum hatte sie es ausgesprochen, entdeckte sie Ian Bainbridge, der am gegenüberliegenden Ende der

Halle auf eine Plattform stieg. Kamera und Ausrüstung waren schon aufgebaut und einsatzbereit, sodass er sofort beginnen konnte. Emma hatte sich mit dem Künstler befasst und bei ihren Recherchen herausgefunden, dass er aus Neuseeland stammte und wie ein ehemaliger Fußballspieler aussah, der auf einmal seine emotionale Seite entdeckt hatte. Er trug oft schwarze Rocker-T-Shirts, dazu Blazer und eine Tweed-Melone; außerdem besaß er eine schicke schwarze Brille, die er jedoch nur manchmal aufsetzte, wie verschiedene Fotos zeigten. Heute gab es weder Brille noch Blazer, aber zumindest trug er eine Melone, während er letzte Einstellungen an der Kamera vornahm.

Der Mann hinter ihm war eindeutig ein Leibwächter, was nicht weiter überraschte, hatte seine Stalkerin ihre Aktivitäten doch in letzter Zeit deutlich gesteigert. Das war in der Zeitung aus Pittsburgh berichtet worden, wo Ian vergangenen Monat ein Fotoshooting veranstaltet hatte. Emma wunderte sich, wie verzweifelt jemand sein musste, dass er einem anderen Menschen auf Schritt und Tritt folgte und dabei so tat, als hätten sie beide eine feste Beziehung. Sich mit zwölf Jahren vorzustellen, die Freundin von Justin Timberlake zu sein, war völlig normal, aber bei einem seiner Konzerte alles ins Chaos zu stürzen war weit von allem Normalen entfernt – ganz so wie bei Ian.

Das Shooting dauerte nicht mal zehn Minuten. Ian drückte einige Male auf den Auslöser und ein paar andere Tasten, dann kletterte er schon wieder von der Plattform.

Emma war ein wenig enttäuscht. Wenn man sich bis auf die Unterwäsche auszog und sich wie ein Alien einfärben ließ, erwartete man irgendwie, dass der eigentliche Moment etwas Erhabenes, Bewegendes an sich haben würde. Stattdessen bekam sie jetzt einen Wadenkrampf, da sie die Pose nicht mehr hatte wechseln dürfen, und ihre Nase juckte. Ihr tat es schon um den weißen Slip leid, auch wenn sie den für wenig Geld beim Discounter gekauft hatte. Er war nämlich bequem und schnitt an den Hüften nicht ein. Jetzt konnte sie ihn bloß noch wegwerfen.

Außerdem waren ihre Chancen gleich null, auch nur in Ians Nähe zu gelangen. Er verschwand in einer Gruppe, die ihn vor allen Leuten abschirmte, obwohl hier nirgends eine Frau zu entdecken war, die nach einer Stalkerin aussah. Aber wer konnte schon sagen, wie eine Stalkerin aussah?

„Da hält sich aber jemand für einen Rockstar", meinte Kyle und verdrehte die Augen. Er stieß sich von der Wand ab und ruderte mit den Armen. „Mann, ich bin völlig steif. Das hat ja eine Ewigkeit gedauert."

„Das waren gerade mal zehn Minuten."

Kyle bückte sich und hob die Baseballkappe und seine Schlüssel auf. „Zehn Minuten, die mir niemand zurückgibt. Ich weiß nicht. Okay, ich hab ja was für Fotografie übrig, aber das hier, das war so … so melodramatisch. Und ich hab noch immer keine Ahnung, warum wir grün sind."

Emma war zwar derselben Meinung, doch das musste

Kyle ja nicht erfahren. „Wer sind wir, dass wir darüber bestimmen wollen, was Kunst ist und was nicht? Und vor zehn Minuten hast du genau das Gleiche gesagt." Sie stellte sich in die Schlange, die sich vor dem Zelt bildete, in dem ihre Sachen aufbewahrt wurden. Die anderen Teilnehmer unterhielten sich miteinander, und in dem alten Gebäude herrschte eine aufgeregte, begeisterte Stimmung. Es war Juni, aber die Luft hier in der Lagerhalle war ziemlich frisch. „Mir ist kalt."

„Ist mir nicht entgangen." Sein Blick wanderte nach unten zu ihrer Brust.

„Was?" Emma sah auf ihre aufgerichteten Nippel und spürte, wie sie rot wurde. „Ist das dein Ernst?"

„Ich kann nichts dafür! Du hast keinen BH an. Es ist völliger Blödsinn, wenn jemand behauptet, Männer und Frauen könnten sich im selben Raum ausziehen, und keiner würde sich versucht fühlen, den anderen anzusehen, um zu gucken, was der zu bieten hat. Das liegt nun mal in der Natur des Menschen. Ich halte solche Fotoshootings für absoluten Unsinn. Meiner Meinung nach ist Bainbridge ein Perverser, der bloß nackte Leiber sehen will."

Emma wusste nicht so recht, ob Kyle scherzte oder nicht. „So eine Aktion wie diese zu veranstalten ist ziemlich extrem, wenn es ihm tatsächlich nur darum geht. Im Internet wimmelt es doch von Fotos, die nackte Leute zeigen." Allerdings musste sie zugeben, dass es inmitten so vieler Nackter schwierig war, nicht den einen oder anderen neugierigen Blick zu wagen. Genau deshalb konnte sie es nicht erwarten, endlich wieder ihr T-Shirt anziehen zu können. Es war ihr unangenehm, in dieser Schlange stehen zu müssen. Während sie die Augen vom hängenden Hintern eines älteren Mannes abwandte, schoss ihr der Gedanke durch den Kopf, dass im gleichen Moment irgendjemand hinter ihr stehen könnte, dem der Anblick ihres Hinterns genauso wenig gefiel. Das hier war einfach nichts Natürliches, und es weckte bei einigen Menschen unweigerlich eine spätpubertäre Denkweise. So wie bei ihr. Und Kyle war kein bisschen besser als sie.

„Du hast übrigens selbst gesagt, dass du dich schon darauf freust, dich in der Öffentlichkeit auszuziehen", sagte sie.

„Ich weiß. Und gerade das belegt meine Meinung, dass Männer und Frauen nicht nackt in Gruppen zusammenkommen sollten."

„Du widersprichst dir selbst! Mir hast du erklärt, dass das hier schließlich keine Massenorgie werden würde." Wie eine Orgie kam es ihr auch ganz und gar nicht vor. Ihr war kalt, und die Farbe auf ihrer Haut juckte.

„Ist es auch nicht. Aber es fühlt sich so an, als sollte es eine sein. So als ob das nur eine Methode ist, um einen Bogen um das Thema zu machen."

Emma seufzte. „Ich kann darüber nicht länger nachdenken. Das ist mir zu stressig. Ich will einfach meinen BH zurückhaben."

„Hey, da vorn im Zelt ist irgendwas los", sagte Kyle und stellte sich auf die Zehenspitzen, um über die Köpfe der anderen Leute hinweg etwas zu erkennen.

Emma war gut fünfzehn Zentimeter kleiner als er und konnte überhaupt nichts sehen. Von vorn setzte sich jedoch eine Welle in Bewegung, da jeder seinem Hintermann erzählte, was passiert war.

„Einige der Beutel mit den Klamotten sind gestohlen worden", sagte nun die Frau, die genau vor Emma und Kyle stand. Aus irgendeinem Grund schien sie das zu freuen.

„Was? Gestohlen?" Reflexartig verschränkte Emma die Arme vor der Brust. „Was soll das heißen?"

„Irgendein Spinner hat wohl die gesamte Kleidung geklaut."

Ihre Sachen waren weg? Emma hatte das Gefühl, gleich ohnmächtig zu werden.

Kyle lachte amüsiert auf, weil es so offensichtlich war. Warum sollte jemand Kleidung stehlen? Das war der ideale Streich. Als „Scherzbold", wie Emma ihn bezeichnet hatte, musste er das ja am besten wissen. „Das ist die perfekte Gelegenheit für so eine Aktion."

Dann sah er Emmas Gesicht und verstummte. Sie schaute drein, als hätte ihr jemand ein Klavier auf den Fuß fallen lassen.

„Ist schon okay", fügte er hinzu. „Ich habe ja noch

meine Schlüssel. Das heißt, wir kommen zumindest von hier weg."

„Aber nackt! Wir kommen nur nackt von hier weg!" Sie schlang die Arme noch enger um ihren Oberkörper, als ob das irgendetwas hätte ändern können. „Das ist schrecklich! Wie kann denn so was passieren? Wofür gibt es eigentlich Wachleute, wenn sich einfach irgendwer ..." Sie fuchtelte wild mit den Armen. „... an der Kleidung anderer Leute bedienen kann?"

„Emma, es ist okay", sagte er und hoffte, zuversichtlich zu klingen. Sie geriet unübersehbar in Panik, und die Leute drehten sich bereits nach ihr um – auch der Kerl, der locker über sechzig war und auf ihre Brüste starrte. „Ich habe bestimmt irgendwas im Wagen, das du dir umlegen kannst. Abgesehen davon wissen wir ja nicht, ob unsere Sachen überhaupt gestohlen wurden. Wie wahrscheinlich ist das schon, dass wir betroffen sind?"

Die Wahrscheinlichkeit war jedoch leider nicht auf ihrer Seite. Als die Veranstalter damit beschäftigt waren, sich einen Überblick über die Situation zu verschaffen, stellte sich heraus, dass sie beide tatsächlich zwei von rund vierzig Leuten waren, deren Beutel spurlos verschwunden waren. Kyle war ausgesprochen sauer, als er erfuhr, dass ihre Sachen nicht mehr da waren. Er hatte Achtzig-Dollar-Jeans getragen, außerdem sein liebstes blaues T-Shirt, bei dem die Frauen immer sagten, es würde das Blau seiner Augen hervorheben.

Ein wenig war es so wie bei einer Fluggesellschaft, die den einen Koffer verbummelte, oder wie bei einer Reinigung, die das Lieblingshemd mit einem riesigen Fleck versah. Solche Dinge konnten mal vorkommen. Davor konnte einen niemand schützen.

Aber hier war jemand am Werk gewesen, der sich vorgenommen hatte, den Leuten den Tag zu verderben. Oder besser gesagt: Ian Bainbridge den Tag zu verderben. Das war das Gute an der Sache, denn dadurch würde Kyles Kolumne umso interessanter werden. Und zähneknirschend musste er sich selbst eingestehen, dass er noch auf Jahre hinaus eine unterhaltsame Geschichte erzählen konnte. Vielleicht würde er später sogar darüber lachen können, wenn er geduscht hatte und die Farbe nicht länger seine Augenlider verklebte.

Ein paar der Teilnehmer waren außer sich und beschimpften die freiwilligen Helfer, doch die meisten fanden sich mit den Tatsachen ab und notierten ihre persönlichen Angaben für die Organisatoren. Die Polizei war alarmiert worden und bereits unterwegs, aber Kyle hatte nicht vor, auf das Eintreffen der Beamten zu warten. Emma war heute schon lange genug begafft worden, und er hatte das Gefühl, wenn er sie nicht bald nach Hause schaffte, könnte sie noch einen ernsthaften Zusammenbruch erleiden. Für eine Frau, die so verkrampft war wie sie, hielt sie sich bemerkenswert wacker. Trotzdem vermutete er, dass sie kurz vor dem Ausrasten war. Die Art, wie sie auf den

Fersen hin und her wippte und wie sie sich beharrlich auf die Unterlippe biss, verhieß jedenfalls nichts Gutes.

„Ich kann es nicht fassen!“, schimpfte sie mindestens zum zehnten Mal.

„Mich überrascht, dass so was erst jetzt passiert“, sagte Kyle, als sie das Zelt verließen und zu seinem Wagen gingen. „Ich finde, das ist gar keine so schwierige Aktion, und sie sorgt für genug Ärger unter den Leuten, was wohl die Absicht gewesen sein dürfte.“ Mit einer Kopfbewegung deutete er auf die verärgerten Teilnehmer, die sich noch im Zelt aufhielten.

„Das ist absolut lächerlich!“, fauchte sie. „Wer denkt sich so einen Mist aus? Das ist einfach … kindisch!“

„Genau genommen ist es kriminell. Möchte nur wissen, ob überhaupt eine Chance besteht, die Täterin zu überführen. Ich gehe mal davon aus, dass wir es mit der Frau zu tun haben, die auch bei den anderen Fotoshootings für Ärger gesorgt hat. Hier stehen ja keine Überwachungskameras mehr, die ganze Fabrik ist so was wie eine Geisterstadt.“ Kyle achtete genau darauf, wo er beim Überqueren des alten Parkplatzes hintrat. „Pass auf, hier ist alles voller Kieselsteine und Scherben.“ Er sah auf Emmas Füße. „Soll ich dich zum Auto tragen?“

„Du bist genauso barfuß wie ich“, stellte sie klar. „Du brauchst nicht zusätzlich mein Gewicht, damit du dir die Scherben noch tiefer in die Fußsohlen trittst.“

„Meine Fußsohlen sind abgehärtet, ich merke nichts

davon. Aber deine Füße sehen viel empfindlicher aus." Es stimmte, was er sagte. Emma hatte sich die Zehennägel rot lackiert, ihre Füße wirkten zart und makellos. Vom Staub im Lagerhaus waren sie zwar schmutzig geworden, aber Kyle erkannte deutlich an ihnen, dass sie regelmäßig zur Pediküre ging. Und sie war keine Sportlerin, die ihre Füße strapazierte. Angesichts ihrer weiblichen Rundungen konnte er sie sich in ihrer Freizeit vorstellen, wie sie sich in einer Lounge bei einem Cocktail in einem bequemen Sessel rekelte. Aber er sah sie nicht auf einem Fußballplatz, wo sie sich den Ball erkämpfte. Doch womöglich war es ja trotzdem genau das, womit sie sich samstags die Zeit vertrieb.

„Ich glaube nicht, dass irgendwas an mir besonders empfindlich ist", erwiderte sie. „Aber ich habe nichts gegen eine gute Pediküre."

Unwillkürlich stellte Kyle sich vor, wie sie mit ihrem Fuß über sein Bein strich. Er räusperte sich, bückte sich und zeigte auf seinen Rücken.

„Rauf mit dir", forderte er sie auf, und im gleichen Moment zogen vor seinem geistigen Auge die Bilder von ihr vorbei, wie sie sich in Strapsen auf einem Sofa rekelte. Kyle wünschte sich, es wäre sein Sofa.

„Außer meinem Slip habe ich nichts an, Kyle. Auf keinen Fall werde ich auf deinen Rücken klettern. Nächsten Montag müssen wir im Büro wieder Seite an Seite arbeiten!"

Was ihn betraf, war ihm der nächste Montag völlig egal. Für ihn gab es nur das Heute und einen mit Scherben übersäten Parkplatz. „Wir sind jetzt nicht im Büro, und du solltest hier wirklich nicht barfuß rumlaufen." Er wollte nicht, dass sie sich an den Scherben verletzte. Und ehrlich gesagt gefiel ihm die Vorstellung, wie sie sich an ihn klammerte und ihre Beine um ihn schlang, während er sie zum Auto trug.

„Das geht schon." Pikiert machte sie einen Schritt nach vorn und stieß gleich darauf einen leisen Schrei aus. „Autsch! Oh verdammt, ich bin auf einen rostigen Nagel getreten!" Sie stützte sich auf seinem Arm ab, damit sie ihre Fußsohle untersuchen konnte. „Ein Glück, dass ich meine Tetanusimpfung bekommen habe. Ist ja eklig."

Kyle unterdrückte den Impuls, die Augen zu verdrehen. „Ich habe dir eine Lösung für das Problem angeboten." Erneut deutete er auf seinen Rücken.

Sie verzog den Mund. „Das ist die Wahl, vor der ich stehe? Über rostige Nägel zu laufen oder meine bemalten Arme und Beine um dich zu schlingen?"

Kyle grinste sie an. „Klingt für mich nicht nach einer allzu schwierigen Wahl."

Emma bekam einen roten Kopf. „Du weißt genau, wie ich das meine. Außerdem bin ich nicht magersüchtig, sondern wiege ein paar Kilo. Hältst du das wirklich für eine gute Idee?"

Er konnte nicht anders und starrte wieder auf ihre

Brüste. Nein, magersüchtig war sie nicht. Bei ihr war alles genau richtig proportioniert, wenn es nach ihm ging. „Ich finde dich perfekt. Und beleidige nicht meine Männlichkeit. Ich bin in der Lage, eine Frau zu tragen."

„Ich glaube, über deine Männlichkeit haben wir heute schon genug geredet." Sie schaute zu den anderen Leuten, die sich ihren Weg über den Parkplatz bahnten. Keiner nahm von ihnen beiden Notiz, obwohl sie praktisch nichts am Leib trugen. „Okay, einverstanden. Aber nach dem heutigen Tag werden wir darüber nie wieder ein Wort verlieren. Niemals. Und ich will auch keine dummen Witze von dir hören. Ist das klar?"

„Ist klar." In diesem Moment wollte er es einfach nur genießen, Emma auf seinem Rücken zu spüren. Warum ihm der Gedanke solches Vergnügen bereitete, darüber konnte er später immer noch nachdenken. „Wenn dir huckepack nicht zusagt, kann ich dich auch einfach so tragen."

Genau das tat er dann auch, ehe sie es sich anders überlegen konnte. Als er sie packte und hochhob, quiekte sie vor Schreck.

„Kyle!"

„Ja?" Oh Mann, er kam sich vor wie im Himmel. Vielleicht aber auch wie in der Hölle, denn es fühlte sich zwar wundervoll an, sie in seinen Armen zu halten, aber er wusste, dass mehr als das nicht passieren würde. Oder etwa doch? Es schien Emma durchaus zu gefallen, von ihm getragen zu werden. Wenn er sich ein bisschen anstrengte, würde es ihm eventuell eines Tages gelingen, mehr von ihren verlockenden Kurven zu spüren, die er heute hatte bewundern können. Er schaukelte sie ein wenig hin und her, um sie besser umgreifen zu können, und kam dabei ihren Brüsten bedenklich nahe. Instinktiv legte Emma auf der Suche nach mehr Halt den Arm um seinen Hals.

„Ähm … nichts. Ist schon gut“, sagte sie und sah ihn mit vor Schreck geweiteten Augen an.

Kyle betrachtete sie einen Moment lang, während ihm die perfekte Rundung ihres Pos nur allzu bewusst war, der sich bei jedem Schritt gegen seine Taille drückte. Ihr Mund war so nah, dass er den Kopf bloß ein Stück nach vorn sinken lassen musste, um sie zu küssen. Wäre das mit Emmas Bedingung vereinbar? Wäre sie auch mit einem Kuss einverstanden, solange er am nächsten Montag im Büro nichts verlauten ließ? Oder würde sie sich so dagegen wehren, dass er sie nicht länger halten konnte und sie hinfiel?

Das Risiko wollte er lieber nicht eingehen.

Er überquerte ohne einen Zwischenfall den Parkplatz, auch wenn er nicht behaupten konnte, dass es ihm Spaß machte, barfuß über Kieselsteine zu laufen. Er kam sich mit einem Mal so vor, als wäre er wieder am College. Das hier erinnerte ihn sehr an eine Party seiner Studentenverbindung, an deren Ende er sich mit Handschellen an einen Maschendrahtzaun gefesselt wiedergefunden hatte.

Hm. Hier konnte er zumindest auf ein besseres Ende hoffen.

Er setzte Emma ab, griff nach dem Autoschlüssel und entriegelte die Türen per Fernbedienung.

„Danke, dass du mich nach Hause fährst", sagte sie, als sie einstieg.

„Kein Problem. Ich müsste irgendwas dahaben, was du dir umlegen kannst." Er sah auf den Rücksitz, aber da lag nur die leere Tüte von einem Fast-Food-Restaurant. Im Kofferraum fand er nichts außer dem Wagenheber und einem Seil. Nicht gerade das, wonach er suchte. Er ging nach vorn und beugte sich auf der Beifahrerseite in den Wagen.

„Was tust du da?", rief sie erschrocken.

Nicht das, was er gern täte, wenn es allein nach ihm gehen würde.

„Vielleicht ist da ja was." Er öffnete das Handschuhfach und holte gleich darauf triumphierend eine Handvoll Servietten hervor. „Aha!"

Emma schürzte die Lippen und schien zu überlegen, ob sie lachen oder weinen sollte. „Danke", sagte sie und nahm ihm die Servietten ab. Sie faltete eine davon auseinander und legte sie über ihre linke Brust, dann wiederholte sie die Prozedur für die rechte Seite.

Am liebsten hätte Kyle laut gelacht, also zog er sich rasch zurück und ging um das Auto herum.

„Tut mir leid, dass deine Sitze jetzt etwas von der Farbe abbekommen", meinte sie, während sie versuchte, die restlichen Servietten unter sich zu legen.

„Mach dir keine Gedanken. Das lässt sich nicht ändern.“ Fasziniert beobachtete er, wie sie den Rücken gegen die Lehne drückte, um die Sitzfläche mit Servietten auszulegen, und wie sich dabei ihre verdeckten Brüste nach oben reckten.

„Augenblick mal!“, sagte sie plötzlich. „Du kannst mich gar nicht zu Hause absetzen. Mein Hausschlüssel wurde doch zusammen mit meiner Kleidung gestohlen!“

Oh, dieser Tag wurde von Minute zu Minute interessanter.

„Keine Sorge“, gab Kyle zurück. Es war, als hätte ihm das Schicksal das Los mit dem Hauptgewinn in die Hand gedrückt. Wenn Emma dazu gezwungen war, noch mehr Zeit mit ihm zu verbringen, würde sie bestimmt über kurz oder lang herausfinden wollen, was genau eigentlich zwischen ihnen war. „Ich nehme dich mit zu mir.“

Und dort würde es mit ein wenig Glück dazu kommen, dass sie ihren grünen Körper ganz eng an seinen schmiegte.

4. KAPITEL

Emma sah entsetzt zu Kyle. Sie hatte ihren Wohnungsschlüssel nicht mehr. Es gab auch keinen Ersatzschlüssel irgendwo in der Nähe ihres Apartments, weil ja jeder wusste, dass das die beste Methode war, um sich ausrauben zu lassen. Sechs Monate lang war sie Polizeireporterin gewesen, was genügt hatte, um sie davon zu überzeugen, dass ein Türschlüssel unter der Fußmatte eine Einladung zum Einbruch war.

Zwar hatte sie bei ihrem Nachbarn Mr. Stein einen Zweitschlüssel deponiert, aber der Mann war sechsundachtzig Jahre alt, und sie konnte unmöglich bei ihm klingeln, wenn sie von Kopf bis Fuß grün angemalt war und Servietten auf ihren Brüsten klebten. Mr. Stein würde vermutlich einen Herzinfarkt bekommen, und sie wollte nun wirklich nicht seinen Tod auf dem Gewissen haben. Also blieb ihr keine andere Wahl, als mit Kyle zu ihm nach Hause zu fahren, damit sie sich von ihm ein T-Shirt und Shorts borgen konnte.

Der Himmel möge ihr beistehen.

Unruhig rutschte sie auf ihrem Sitz hin und her, wobei sie hoffte, dass sie nicht die Farbe auf dem Polster verteilte, und biss sich auf die Lippe. Schließlich fragte sie: „Kann ich bei dir duschen? Diese Farbe fängt an, an meiner Haut zu ziehen.“ Beim Trocknen hatte sich die Farbe zusammengezogen, und Emma musste zugeben, dass sie von dieser gesamten Aktion die Nase voll hatte.

Sobald sie geduscht hatte und wieder vollständig bekleidet war, würde sie Kyle und ihre Reaktion auf ihn vielleicht nicht mehr ganz so deutlich wahrnehmen. Sie drückte die Beine zusammen und wünschte sich, dass dieses intensive Ziehen zwischen ihren Schenkeln endlich nachlassen würde. Aber wahrscheinlich gab es nur einen Weg, um dieses Gefühl abzustellen – und dieser Weg würde geradewegs in eine Katastrophe führen.

Oder zur Ekstase.

Über sich selbst verärgert schüttelte Emma den Kopf. Nein. Das konnte sie nicht. Das würde sie nicht tun. Niemals. Nicht mit Kyle. Nicht, solange sie Kollegen waren. Sie hatte schon zu oft miterlebt, was dabei herauskam, wenn Kollegen sich zu nahe kamen, und sie war nicht so dumm, in die gleiche Falle zu tappen. Da war Jenny, die nach der Weihnachtsfeier mit dem Chef der Werbeabteilung geschlafen und sich mit ihrem alkoholbedingten Eifer so sehr in Verlegenheit gebracht hatte, dass sie gekündigt hatte. Bill und Stacey in der Online-Redaktion waren zwei Monate lang ein Paar gewesen, dann hatten sie sich getrennt und in ihrem beengten gemeinsamen Büro schließlich angefangen, sich gegenseitig mit Tackern unter Beschuss zu nehmen. Dates, Sex, Liebe und Affären ließen alle Leute früher oder später gefühlsduselig und irrational handeln, und das war mit der Arbeit nicht vereinbar.

Natürlich konnte man argumentieren, dass sie und Kyle eigentlich nicht richtig zusammenarbeiteten: Sie bewegten sich nur beide in denselben Büroräumen. Das war allerdings ein klägliches Argument, und das war Emma auch klar. Es wäre einfach zu unangenehm, mit zehn Leuten in einem Meeting zu sitzen, wenn einer von ihnen einen bereits nackt gesehen hatte.

Allerdings hatte Kyle sie praktisch schon nackt gesehen. Gerade jetzt saß sie ja so gut wie nackt neben ihm.

Emma krallte die Fingernägel in ihre smaragdgrünen Knie. Wieso schien sich jedes Argument gegen Kyle im nächsten Moment in Luft aufzulösen? Und das, wo sie noch nicht einmal bei ihm zu Hause angekommen waren?

Sie machte sich bewusst, dass Claire eine Affäre zwischen zwei festen Mitgliedern des Autorenstabs auf keinen Fall dulden würde. Und wenn jemand mit Konsequenzen rechnen musste, dann wäre sicher Emma diejenige. Claire hielt viel zu große Stücke auf Kyle; und zwar in der Art, dass sie wohl gern selbst mit ihm im Bett landen würde, davon war Emma überzeugt.

„Klar kannst du bei mir duschen. Und ich habe bestimmt etwas da, was du für den Weg zu dir nach Hause anziehen kannst.“ Kyle fuhr vom Parkplatz. „Soll ich dir was sagen? Ich komme fast um vor Hunger. Am liebsten würde ich an irgendeinem Drive-in anhalten, aber das dürfte wohl keine gute Idee sein.“

„Nein.“ Energisch schüttelte Emma den Kopf. „Das ist überhaupt keine gute Idee. Denk dran, die haben da überall Kameras.“

Kyle lachte. „Da hätten die Leute bei McDonald's bestimmt noch lange was zu erzählen, was? Zum Glück haben wir es nicht weit. Ich wohne in Downtown."

Das ist wirklich ein Glück, überlegte Emma, während sie an einer roten Ampel anhielten. Sie sah nach rechts und begegnete dem erschreckten Blick einer älteren Frau im Wagen neben ihnen. Die starrte sie an und hielt das Lenkrad krampfhaft umklammert. Noch bevor Emma zu Kyle sagen konnte, dass die Leute bereits auf sie aufmerksam wurden, zückte die andere Fahrerin ihr Handy und machte ein Foto von Emma.

Entsetzt duckte Emma sich auf ihrem Sitz und brüllte die Frau an: „Hey! Das können Sie nicht machen! Löschen Sie gefälligst das Foto! Sofort!"

Als ihr klar wurde, dass die Frau sie gar nicht hören konnte, betätigte sie den Fensterheber. Dann begann sie auf eine Weise zu gestikulieren, von der sie hoffte, dass jeder verstand, was damit gemeint war: nämlich, dass die Frau das Foto wieder löschen sollte.

„Was ist los?", fragte Kyle.

„Sie hat mich fotografiert!" Emma spürte, wie ihre grünen Wangen vor Verlegenheit zu glühen begannen. Die Fahrerin schaute stur in die andere Richtung und wollte ganz offenbar nicht auf Emmas Aufforderung reagieren.

„Niemand wird dich auf dem Foto wiedererkennen", meinte Kyle. „Außerdem kann sie von dir nur Kopf und Hals erwischt haben."

„Irgendjemand könnte mich aber wiedererkennen!" Als die Ampel auf Grün schaltete und Kyle Gas gab, klappte sie die Sonnenblende runter, sodass sie sich im Schminkspiegel betrachten konnte. Was sie erblickte, verschlug ihr vor Entsetzen den Atem. Oh Gott, das war ja noch schlimmer, als sie gedacht hatte! „Ich sehe ja aus, als … als wäre ich verrückt!", flüsterte sie und fühlte sich einer Ohnmacht nahe.

Ihre Haare standen in alle Richtungen ab, die Farbe wirkte dabei wie ein Gel, das sie in dieser Form hielt. Ihr Gesicht war so intensiv smaragdgrün wie der Rest ihres Körpers. Das Weiß ihrer Augen und ihrer Zähne bildete einen extremen Kontrast dazu. Die Servietten klebten wie ein Schlabberlatz auf ihrer Brust. „Ich sehe aus wie ein Frosch, der zum Barbecue eingeladen wurde."

Kyle musste daraufhin so lachen, dass er sich dabei verschluckte. Emma klappte die Sonnenblende hoch und merkte, dass ihre Mundwinkel zuckten. Vielleicht war das Ganze ja doch zumindest ein bisschen komisch. Außerdem war das Lachen, das aus seinem tiefsten Inneren kam, einfach ansteckend. Sie konnte sich nicht erinnern, wann sie selbst das letzte Mal so unbeschwert gelacht hatte.

„Das ist nicht witzig", protestierte sie, konnte jedoch ein Kichern nicht unterdrücken. Ihr war klar, dass er recht hatte: Niemand würde sie auf dem Foto erkennen. Das war wenigstens eine positive Sache.

„Oh doch, das ist witzig", stieß er prustend hervor. „Ich

habe noch nie gehört, dass sich jemand so beschreibt. Und das Beste an allem ist, dass es stimmt!"

„Ach ja?", gab Emma zurück, konnte aber nicht leugnen, dass die ganze Situation wirklich zum Lachen lächerlich war. „Besten Dank!" Sie zog eine der Servietten von ihrer Haut ab, knüllte sie zusammen und warf sie nach ihm.

Die Serviette prallte von seiner grünen Brust ab, was ihn nur noch lauter lachen ließ. Dazwischen brachte er ein „Autsch" zustande.

„Halt den Mund. Das kann nie im Leben wehgetan haben."

Kyle sah sie an und bekam große Augen. Er streckte die Hand nach ihr aus und zeigte auf ihre Brust. „Da kleben noch ein paar Reste von der Serviette", sagte er und war kurz davor, sie zu berühren.

Emma schaute an sich herab und konnte sich das Lachen nicht länger verkneifen. Das wurde ja immer besser, denn jetzt klebte ein Stück Serviette an ihrem Nippel fest. „Sind wir schon da?", fragte sie, weil ihr nichts Besseres einfallen wollte und weil Kyle auffallend langsam fuhr.

Er grinste sie an. „Du hast es erfasst. Wir biegen jetzt zu mir ab."

„Jesus, ich danke dir." Zumindest hatte kein anderer Sonntagsfahrer mehr die Gelegenheit bekommen, sie im Internet unsterblich zu machen.

Kyle wohnte in einem alten Lagerhaus, das zu einem

schicken Apartmentkomplex umgebaut worden war. Normalerweise wäre Emma einmal um das Gebäude geschlendert, um die Architektur zu bewundern, die Eisenträger und Ziegelsteine miteinander verband. Doch heute war sie froh, wenn sie endlich eine Tür hinter sich zuschlagen konnte, damit niemand sie mehr angaffte.

Aber offenbar war sogar das zu viel verlangt: Kaum waren sie ausgestiegen, kam ihnen ein Mann entgegen, der vermutlich obdachlos war. Dafür sprach, dass er einen mit Plastiksäcken überladenen Einkaufswagen vor sich herschob und an diesem eigentlich ziemlich warmen Junitag schmutzige und zerschlissene Kleidung in mehreren Lagen übereinander trug. Seine Frisur ähnelte auffallend der von Emma, wobei sein Haar allerdings verfilzt wirkte. Emma vermied jeden Blickkontakt, verschränkte die Arme vor der Brust und ließ sich von Kyle zum Hintereingang führen.

Das Quietschen, das die Räder des Einkaufswagens verursachten, verstummte abrupt. Wahrscheinlich sah der Mann dem seltsamen Pärchen hinterher.

„Elende Hippies", hörte sie ihn murmeln.

Als die schwere Feuerschutztür hinter ihnen zufiel, musste Emma laut lachen. „Oh mein Gott, er hat uns tatsächlich als Hippies bezeichnet! Welche Hippies kennst du, die so aussehen wie wir?"

„Ich kenne überhaupt keine Hippies", antwortete Kyle. „Ich dachte, die wären längst ausgestorben. Aber du hast recht: Ich kann mir nämlich auch nicht vorstellen, dass Hippies ausgesehen haben wie Aliens aus einem billigen Science-Fiction-Film. Komm, lass uns die Treppe nehmen, sonst begegnet uns im Aufzug noch irgendwer, und dann könnte es wieder peinlich werden."

„Sehr peinlich sogar." Bei dem Gedanken daran schauderte Emma, und die Serviette auf ihrer Brust flatterte bei jedem Schritt hin und her.

Kyles Apartment befand sich im ersten Stock, sodass sie nach wenigen Schritten vor weiteren unerfreulichen Begegnungen sicher waren. Emma atmete erleichtert aus.

„Was für ein Tag", meinte Kyle und warf seine Baseballkappe auf den Tisch gleich hinter der Eingangstür.

„Das kannst du laut sagen." Sie blieb stehen und sah sich um, wobei sie erneut von heftiger Verlegenheit heimgesucht wurde. Aus irgendeinem Grund war sie davon ausgegangen, dass Kyle in der großen Ausgabe einer Studentenbude lebte. Chaotisch, mit wild zusammengewürfelten Möbelstücken und einem Meer aus leeren Bierdosen. Doch das hier hatte rein gar nichts mit dieser Vorstellung zu tun.

Kyles Apartment war sauber und sehr aufgeräumt. Auf der Granitarbeitsplatte in der Küche stand außer einer Kaffeemaschine überhaupt nichts. Die Couch war schlicht und modern, auf einer Armlehne lag eine makellos gefaltete Decke. Die großen Fenster sorgten für viel Licht, und als Emma herabschaute, wurde ihr bewusst, dass sie mit schmutzigen Füßen auf dem glänzenden Boden stand. Nicht eine Staubfluse war zu entdecken. Sofort hatte sie das Gefühl, sich Taschentücher um die Füße binden zu müssen, bevor sie hier auch nur einen Schritt tun konnte.

„Schöne Wohnung", sagte sie knapp.

„Danke, mir gefällt sie auch. Und vor allem kann ich von hier zu Fuß ins Büro gehen." Er lief ein paar Schritte weiter. „Das Badezimmer ist da drüben. Komm, ich bringe dir ein Handtuch."

„Danke." Sie folgte ihm, wobei sie den Blick nur dann von seinem knackigen Hintern lösen konnte, wenn sie stattdessen seine strammen Oberschenkel betrachtete. Kyle war wirklich sehr muskulös – nicht so wie ein Bodybuilder, sondern eher athletisch, irgendwie natürlicher. Es kribbelte ihr in den Fingern, diese verlockenden Muskeln, die zum Greifen nahe waren, zu berühren und zu drücken. Da sie auf nichts anderes mehr achtete als auf seinen Hintern, fiel ihr nicht auf, dass er stehen geblieben war. Sie prallte gegen ihn, und ihre Hände streiften dabei seinen Oberschenkel.

„Oh, tut mir leid." Emma machte einen Satz nach hinten, als sie begriff, dass er vor einem Wäscheschrank angehalten hatte, um ein paar Handtücher herauszuholen.

Kyle drehte sich zu ihr um. Seine Augen waren dunkel und unergründlich. „Ich bin sehr gut darin, Geheimnisse für mich zu bewahren, musst du wissen."

Ihr Herz schlug schneller, ihre Nippel richteten sich unwillkürlich auf, sie bekam eine Gänsehaut. „Tatsächlich? Ich kann mir vorstellen, dass so was für einen Journalisten eine gute Sache ist. Wenn man mal an Leute gerät, die einem etwas Vertrauliches erzählen, ist es wichtig, wenn die andere Seite weiß, dass man verschwiegen sein kann. Ich denke da an Deep Throat, der …" Sie brach mitten im Satz ab und war einen Moment lang unfähig, irgendein Wort herauszubekommen.

Oh Gott, hatte sie etwa eben Deep Throat erwähnt?

Ihre Wangen begannen zu glühen, und sie konnte nur hoffen, dass die grüne Farbe ihre Verlegenheit tarnte. „Ich … Damit meinte ich diesen Watergate-Informanten. Das … das war ja sein Spitzname!", ergänzte sie schnell.

Er schüttelte den Kopf. „Emma, du bringst mich um den Verstand, weißt du das?"

„Nein, ich hatte keine Ahnung." Was natürlich gelogen war. Sie hatte die sexuelle Spannung zwischen ihnen beiden längst bemerkt. Sie waren beide fast nackt, und Emma hatte gerade aus Versehen seine Oberschenkel berührt. Nur ein paar Zentimeter trennten sie voneinander. Emma müsste sich bloß leicht vorbeugen, um ihn zu küssen …

„Jedenfalls tust du das. Und ich kann wirklich ein Geheimnis bewahren. Wenn hier also irgendetwas passieren sollte, dann kannst du dir sicher sein, dass ich darüber im Büro kein Wort verlieren werde. Und auch nirgendwo anders, wenn du mir sagst, dass du das nicht willst."

„Was könnte denn passieren?" Ihr war klar, was er

meinte, aber sie war jemand, der die Dinge von seinem Gegenüber genau erklärt bekommen wollte. Sie brauchte eine Bestätigung dafür, dass dieser Mann sich im gleichen Maß zu ihr hingezogen fühlte wie sie sich schon seit einiger Zeit zu ihm. Sie musste Gewissheit haben, dass er ihr tatsächlich ein nachmittägliches Vergnügen anbot.

„Zum Beispiel das hier.“ Mit diesen Worten kam er ihr noch näher. Die Handtücher, die er festhielt, drückten gegen ihre Brust, während er die andere Hand an ihren Hinterkopf legte.

Emma zögerte keine Sekunde, sondern schloss die Augen, als er ihren Mund mit einem innigen, verlockenden Kuss verschloss. Er küsste sie mit genau dem richtigen Maß an Druck und Geschick. Seine Berührung war selbstbewusst und sanft, dabei aber nicht arrogant; sie hatte etwas sehr Zartes und beinahe Ehrfürchtiges an sich.

Emma seufzte leise, als er sich von ihr löste.

Kyle hatte sie völlig überrascht.

Emma hatte ihn völlig überrascht. Aus irgendeinem unerfindlichen Grund war Kyle davon ausgegangen, dass ihr Kuss präzise und effektiv ausfallen würde. Oder dass er von kühner Leidenschaft geprägt sein würde. Er hatte nicht mit etwas so Verwundbarem und Weiblichem, mit etwas so Zartem gerechnet. Sie hatte seinen Kuss erwidert, aber ihn führen lassen, was er als ausgesprochen angenehm empfunden hatte. Sie schmeckte nach … Bereitwilligkeit.

„Dann wirst du darüber also schweigen?“, fragte sie und strich mit der Zungenspitze über ihre Unterlippe.

Die Botschaft war nicht zu überhören. Emma war bereit, zu spielen. Das hätte Kyle nicht erwartet. Andererseits war jedoch auch nicht vorauszusehen gewesen, dass sie beide in dieser Verfassung in seinem Apartment landen würden. Wäre ihre Kleidung nicht gestohlen worden, hätte er sich einfach nach dem Fotoshooting auf den Heimweg gemacht und geduscht. Jetzt dagegen ergab sich für ihn die Chance, mit Emma zusammen zu duschen.

Insgeheim dankte Kyle dem Dieb dafür, dass er nach seinem und Emmas Beutel gegriffen hatte.

„Das ist nur der Anfang der Geschichte, von der ich niemandem ein Wort verraten will.“

Sie schaute ihn mit großen Augen an, und ihre Nase zuckte. Ihm war bereits aufgefallen, dass das anscheinend immer dann passierte, wenn Emma nervös war oder über eine Antwort nachdenken musste. Er fand das niedlich – was eigentlich nicht zu den Worten gehörte, mit denen er die Frauen beschrieb, die er ins Bett kriegen wollte. Doch in Emmas Fall gab es für ihn absolut keine treffendere Bezeichnung: Sie war verdammt niedlich.

„Vielleicht hast du deswegen noch nie mit mir geflirtet“, meinte sie. „Mir fällt nichts Passendes ein, was ich dazu sagen könnte.“

„Ich habe nie mit dir geflirtet, weil ich dachte, du würdest mir dann die Eier abreißen.“ Und weil er dachte, er würde von ihr eine Abfuhr erteilt bekommen, die ihm wirklich wehtun würde. Wow, er war erstaunt, dass er es sich selbst gegenüber zugeben konnte. „Und du sagst einfach, was dir durch den Kopf geht."

„Mir geht durch den Kopf, dass ich gern wissen würde, wie du ohne die grüne Farbe aussiehst. Und natürlich ohne Kleidung."

Oh yeah, Baby. „Gut, ich hatte nämlich das Gleiche über dich gedacht." Er drückte kurz ihre Hand, dann trug er die Handtücher hinüber ins Badezimmer. „Du kannst als Erste duschen. Es sei denn, ich soll dir Gesellschaft leisten." Fragen kostete ja nichts. Man konnte schließlich nie wissen …

„Ähm … eher nicht." Sie griff nach einem Handtuch und hielt es vor sich, bevor sie die zweite Serviette von ihrer Brust zog und in den Abfalleimer warf.

Zwei Schritte vor, einer zurück. Kyle wollte sich in Geduld üben – jedenfalls für die nächsten zehn, fünfzehn Minuten. Dann würde er sich den nächsten Kuss holen. Und vielleicht noch ein bisschen mehr, wenn es nach ihm ging. Es gab eigentlich keinen Grund, Emma ins Badezimmer zu begleiten, aber er tat es unter dem Vorwand, für sie das Wasser aufzudrehen und ihr seine große Auswahl an Duschgelen zu zeigen.

„Hier hast du so ein Luffa-Dings, damit du dir das Zeug abschrubben kannst."

Emma nahm den Schwamm an sich, betrachtete aber

zweifelnd die Duschkabine. „Das wird eine richtige Schweinerei werden. Gott, ich kann nur hoffen, dass auf dem Marmor keine Farbe zurückbleibt. Wer verlegt überhaupt Marmor in einer Duschkabine?"

„Da bleibt keine Farbe zurück." Hoffte er jedenfalls. Doch eine andere Wahl blieb ihnen sowieso nicht. Sie waren grün, und daran würde sich nichts ändern, wenn sie nicht duschen gingen. Er zwinkerte ihr zu. „Viel Spaß da drin."

Etwas an ihr machte ihn stutzig. Die Art, wie sie ihn ansah, wie sie anscheinend zum Reden ansetzen wollte, wie sich ihre Brüste gegen das Handtuch drückten, wie sie ihre Zehen auf dem Korkfußboden krumm machte. Wenn er das richtig deutete, wollte sie nicht, dass er wegging, aber sie würde es nicht aussprechen. Sie wartete. Sie wartete, dass er es sagte. Dass er derjenige war, der sich über die Grenzen hinwegsetzte, die im Büro zwischen ihnen existierten.

Tja, sie waren hier nicht im Büro, und er wollte eine richtige Beziehung zu ihr haben. Wenn sie wollte, dass er den ersten Schritt machte, dass er den Kerl ohne Anstand spielte, dann würde er das auch tun. Denn im Moment zählten für ihn nur zwei Dinge: eine angenehm heiße Dusche und Emma.

Also nahm Kyle den Schwamm wieder an sich, was sie ohne Protest geschehen ließ. Sie schnappte nach Luft, als er näher kam und eine Hand an ihr Kreuz legte. Dann küsste er sie, ließ dabei die Zunge zwischen ihre Lippen gleiten. Eine Welle aus sengend heißer Lust schlug über ihm zusammen und verriet ihm, dass er genau den richtigen Weg eingeschlagen hatte. Als er ihr das Handtuch abnahm und es zu Boden fallen ließ, protestierte sie ebenfalls nicht. Sie war einverstanden, dass er sich an sie schmiegte. Kyle stöhnte, als ihre Nippel über seine nackte Brust strichen.

„Ich möchte deine Haut ganz ohne Farbe spüren", sagte er zu ihr. „Ich will dich schmecken. Komm, lass mich mit dir zusammen duschen." Daraufhin schob er die Fingerspitzen unter den Bund ihres Slips, ertastete ihre sanfte Haut. Ihre Pobacke schien für die Größe seiner Hände wie geschaffen zu sein. Er warf den Schwamm in die Duschkabine, damit er auch die andere Hand frei hatte. So konnte er ihren Po umfassen und zudrücken, um sie an sich zu ziehen, damit sie das Ausmaß seiner Erregung zu spüren bekam.

Ihr leises Seufzen verriet ihm, dass sie sie spürte, was sich auch in dem Kuss äußerte, der nun von ihrer Seite inniger und stürmischer wurde.

„Okay", murmelte sie.

Kyle unterbrach den Kuss. „Wirklich?" Er hatte nicht geglaubt, dass sie darauf eingehen würde. Aber sie hatte es getan, und das machte es für ihn zu einer ziemlich dummen Taktik, wenn er nun ihre Entscheidung hinterfragte. Besser war es, sie in die Duschkabine zu dirigieren.

Ehe Emma etwas erwidern oder es sich anders überlegen konnte, ließ Kyle sie los und zog die Unterhose aus, die er achtlos zur Seite warf.

Sie riss die Augen auf. „Oh mein Gott!"

Zuerst glaubte er noch, sie sei von seiner Größe beeindruckt, denn immerhin war er nicht gerade klein gebaut. Doch dann bemerkte er, wie ihre Unterlippe zitterte, und ihm wurde klar, dass sie sich das Lachen zu verkneifen versuchte.

„Was zum Teufel gibt es denn jetzt zu lachen?"

„Da, wo du nicht mit Farbe besprüht worden bist, sieht deine Haut so weiß aus … und dazu deine Erektion …" Sie kicherte und machte eine Geste, die etwas Abstehendes darzustellen schien.

Es war schon gut, dass mit seinem Ego alles in Ordnung war, sonst hätte ihn so eine Reaktion fürs Leben zeichnen können. Aber Kyle besaß Humor, und als er nach unten schaute, konnte er nicht leugnen, dass dieser Anblick recht … interessant war. „Ich schätze, von hinten sieht das noch alberner aus. Dreh dich mal um und zieh den Slip runter, damit ich deinen nackten Hintern sehen kann."

„Von wegen!" Lachend wich sie einen Schritt zurück. „Das könnte dir so passen. Ich werde so duschen, wie ich jetzt vor dir stehe."

Und genau das tat sie: Sie stellte sich im Slip unter den Wasserstrahl. Grün verfärbtes Wasser rann an ihrem Körper hinab und lief in Richtung Abfluss, während sie lustvoll seufzte. „Das fühlt sich wunderbar an."

„Wenn du so duschst, kannst du den Slip anschließend wegwerfen", zog er sie auf. „Du solltest ihn echt besser ausziehen." Trotzdem gab er sich für den Moment damit zufrieden, dass sie ihn anbehielt. Lange würde sie ihn sowieso nicht mehr tragen. Kyle würde schon dafür sorgen, dass sie bald komplett nackt war.

Das sollte kein Problem darstellen.

„Haha!" Sie hielt den Kopf direkt unter den Strahl und rieb mit beiden Händen über ihr Gesicht.

„Ich glaube, so leicht geht das nicht ab. Du wirst einen Waschlappen brauchen." Er schnappte sich gleich zwei davon, folgte ihr in die Duschkabine und schloss die Tür hinter sich. Obwohl nur grünes Wasser an Emma herabströmte, löste sich die Farbe bloß sehr oberflächlich. Zuallererst nahm Kyle einen der Waschlappen und rubbelte damit sein Gesicht ab. Es fühlte sich gut an, als sein Mund und seine Lider endlich von dem Zeug befreit waren. Er wollte Emmas Lippen und ihren ganzen Körper auf ganz natürliche Weise kosten können.

Sie ging ein kleines Stück nach vorn, als er sich hinter sie stellte, und drehte sich leicht zur Seite und damit weg von ihm. Ihre Nervosität war ihr deutlich anzumerken, aber Kyle wollte, dass sie sich entspannte. Also gab er etwas Duschgel auf den Waschlappen und begann, es auf ihren Schultern zu verreiben.

Emma zuckte zusammen. „Was machst du da?“

„Ich befreie dich von dieser Farbe. An diese Stellen hier kommst du beim Schrubben ja nicht so gut heran.“ Wenn er sich möglichst sachlich gab, würde sie vielleicht nicht widersprechen. Außerdem hatte er dadurch die Gelegenheit, sie zu massieren. Er konnte deutlich spüren, wie ein Teil der Anspannung bereits von ihr abfiel.

„Ich muss zugeben, das fühlt sich gut an“, sagte sie und seufzte wohlig.

Er drehte sie ein wenig nach rechts, damit sie nicht von seiner Erektion berührt wurde, und übte weiterhin sanften Druck auf ihre Nackenpartie aus, wobei er sich langsam an ihrem Rücken nach unten vorarbeitete. Das Wasser prasselte auf ihn herab, Dampf stieg auf, Emmas Haare fingen an, sich wegen der Feuchtigkeit zu kräuseln. Der Geruch des Duschgels und ihrer von der Farbe befreiten Haut wirkte auf Kyle berauschend und erregend zugleich. Dennoch hatte er es nicht eilig, ans Ziel zu gelangen. Immerhin befand er sich hier auf einer sinnlichen Reise, die ihm großen Spaß bereitete.

Seine Gelassenheit wurde gleich darauf jedoch auf die Probe gestellt, als Emma sich vorbeugte und sich mit beiden Händen an der Wand abstützte. Jeder Muskel in seinem Körper spannte sich an, als er sie so dastehen sah, den Rücken leicht durchgedrückt, die Beine ein wenig gespreizt. Wenn er ihre Beine noch ein bisschen weiter auseinanderdrückte, wäre das die ideale Haltung, um sie von hinten zu nehmen … Der Gedanke setzte sich in seinem Kopf fest und ließ sich nur schwer wieder vertreiben. Um sich abzulenken, küsste er ihre Schulter, die inzwischen völlig frei von grüner Farbe war.

Er griff nach der Shampooflasche. „Komm, ich wasche dir die Haare."

„Nein!", widersprach sie sofort. „Das ist zu unheimlich."

„Zu unheimlich?" Kyle musste lachen. „Emma, ich finde, in manchen Dingen hast du eine seltsame Einstellung." Ehrlich gesagt hatte er allmählich den Eindruck, dass sie Angst vor zu großer körperlicher Nähe hatte. Allerdings würde er ihr das nicht sagen. Dann würde sie nämlich garantiert wutentbrannt das Weite suchen – und er könnte ihr das nicht mal verübeln. Abgesehen davon wollte er sich schließlich auch von niemandem seine Charakterschwächen vorhalten lassen. Schon gar nicht, wenn er nackt war.

„Ist es aber", beharrte sie. „Man wäscht seinem Kind die Haare. Und an so etwas möchte ich jetzt nicht denken."

Das löste in ihm ebenfalls einen starken Widerwillen aus. Solche Vorstellungen waren eindeutig etwas, womit die Stimmung gründlich zunichtegemacht werden konnte. Er stieß sie mit seiner Erektion an, schob die Hände nach vorn und strich über ihre Nippel. „Honey, was wir hier machen, hat nicht mal im Entferntesten etwas damit zu tun, seinem Kind die Haare zu waschen. Also schlage ich vor, wir vergessen, dass du das überhaupt gesagt hast. Überleg doch mal. Wenn eine Friseurin dir die Haare wäscht, denkst du dann auch, das wäre deine Mutter oder dein Vater?“

„Nein“, gab sie zu. „Noch nie.“

Er knabberte an ihrem Ohr und genoss das Geräusch, als sie daraufhin scharf einatmete. „Dann lassen wir deine Eltern aus dem Spiel, okay?“

Bevor sie etwas erwidern konnte, gab Kyle ihr einen stürmischen Kuss. Ohne Vorwarnung ging er vor ihr in die Knie und zog ihren Slip nach unten. Ihrem erschrockenen Aufschrei schenkte er gar keine Beachtung.

Er würde Emma vergessen lassen, dass sie überhaupt Eltern hatte.

5. KAPITEL

Kyle wollte ihr den Slip ausziehen. Er kniete sich vor ihr hin, und Emma war sich sicher, dass er nicht bloß den Schwamm aufheben wollte. Sie zwang sich dazu, tief durchzuatmen, sagte sich dann aber, dass sie aufhören musste, sich ständig zu irgendetwas zu zwingen. Stattdessen sollte sie besser endlich damit anfangen, einfach die Augen zuzumachen und zu genießen.

Das ging viel leichter als gedacht. Nach dem ersten Schreck und der reflexartigen Verlegenheit – immerhin war sie völlig nackt und offenbarte Kyle ihre intimsten Hügel und Täler – entspannte sie sich und umklammerte Halt suchend seine Schultern. Einen Fuß nach dem anderen hob er an, um sie von ihrem in Farbe getränkten Slip zu befreien. Seine Hand glitt an ihrem Bein nach oben, während er sie dort küsste, wo ihre Hüfte in den Oberschenkel überging.

Nein, sie würde nicht lügen. Es fühlte sich gut an. Seine Berührung war sinnlich und bedächtig, und er ließ keine Eile dabei erkennen, als er seine Zunge Kurs auf ihre Klitoris nehmen ließ. Hätte er sie gegen die Wand gedrückt und sich über sie hergemacht, wäre das für sie wahrscheinlich kein Vergnügen gewesen. Sie brauchte jemanden, der sie nicht überrumpelte. Jemanden, dem es nicht darum ging, so schnell wie möglich sein Ziel zu erreichen. Jemanden, der vorausahnte, wie sie es haben wollte, und der dabei selbstbewusst die Richtung vorgab.

Und Kyle verstand es, genau das zu tun. Seine Zunge bahnte sich den Weg zu ihrem geheimsten Punkt, berührte ihn jedoch nur kurz. So kurz, dass Emma unwillig stöhnte, als er weiter nach unten wanderte.

„Stimmt was nicht?“, murmelte er.

„Nein, nein, alles okay.“ Sie würde ihn nicht bitten, ihre Klit zu lecken. Das würde sie nicht tun, und das konnte sie auch gar nicht tun. Sie würde sich dabei schwach vorkommen.

Das Wasser lief ihm in grünen Rinnsalen über den Rücken und ließ die nackte Haut unter der Farbe zum Vorschein kommen. Emma genoss den Anblick, wie sich sein Kopf zwischen ihren Beinen bewegte. Wie er vor ihr kniete. Wie er das für sie tat. Dampf stieg um sie herum auf, und mit einem Mal kam sie sich vor wie in den Tropen. Sie malte sich aus, wie sie mit dem Mann ihrer Träume unter einem Wasserfall stand. Was hier tatsächlich geschah, war für sie fast noch unwahrscheinlicher – sie wurde gerade vom heißesten Typen im Büro mit dem Mund verwöhnt. Das war doch völlig verrückt!

Es war purer Wahnsinn. An den Rand des Wahnsinns trieb Kyle sie wirklich, als er nun seine Zunge über ihre Schamlippen gleiten ließ – und das auch noch so gemächlich, als hätte er alle Zeit der Welt. Als könnte er das hier den ganzen Tag lang mit ihr machen. Es machte sie unglaublich scharf, dass es für ihn nichts Besseres zu geben schien, als ihre Oberschenkel festzuhalten und sich auf sie zu stürzen wie auf ein Festmahl. Dabei drückte sie die Fingernägel fester in seine Schultern. Mit dem gesamten Körper reagierte sie auf seine Berührungen: Sie spürte, wie sie immer feuchter wurde, wie sich ihre Muskeln anspannten, wie sich ihre Nippel aufrichteten, sodass es fast schon schmerzte.

Normalerweise erforderte es von einem Mann erheblichen Einsatz, um sie so zum Orgasmus zu bringen, da sie nicht in der Lage war, sich fallen zu lassen. Das war ihr Problem, das wusste sie. Sie hatte sogar versucht, sich anzutrainieren, sich im entscheidenden Moment völlig zu entspannen und tief durchzuatmen. In den meisten Fällen hatte das jedoch zu nichts geführt – außer zu Frust für sie und ihren Partner. Kyle dagegen ließ sie das alles total vergessen. Er schaffte es, dass sie sich gehen lassen konnte, ohne sich das erst bewusst vornehmen zu müssen. Es geschah einfach.

Da waren nicht wie sonst die verkrampften Schultern oder Oberschenkel, die zusammengepressten Lippen, wenn ein Mann ihr Lust bereitete – oder es zumindest probierte. Stattdessen fühlte Emma sich leicht und locker. Ihr Inneres schien wie Schokolade dahinzuschmelzen. Sie sank gegen die Wand der Duschkabine und strich sich die nassen Haare aus dem Gesicht.

„Oh ja“, hauchte sie, ohne zu wissen, warum sie das sagte. Eigentlich redete sie nicht beim Sex, weil sie für gewöhnlich darauf konzentriert war, zum Orgasmus zu kommen. Dabei blieb nie Zeit für irgendwelche Äußerungen. Aber Kyle sorgte dafür, dass die Worte über ihre Lippen schwebten. Sie kam sich vor, als wäre sie durch ihn ein ganz anderer Mensch.

Emma ließ seine Schulter los und vergrub die Finger in seinem kurzen Haar. Sie genoss das Gefühl, Kyle zu berühren, während er mit ihr so wundervolle Dinge anstellte. Ihr entging nicht, dass ihr Stöhnen lauter wurde, doch es kümmerte sie nicht weiter. Das hier war es mehr als wert, mit einem Stöhnen kommentiert zu werden. Kyle tat mit seiner Zunge Dinge, die bestimmt in ein paar Bundesstaaten illegal sein mussten.

Anders als sonst erreichte sie auch nicht schlagartig den Höhepunkt. Diesmal kündigte er sich ganz allmählich an und steigerte sich zu immer größeren und eindringlicheren Wellen der Ekstase, die schließlich über sie hinwegrollten und sie so lange in ihrem Sog hielten, wie Emma es niemals für möglich gehalten hätte. Das Gefühl ebbte genauso langsam ab. Sie kniff die Augen zusammen, damit sich die Wassertropfen lösten, die sich dort gesammelt hatten. Völlig sprachlos starrte sie auf Kyles Kopf. Das war ungelogen der beste Oralsex, den sie je erlebt hatte. Es war lässig und ausgiebig und sehr befriedigend gewesen.

Vielleicht lag es am heißen Wasser, dass sie sich so durch und durch hatte entspannen können. Aber vielleicht besaß Kyle ja auch eine tantrische Zunge. Doch darüber würde sie sich jetzt keine Gedanken machen. Sie wollte nur den

Moment genießen, um später noch davon träumen zu können.

„Hmm“, machte Kyle und küsste ihren Oberschenkel. „Das hat mir gefallen. Dir hoffentlich auch.“

Was denn sonst? „Oh ja.“ Es war unglaublich gewesen. Emma öffnete den Mund, wollte irgendetwas sagen, irgendetwas Anerkennendes, doch die Worte blieben ihr im Hals stecken. Himmel, sie war erschreckend schlecht in solchen Dingen! Kein Wunder, dass sie sich zum Workaholic entwickelt hatte. Im Umgang mit anderen Leuten taugte sie nichts.

Auf einmal kehrte die Anspannung in ihre Schultern zurück, und sie biss sich auf die Unterlippe, als sie sah, wie Kyle sich erhob. Seine Brust war immer noch mit grünen Streifen überzogen, das Gesicht dagegen war fast sauber. Mit einer Hand wischte er das Wasser weg, und wenn sie sich nicht irrte, stammte einiges von der Nässe von ihr. Er lächelte sie verrucht an, was das Ziehen tief in ihrem Bauch erneut auflodern ließ. Dann kam er näher, packte sie an den Hüften und küsste sie voller Leidenschaft. Ihr war, als könnte sie ihren eigenen Geschmack auf seiner Zunge wahrnehmen. Der Kuss sorgte dafür, dass ihre Verspannung sich sofort wieder verflüchtigte, und sie ließ sich von ihm in eine Ecke der Kabine dirigieren.

Als er ihr Bein so anhob, dass sie den Fuß auf den Rand der Duschwanne stellen konnte, fragte sie atemlos: „Was hast du vor?“

Was er vorhatte, wurde ihr in der nächsten Sekunde klar, als er mit den Fingern in sie eindrang. In dieser Position würde sie ihn leicht in sich aufnehmen können.

„Ich will mich vergewissern, dass du für mich bereit bist.“ Er knabberte an ihrem Hals, küsste ihren Nippel und verfiel mit seinen Fingern in einen Rhythmus, der sie dazu veranlasste, sich an der Wand abzustützen, damit sie nicht den Halt verlor. „Aber ich merke, du bist es.“

„Oh ja, das bin ich“, bekräftigte sie und nickte. Sie wollte jetzt aus erster Hand seinen Penis erleben.

Doch in dem Moment wich Kyle plötzlich zurück. So konnte das nicht funktionieren.

Emma wurde ungeduldig. „Wo willst du hin?“

Kyle erfreute sich an Emmas Tonfall. Sie klang gereizt, was er mit einem Grinsen aufnahm. Offenbar wollte sie ihn genauso sehr wie er sie. „Keine Angst, Sweetheart. Ich muss bloß eine Sache erledigen.“

In der Schublade im Schrank neben dem Waschbecken befand sich ein Päckchen Kondome, an das er herankommen konnte, wenn er sich weit genug nach hinten lehnte. Es war ein Balanceakt, aber er wollte Emma nicht allein in der Dusche zurücklassen. Also hielt er sich mit einer Hand an ihrer Hüfte fest und beugte sich nach draußen. Wasser spritzte wegen der offenen Tür auf den Badezimmerboden, doch das konnte man ja wieder aufwischen. Schließlich hatte er Handtücher bereitliegen. Er streckte den Arm aus, zog die Schublade auf und bekam eine der Plastikverpackungen zu fassen. Keine sechzig Sekunden später hatte er das Kondom übergestreift und konnte dort weitermachen, wo er eben aufgehört hatte. Allerdings hatte Emma inzwischen den Fuß vom Wannenrand genommen, um sich vor seinen Blicken zu schützen. So etwas kam jedoch gar nicht infrage.

Plötzlich fiel ihm etwas ein. „Ist es hier überhaupt bequem genug?“, fragte er. „Oder sollen wir zum Bett rübergehen?“ Er wollte kein rücksichtsloser, sondern der beste Liebhaber ihres Lebens sein.

„Das ist okay. Mach nur bitte … bevor ich noch tot umfalle.“ Emmas Miene strahlte eine erregende Mischung aus Verlangen und gequälter Vorfreude aus.

Kyle merkte, wie ihm das Wasser im Mund zusammenlief. Emma hatte etwas so Verwundbares an sich: Sie schien ihrer Lust regelrecht ausgeliefert zu sein, statt sie fest im Griff zu haben. Es gab ihm das Gefühl, dass sie ihm etwas Überwältigendes anvertraut hatte – nämlich ihre Befriedigung. Ihm war klar, sie war keine von den Frauen, die um etwas bitten würden, und trotzdem bat sie ihn in diesem Moment wortlos darum, ihr Begehren zu stillen und sie die süße Erlösung erleben zu lassen. Er wollte ihr das und noch viel mehr geben. Seine eigenen Bedürfnisse waren zweitrangig.

Also küsste er sie stürmisch, während er zugleich mit einer Hand ihr Knie zur Seite drückte. Mit dem Daumen fand er schließlich ihre Klitoris, massierte sie sanft und genoss dabei, wie sich ihr Atmen in ein lustvolles Seufzen verwandelte. Ohne den Kuss zu unterbrechen, schob er sich zwischen ihre Schenkel und reizte sie mit seinem Schwanz. Dabei hob er eine Hand, strich über ihren Nippel, liebkoste ihn. Dann drang er ein kleines Stück weit in sie ein, schloss die Augen und ließ die Hitze auf sich wirken, von der er umschlossen war. Trotzdem zog er sich gleich darauf zurück, wodurch sie beide unwillkürlich nach Luft schnappen mussten.

„Kyle …“, murmelte sie, und er fragte sich im Stillen, ob sie seinen Namen überhaupt schon einmal so ausgesprochen hatte.

Erneut tauchte er in sie ein. „Ja?“

„Schon gut.“

Bevor er ganz in ihr war, zog er sich wieder zurück.

„Kyle!“

„Ja?“

Er hatte die Augen halb geschlossen, das Wasser prasselte auf seine Schulter und seine Hüften. Ihr Haar war feucht, die Haut nass und rosig. Dunstschwaden stiegen um sie herum auf, während sie sich in eine Ecke der Duschkabine drückte. Das Ganze war so unwirklich und so unglaublich – und dennoch war es real.

Er wusste, was Emma wollte, und er wusste, dass mit jedem sanften Stoß seine eigene Beherrschung weiter nachzugeben drohte. Nichtsdestotrotz drang er immer wieder so tief ein, wie sie ihn aufnehmen konnte, jedes Mal begleitet von einem rauen, ekstatischen Keuchen. Emma fühlte sich einfach perfekt an. Er bewegte sich langsam und gleichmäßig, musste sich gegen den Drang wehren, schneller und heftig zuzustoßen. Ihm war jedoch klar, dass der bedächtige Rhythmus besser war als hektisches Rammeln und dass er so für seine Mühen belohnt werden würde. Gleich darauf schnappte Emma fast schon überrascht nach Luft, als sich bei ihr der nächste Orgasmus ankündigte.

Genau das hatte er gemeint. Dies war ein anderer Orgasmus als der, den er ihr vor einigen Minuten beschert hatte. Vielleicht kam es ihm auch bloß so vor, weil er ihn aus einer anderen Perspektive miterlebte. Doch auf jeden Fall schien dieser Höhepunkt größer und gewaltiger zu sein. Emma krallte die Finger in seine Arme, und Kyle kam zu dem Schluss, dass es nun keinen Grund mehr gab, die Belohnung für seine Anstrengungen noch länger hinauszuzögern. Es war ein so verdammt gutes Gefühl, zu spüren, wie sie sich mitreißen ließ und in seinen Armen zu vergehen schien. Mit einer Hand stützte er sich an der Wand hinter ihr ab und erreichte ebenfalls den Gipfel.

Als sie beide wieder zur Ruhe gekommen waren, legte Kyle seine Stirn an Emmas Gesicht. Er schnappte nach Luft, sein Hals tat ihm vom angestrengten Stöhnen und Keuchen weh. Seine Oberschenkel waren durch die ungünstige Haltung verkrampft, und mit einem Mal bemerkte er, dass er seine Zehen kaum noch fühlte, weil die sich am Rand der Fußmatte in der Duschwanne eingehakt hatten, um ihm Halt zu geben. Wasser tropfte ihm in den Mund, das mittlerweile nur noch lauwarm war. Er löste sich ein kleines bisschen von Emma und grinste sie an.

„Das war eine sehr entspannende Dusche", sagte er zu ihr und zog das Kondom ab, um sich zu waschen.

„Als entspannend würde ich das nicht gerade bezeichnen", konterte sie und strich sich die feuchten Haare aus dem Gesicht. Mit einem nassen Klatschen landeten sie an der Schulter.

„Ach nein? Und *wie* würdest du es bezeichnen?" Er bückte sich und griff nach dem Duschgel. Nachdem er eine Portion davon in seine Hand gegeben hatte, machte er sich daran, sich von der Taille abwärts einzuseifen, um die Farbe und andere Reste wegzuschrubben.

Eine Weile lang beobachtete Emma aufmerksam, wie er seinen Schwanz einseifte. Dann erst hob sie den Kopf, lächelte ihn ironisch an und sagte: „Nass. So würde ich es bezeichnen."

Er musste lachen. „Auf den Punkt genau. Das gefällt mir."

„Na ja, immerhin sind wir Journalisten."

Nun bückte sie sich, um den hingefallenen Waschlappen aufzuheben. Als sie ihm dabei ihren nackten Hintern präsentierte, stockte Kyle der Atem. Hätte sie ihm etwas mehr

Zeit gegeben, hätte er die Gelegenheit sofort genutzt und sie von hinten genommen. Doch er brauchte einfach noch ein paar Minuten, um sich zu regenerieren. Und er brauchte etwas zu essen. Plötzlich fiel ihm ein, dass er sich schon vor dem Duschen halb verhungert gefühlt hatte. Allerdings konnte das Essen auch jetzt noch ein bisschen warten: Kyle wollte den Blick auf Emmas nackte Haut so lange genießen, wie er nur konnte. Es hatte etwas erstaunlich Erotisches an sich, ihr dabei zuzusehen, wie sie ihre Brüste mit Duschgel einrieb, um sie von den letzten Resten grüner Farbe zu befreien.

Das Beste daran war, dass sie anscheinend überhaupt nicht ahnte, wie verdammt sexy sie war. Sie war einfach nur Emma – die effiziente und stets sachliche Emma. Doch gerade das machte es für Kyle umso erregender, denn es war, als würde er sie durch ein Schlüsselloch beim Duschen beobachten. Dummerweise starrte er sie so fasziniert an, dass er darüber vergaß, mit dem Waschen weiterzumachen.

Emma fiel auf, dass er sich nicht bewegte, und musterte ihn mit einer Miene, die man nur als argwöhnisch bezeichnen konnte. „Was ist?“

Er schüttelte den Kopf und genoss ihr Unbehagen. Es amüsierte ihn. „Gar nichts. Ich habe mich nur an der Aussicht erfreut.“

Missbilligend schürzte sie die Lippen. „Die Aussicht wird sich bald verabschieden, weil das Wasser kalt wird.“

Vermutlich konnte er froh darüber sein, dass Emma sich ihm gegenüber überhaupt geöffnet hatte. Wenn ihm gestern jemand prophezeit hätte, dass er es mit Emma unter der Dusche treiben würde, hätte er sich totgelacht. Aber nachdem sie sich ihm jetzt so offen und so entspannt gezeigt hatte, wollte er mehr von dieser Seite erleben. Doch Emma hatte inzwischen wieder zu ihrer gezierten, unnahbaren Art gefunden, die er von ihr normalerweise zu sehen bekam.

Also gab er ihr kurz entschlossen einen Klaps auf den Po, als sie die Tür der Duschkabine aufmachte und an ihm vorbei nach draußen auf die Badematte trat.

„Hey!“ Sie zuckte zusammen und funkelte ihn für einen Moment finster an.

„Du hast da eine Stelle übersehen“, meinte er lachend.

Sie verdrehte daraufhin bloß die Augen. „Kann man mit so was bei Frauen landen? Im Ernst? Mit so einer Masche à la Matthew McConaughey?“

Eigentlich sollte er sich gekränkt fühlen. Er vermutete jedoch, dass Emma insgeheim ihren Spaß hatte. Sonst wäre sie doch längst gegangen, oder nicht? Also konnte sie sich so widerborstig und unbeeindruckt geben, wie sie wollte. Hauptsache, sie kam nicht auf die Idee, sich anzuziehen und nach Hause zu gehen.

Doch natürlich war er nicht so dumm, sie wissen zu lassen, dass er ihre Nummer durchschaut hatte. Er musste eine wahre Gratwanderung vollbringen, wenn er Emma dazu bewegen wollte, sich auf eine zweite Runde einzulassen. Sollte sie das nicht tun, würde er sehr wahrscheinlich einen Wutanfall bekommen.

„Bei gewöhnlichen Frauen kann ich damit immer landen“, antwortete er, während er ihr aus der Dusche folgte. „Aber du bist ja auch was Besonderes.“

Es war riskant, so unverhohlen sarkastisch zu sein. Wenn sie unsicherer war, als er glaubte, könnte sie beleidigt reagieren. Doch Emma schnaubte und zog einen Mundwinkel hoch.

„Und du bist ein Idiot.“

Kyle zuckte mit den Schultern. „Ich habe schon Schlimmeres zu hören bekommen.“

Voller Eifer rubbelte Emma sich ab.

„Willst du nicht wenigstens noch die letzte Hautschicht dranlassen?“, fragte er und trocknete sich die Haare ganz bewusst besonders langsam, damit er splitternackt vor ihr stehen bleiben konnte.

Sie wickelte ihr Handtuch so um sich, dass es sie von den Achseln bis zu den Knien bedeckte. Eben wollte er ihr sagen, wie grundverkehrt es von ihr war, sich so zu vermummen, als sie etwas tat, womit sie ihn völlig überrumpelte – und zwar auf die denkbar beste Weise.

Emma ging um ihn herum, strich mit den Händen über seinen Rücken und krallte schließlich ihre Finger in seine Pobacken. „Ich muss zugeben, dass ich das heute schon die ganze Zeit machen wollte.“

Verdammt! Hätte er das bloß früher gewusst! Er wünschte sich, er hätte in diesem Moment ihr Gesicht sehen können. Aber er begnügte sich nur zu gern mit dem, was sie mit ihm anstellte. Dieser Tag verlief wirklich sehr gut, das musste er zugeben. Die hochgeschlossene Emma Gideon hatte es mit ihm unter der Dusche getrieben, und jetzt stürzte sie sich auch noch auf seinen Hintern. Das war definitiv ein Tag für die Geschichtsbücher.

„Ich bin froh, dass du dich entschieden hast, selbst zur Tat zu schreiten“, sagte er.

„Na, ich dachte mir, wenn nichts davon am Montag zur Sprache kommen kann, dann sollte ich die Gelegenheit doch ausnutzen.“

„Sehr praktisch gedacht von dir“, stellte er fest und schnappte nach Luft, als sie ihre Finger an seinen Hüften entlang zu seiner Vorderseite wandern ließ und sie fast seinen mit einem Mal wieder zum Leben erwachten Schwanz berührte.

„Ich bin eben praktisch veranlagt“, erklärte sie. „Manche halten das für eine schlechte Eigenschaft.“

„Ich muss dir sagen, dass ich diese Eigenschaft sehr schätze. Praktisch betrachtet meine ich nämlich, wir sollten den heutigen Tag bis zum letzten Moment ausnutzen. Da wirst du mir sicher zustimmen. Immerhin müssen wir ab morgen so tun, als wäre nie etwas passiert.“ Kyle ergriff ihre Hand und führte sie an seine Erektion.

„Das entbehrt nicht einer gewissen Logik.“ Sie trat vor

ihn und strich über seinen Körper. „Aber hattest du nicht davon gesprochen, dass du Hunger hast?"

„Ich kann ja dich vernaschen", erwiderte er und knabberte an ihrer Schulter. „Mjam, mjam."

Emma lachte. Sie konnte nicht anders. Schließlich gab es einen guten Grund dafür, dass jeder ihn für charmant hielt. Er hatte etwas an sich; seine Lässigkeit war geradezu ansteckend. Gleich nach dem Sex war sie für einen Moment in Panik geraten und hatte den dringenden Wunsch gespürt, von hier zu entkommen. Das war eine Folge davon, dass sie stets auf ihr Gewissen gehört hatte, das ihr vorgeschrieben hatte, nie irgendwelche Risiken einzugehen. Diese innere Stimme hatte sich auch heute wieder gemeldet und verkündet, dass Emma einen schweren Fehler begangen hatte, den sie nie wiedergutmachen konnte. Sie hatte gegen das Gebot verstoßen, niemals einen Kollegen zu vögeln. Ihr Großvater war nicht müde geworden, zu betonen, dass schon ihre Mutter sich der Leidenschaft hingegeben und damit ihrem Leben eine andere Richtung gegeben hatte – und zwar nicht im positiven Sinne.

Doch dann hatte Emma über ihre Situation nachgedacht und war zu dem Schluss gekommen, dass es dumm von ihr wäre, den Heimweg anzutreten, ohne diesen Tag bis zum letzten Augenblick genossen zu haben. Sie war keine achtzehn mehr, und außerdem hatten Kyle und sie bereits wie vernünftige Erwachsene über die Folgen ihres Handelns gesprochen. Was bedeutete, dass Emma mit Kyle und seinem Schwanz tun konnte, was sie wollte, ohne sich schuldig fühlen zu müssen. Das vorhin war nämlich zufällig der allerbeste Sex aller Zeiten gewesen. Was würden sie erst im Bett zustande bringen?

Es bedeutete allerdings auch, dass sie ihm deutlich mehr zu naschen bieten musste, wenn er bei dem Tempo mithalten sollte, das sie sich vorstellte. In Beziehungen mochte sie nicht viel Erfolg haben, doch sie verstand, wie Männer funktionierten. Wenn sie Hunger hatten, konnten Männer sich nicht konzentrieren. Das war eine Tatsache.

Also nahm sie die Hand weg und trat einen Schritt zurück. „Wir können was vom Chinesen kommen lassen."

„Können wir rummachen, während wir auf das Essen warten?"

„Ja." Das war ein guter Kompromiss, und abgesehen davon hatte sie nichts dagegen einzuwenden, wenn sie ein bisschen rummachten.

„Dann bin ich dabei." Er war immer noch wunderbar nackt, als er durch den Flur ins Schlafzimmer ging und eine Schublade der Kommode aufzog. „Was ist dir lieber? Boxershorts oder Slip?"

Emma folgte ihm und war einmal mehr beeindruckt, wie sauber und aufgeräumt alles war. „Du kannst die Unterwäsche tragen, die dir am liebsten ist." Sie war ja nicht seine Freundin. Sie war eigentlich gar nichts. Plötzlich spürte sie, wie ihre Wangen zu glühen anfingen. Warum regte sie der Gedanke plötzlich so auf, ihm nichts zu bedeuten und immer so tun zu müssen, als wäre das hier alles nicht passiert?

Weil sie jämmerlich war. Einen anderen Schluss konnte sie daraus nicht ziehen.

„Nein, ich wollte wissen, ob du Boxershorts oder einen Slip von mir tragen willst", stellte er klar. „Oder willst du einfach Jeans ohne was drunter anziehen?"

„Ich werde ganz bestimmt keinen von deinen Slips tragen." Bei ihren Hüften und ihrem Hintern wollte sie nicht das Risiko eingehen, dass seine Slips ihr nicht passten. „Ich lasse die Unterwäsche weg. Hast du eine Jogginghose oder so was in der Art?"

Fünf Minuten später dachte Emma, dass Kyle sich das mit dem Rummachen jetzt wahrscheinlich noch mal überlegen würde. Sie trug eine Jogginghose, die sie am Saum ein paarmal umgeschlagen hatte, weil sie ihr an den Beinen mindestens dreißig Zentimeter zu lang war. Im Schritt saß sie viel zu weit, doch über dem Po spannte sich der Stoff so, dass die Hose nicht ins Rutschen geriet. Dazu trug sie ein T-Shirt mit Brutus Buckeye darauf, dem Maskottchen der Ohio State. Einer ihrer Nippel drückte genau gegen die Stelle, an der das dämliche Grinsen von Brutus aufgedruckt war, was ihren ganzen Aufzug noch eigenartiger wirken ließ.

Sie sah wirklich alles andere als verführerisch aus. Andererseits hatte Kyle sie geküsst, als sie von Kopf bis Fuß grün gewesen war. Also gab es womöglich gar keinen Grund zur Sorge. Das wäre doch mal was ganz Neues für sie.

Gemeinsam gingen sie ins Wohnzimmer, wo er seinen Tablet-PC vom Küchentresen nahm, ehe er sich zu ihr auf die Couch setzte. „Wonach ist dir?“, fragte er. „Ich mag's gern würzig.“

„Ich hab's lieber so schlicht wie möglich. Gedämpfter Reis, gedämpftes Gemüse.“

„Igitt. Dann werden wir wohl nicht halbe-halbe machen.“ Er tippte auf das Display und wählte einen Lieferdienst aus.

„Ich brauche etwas Zeit, um mir meinen Artikel in groben Zügen zu überlegen“, sagte sie. „Außerdem sollten wir mal bei der Polizei nachfragen, ob unsere Kleidung bereits wiedergefunden wurde und ob es schon eine Spur gibt, wer der Dieb ist.“

Verwundert betrachtete er sie. „Ich dachte, wir wollten rummachen.“

Emma fühlte sich bedrängt, auch wenn das eine irrationale Reaktion war. Tatsache war, dass Spontaneität bei ihr nicht von Dauer war. Sie war längst wieder bei dem Gedanken angelangt, dass Kyle sich unmöglich zu ihr hingezogen fühlen konnte. Nicht zu dieser arbeitswütigen Gewürz-Hasserin, die nicht in seine Jogginghose passte. Nachdem ihr das durch den Kopf gegangen war, brauchte es nicht mehr viel, bis sie wieder in Sorge um ihren Artikel und ihre Karriere überhaupt war. Und das brachte sie dazu, sich möglichst bald ihrer Arbeit widmen zu wollen.

„Was denn?“, gab sie zurück. „Das muss erledigt werden. Wir können ja trotzdem noch rummachen. Später, wenn ich fertig bin.“ Sie hatte zumindest den Hauch einer Chance, ihren Artikel in eine Richtung zu lenken, die mehr war als die bloße Schilderung eines Fotoshootings mit halb nackten Leuten, und diese Gelegenheit wollte sie sich nicht entgehen lassen. Wieder einmal ärgerte sie sich darüber, dass ihn absolut gar nichts zu kümmern schien und dass sie selbst nicht in der Lage war, so eine gelassene Haltung wie er einzunehmen.

„Das kann auch noch zwanzig Minuten warten. Wir machen rum, dann essen wir, und danach können wir arbeiten. Versprochen.“ Seine Finger sausten über das iPad. „Die Bestellung ist raus, geliefert wird in einer halben Stunde. Also lass uns anfangen.“

„Mit dem Artikel?“, fragte sie hoffnungsvoll. Es würde sie ohne Ende stressen, wenn sie diesen Text nicht sofort schrieb. Dass sie sich wie ein Workaholic benahm, war ihr völlig klar. Was würde schon eine Stunde ausmachen? Es würde sie nicht umbringen, wenn sie sich ein bisschen vergnügte. Warum also war das so schmerzhaft für sie?

Weil sie jämmerlich war. Das schien auch hier wieder die einzige Erklärung zu sein. Es lief offenbar alles nach dem gleichen Schema ab. Sie war ausgerastet, als sie sich für das Shooting hatte ausziehen müssen. Sie war ausgerastet, nachdem sie mit Kyle geschlafen hatte. Und jetzt rastete sie wegen eines Artikels aus, den sie selbst mit Grippe und hohem Fieber in einer Dreiviertelstunde schreiben konnte. Warum fiel es ihr bloß so schwer, sich zu entspannen? Ja, es war eine rhetorische Frage.

„Nein", antwortete er.

„Ich muss dir ein Geständnis machen", platzte sie heraus. „Ich weiß, du hältst mich für verrückt und du denkst, ich wäre ein Workaholic. Aber du musst auch wissen, dass mein Dad uns verließ, als ich zwei war. Meine Mom hat verdammt hart arbeiten müssen, um uns beide zu ernähren und um mich großzuziehen. In der Woche hat sie am Bankschalter gestanden, und an den Wochenenden ging sie putzen. Mich hat sie dann mitgenommen, und dabei habe ich mitgekriegt, wie die Leute mit ihr geredet haben. So als wäre sie es nicht wert, die Zeit dieser Leute zu beanspruchen. Sie ist ein wunderbarer Mensch, sie ist großzügig und witzig, und sie kann kochen wie diese Chefköche, die im Fernsehen auftreten. Ich arbeite so viel, weil ich in der Lage sein will, ihr finanziell unter die Arme zu greifen und mich für das zu revanchieren, was sie für mich alles geopfert hat. Und weil ich nicht will, dass jemals irgendwer so mit mir redet, wie man es mit ihr gemacht hat." Sie atmete tief durch und schaute zu Kyle. Ihr Herz raste.

Vielleicht hatte sie zu viel von sich preisgegeben.

Sie hatte nicht die geringste Ahnung, warum sie ihm etwas so Persönliches anvertraut hatte. Vielleicht, weil Kyle ihr durch das Fotoshooting geholfen und er für sie eine negative Situation in etwas Positives umgekehrt hatte. Sie wusste es zu schätzen, dass sie diese andere Seite an ihm kennengelernt hatte, und im Gegenzug sollte er wissen, dass sie ebenfalls mehr zu bieten hatte, als man auf den ersten Blick sah. Im Büro hatte sie ihm ihr professionelles Ich präsentiert, unter der Dusche hatte er eine zweite Seite an ihr gesehen, und nun sollte er auch eine dritte kennenlernen.

Zu seinen Gunsten sprach, dass er bei ihrem Geständnis nicht mal mit der Wimper gezuckt hatte. Und jetzt erwiderte er: „Ich verstehe dich. Aber ich gehe das Leben anders an. Mein Dad ist mit dreiundvierzig an einem Herzinfarkt gestorben. Meine Brüder und ich haben ihn eigentlich kaum gekannt, weil er so viel gearbeitet hat. Sogar wenn er zu Hause war, hat er sich Sorgen ums Geld und um seinen Job als Versicherungsvertreter gemacht. Er starb einsam und allein in einem Hotelzimmer, als er zu einer Konferenz nach Chicago gereist war. Daraufhin habe ich einen Entschluss gefasst: Es ist egal, wie und wo ich Karriere mache – aber ich werde immer darauf achten, dass ich das Leben genießen kann. Ich lebe nicht, um zu arbeiten, sondern ich arbeite, um zu leben."

Emma wurde blass. „Oh Gott, Kyle. Das mit deinem Dad tut mir so leid. Wie alt warst du da?"

„Fünfzehn. Und es war eine beschissene Zeit. Meine Mom musste drei Jungs im Teenageralter großziehen, mein älterer Bruder brach das College ab und kehrte heim. Darum gehe ich meine Arbeit nie so aggressiv an, wie ich es wohl tun könnte. Trotzdem liebe ich meinen Job, und ich mache meine Arbeit ganz gut. Könnte ich jemals Starreporter fürs *Wall Street Journal* werden? Auf keinen Fall, denn ich bin nicht bereit, für so eine Karriere alles zu opfern, und damit habe ich auch kein Problem."

„Schon klar." Emma rieb mit den Handflächen über die geborgte Jogginghose. „Ich schätze, das ist eine Frage, über die ich noch nie ernsthaft nachgedacht habe. Bin ich bereit, für den Erfolg alles zu opfern?" Die Antwort darauf kannte sie bereits. Sie hatte keine Zeit für Freunde. Keine Zeit für Dinge, die ihr Spaß machten. Keine Zeit für Sport. Selbst für den Verein, der ihr so am Herzen lag, weil er mittellosen Frauen und alleinerziehenden Müttern eine Ausbildung finanzierte, hatte sie keine Zeit mehr. Stattdessen schickte sie jeden Monat eine Geldspende in Form eines Schecks hin. Und sie konnte sich nicht mal daran erinnern, wann sie das letzte Mal ihre Mutter besucht hatte. Drei Wochen mussten seitdem mindestens vergangen sein, und dabei brauchte sie bis zu ihr gerade einmal zwanzig Minuten.

Emmas Magen krampfte sich zusammen, und ihr wurde übel.

„Ich will dich nicht kritisieren", sagte er. „Ich finde, weder das eine noch das andere ist grundsätzlich richtig oder falsch. Unsere Erfahrungen haben uns geprägt, und die haben dazu geführt, dass wir beide das Thema Karriere völlig gegensätzlich angehen. Aber wenn du damit glücklich bist, ist das okay. Nur das zählt, Emma."

„Wer hat denn bitte behauptet, dass ich glücklich bin?", rief sie. „Ich bin nicht im Entferntesten glücklich! Vor dem heutigen Tag hatte ich ein Jahr lang keinen Sex mehr. Da kann ich wohl kaum glücklich sein."

Kyle starrte sie einen Moment lang an, dann musste er laut lachen. „Du machst mich verrückt. Warum schaltest du dann nicht mal einen Gang runter und baust dir ein Privatleben auf?"

Sie zuckte mit den Schultern. „Weil meine Mom so stolz auf mich ist. Sie lebt stellvertretend durch meinen Erfolg, und sie soll sehen, dass ich es zu etwas gebracht habe. Damit sie weiß, dass all ihre Opfer auch einen Sinn hatten."

„Wenn sie so wie meine Mom ist, will sie wahrscheinlich bloß, dass du glücklich bist."

Es war alles so simpel und so offensichtlich, dass Emma sich ein wenig dumm vorkam. „Ja, vermutlich hast du recht. Vielleicht muss ich die Arbeit tatsächlich ein bisschen runterschrauben. Es gibt keinen Grund, wieso ich nicht auch mal meinen Spaß haben sollte."

Er hob vielsagend die Brauen. „Da kann ich dir behilflich sein."

Daran hatte sie nicht den geringsten Zweifel. „Sind wir jetzt wieder bei der Frage gelandet, ob wir nicht doch noch vor dem Essen rummachen sollen?"

„Nein, auf keinen Fall. Es sei denn, du willst es. Wir können uns aber auch weiter unterhalten. Reden ist gut." Er setzte eine ernste Miene auf. „Mir ist klar, dass ich oft herumalbere, aber ich bin froh, dass du mit mir über deine Gefühle gesprochen hast, Emma. Ich weiß das Vertrauen zu schätzen, das du mir entgegenbringst."

Ihr schnürte sich die Kehle zu, als ihr klar wurde, dass Kyle womöglich tiefgründiger war, als sie bislang angenommen hatte. Auf jeden Fall war er ein netter Kerl. „Und ich weiß zu schätzen, dass du mir zuhörst. Du hast mir schon einen guten und unvoreingenommenen Ratschlag gegeben. Ich brauche mehr Ausgewogenheit zwischen Arbeit und Vergnügen." Es war ihr nicht unangenehm, dass sie ihm so viel von ihrer Gefühlswelt offenbart hatte. Nun schenkte sie ihm ein herausforderndes Lächeln. „Du glaubst also, du kannst mir dabei behilflich sein? Tja, dafür müsste ich schon irgendeinen Beweis sehen."

Kyle zögerte keine Sekunde und schob seine Shorts nach unten, um seine Erektion vom Stoff zu befreien. „Das Vergnügen kann sofort beginnen."

Oha. War er etwa ständig einsatzbereit? Das ging über ihren Verstand hinaus.

Vermutlich dachte er, sie würde verächtlich schnauben oder irgendeinen prüden Spruch loslassen. Bestimmt erwartete er, dass sie ihm eine Abfuhr erteilte oder ihm unterstellte, er wolle sie damit nur aufziehen und würde es nicht ernst meinen, obwohl sie selbst ja das Gespräch wieder auf das Thema Rummachen gelenkt hatte. Schließlich gehörte es zu ihrem typischen Verhaltensmuster, sich jedem Spaß zu widersetzen. Aber tief in ihrem Inneren steckte auch eine unanständige Seite, die sie dort verbarg wie in einem finsteren Schrank, aus dem es kein Entkommen gab. Doch sie war im Begriff, diesen Schrank zu öffnen und ihr anderes Ich für ein paar Minuten zum Spielen herauszulassen – und sie hoffte, Kyle damit vollkommen unvorbereitet zu erwischen.

„Sieht wirklich nach Vergnügen aus", erwiderte sie möglichst beiläufig, aber gleich darauf beugte sie sich vor und umschloss seine Männlichkeit mit ihren Lippen.

„Emma!", keuchte er erstaunt. „Oh Mann … heilige Scheiße!"

Das war die Art von Reaktion, die sie sonst nie zu hören bekam, und gerade das machte ihr solchen Spaß. Langsam bewegte sie den Kopf auf und ab und lauschte fasziniert, wie sich der Klang seiner Stimme nach und nach veränderte, wie sein Stöhnen immer lauter, rauer und tiefer wurde. Sie fühlte sich mächtig, begeistert … erregt.

Sie merkte ihm an, dass sein Orgasmus nicht mehr lange auf sich warten lassen würde, als es auf einmal an der Tür des Apartments klopfte. Emma hielt inne.

„Soll das ein Witz sein?", schimpfte Kyle. „Kann der Kerl nicht zwei Minuten später hier aufkreuzen?"

„Ich höre wohl besser auf", meinte sie und richtete sich langsam auf.

Kyle schüttelte hastig den Kopf und fasste sie an den Schultern. „Auf gar keinen Fall. Wir machen jetzt nicht auf. Ich werde ihn in fünf Minuten anrufen und wieder herbestellen, und dann kriegt er ein großzügiges Trinkgeld von mir. Er wird kaum den nächsten Block erreicht haben, wenn er hört, dass er zurückkommen soll."

Emma war verblüfft. So etwas wäre ihr nie in den Sinn gekommen, weil das einfach nicht ihre Art zu denken war. Es schien allen Regeln zu widersprechen. Aber aus irgendeinem Grund spornte die Tatsache sie an, dass da ein Lieferant vor der Tür stand und wartete. Sie wollte zu Ende führen, was sie angefangen hatte, und widmete sich mit neuem Eifer ihrer selbst gewählten Aufgabe.

„Oh, verflucht", murmelte er. „Sweetheart, du bist ja ein Naturtalent."

Sie hätte nicht gedacht, an einem sexuellen Kompliment so viel Gefallen zu finden. Doch als Kyle Augenblicke später den Höhepunkt erreichte, verspürte sie eine nie gekannte Befriedigung.

„Gern geschehen", sagte sie und grinste ihn breit an. „Und jetzt hol unser Essen zurück."

Er salutierte. „Wird erledigt, Ma'am." Von überschüssiger Energie angetrieben sprang er auf, zog die Hose hoch, verschränkte seine Finger miteinander und drückte sie durch, bis die Knöchel knackten. „Verdammt, Kleine. Das war scharf. Verdammt scharf."

Seine Begeisterung brachte sie zum Lachen. Sie konnte

sich nicht daran erinnern, jemals auf irgendetwas stolz gewesen zu sein, was sie im Bett geleistet hatte.

Sie folgte ihm zur Tür und beobachtete, wie er dem Boten hinterherlief. Der Mann hatte soeben das Treppenhaus erreicht und hielt sich sein Handy ans Ohr. Vermutlich berichtete er gerade seinem Chef, dass er die Bestellung nicht hatte ausliefern können.

„Hey, Mann, warten Sie!“, rief Kyle ihm nach. „Tut mir leid, aber Sie hatten genau im falschen Moment geklopft. Sie wissen schon.“

Offenbar wusste der Bote tatsächlich Bescheid, denn auch wenn Emma auf diese Entfernung kein Wort verstehen konnte, sah sie, wie er Kyle abklatschte. Dann blickte der Mann in ihre Richtung, winkte ihr zu und grinste Kyle an. Verlegen winkte Emma zurück und ging wieder ins Apartment.

Dieser Tag steckte wirklich voller neuer Erfahrungen für sie. Sie hatte sich zum ersten Mal halb nackt in der Öffentlichkeit fotografieren lassen. Sie war als Hippie bezeichnet worden. Sie hatte mit ihrem Kollegen geschlafen. Und sie hatte den Mann, der ihr gedämpften Reis bringen sollte, wissen lassen, dass sie gerade Sex gehabt hatte.

Aber nichts davon würde morgen oder an einem anderen Tag je wieder Erwähnung finden, also musste Emma sich darüber keine Sorgen machen.

Sie würde es einfach genießen.

6. KAPITEL

Heißer Sex und pikantes Hühnchen – Kyle fühlte sich gerade wie im Rausch. Er konnte sich ein Lächeln nicht verkneifen, als er zuschaute, wie Emma mit großer Sorgfalt ihren gedämpften Brokkoli und den langweiligen braunen Reis aß. In den Stunden mit ihr hatte er unbeabsichtigt viele verschiedene Facetten ihrer Persönlichkeit aufgedeckt und dabei einige erstaunliche Einsichten gewonnen. Da gab es die arbeitswütige, fleißige Emma mit ihrer Vorliebe für Brokkoli, die er jeden Tag im Büro erlebte. Dann war da die verletzliche Emma, die beim Fotoshooting gezögert hatte, den BH abzulegen, und die es später ihm überlassen hatte, den ersten Schritt zu ergreifen, der zum Sex geführt hatte. Und schließlich hatte er noch die verruchte Emma kennengelernt, die ihm einen frechen Blick zugeworfen und plötzlich damit begonnen hatte, ihm einen zu blasen. Er wollte zu gern herausfinden, wie oft er diese Emma hinter der Maske mit dem missbilligenden Ausdruck hervorlocken konnte, die sie der Welt stets präsentierte.

„Und was machst du in deiner Freizeit?", fragte er und griff damit ihre Äußerung auf, dass es in ihrem Leben an Spaß fehlte.

„Welche Freizeit denn?" Sie sah ihn betrübt an. „Keine Ahnung. Ich gehe in den Supermarkt und zur Reinigung, ich putze, und wenn die Zeit reicht, mache ich etwas Fitnesstraining."

„Also keine heimliche Leidenschaft für Tanzturniere oder Wochenenden auf dem Golfplatz?“

„Nein.“

„Und keine wilden Nächte, in denen der Tequila in Strömen fließt?“ Er würde sogar dafür bezahlen, zu sehen, wie Emma wenigstens einen Tequila trank. Aber das war ganz sicher nicht ihre Art. Alkohol bedeutete, die Kontrolle oder zumindest Hemmungen zu verlieren, und so etwas passte gar nicht zu ihr.

„Wohl kaum.“

„Dann gibt es also nichts, was du früher mal gemacht hast und was du heute vermisst?“ Ihm war klar, dass er sie womöglich ein wenig bedrängte, doch er wollte ihr unbedingt zu verstehen geben, dass Ausgewogenheit im Leben wichtig war. Sie hatte ja bereits zugegeben, dass sie nicht glücklich war – während er dagegen genau das von sich behaupten konnte. Er liebte sein Leben und die Menschen, die daran teilhatten. Und er war dankbar für seinen Job und für die Freizeit, die seine Arbeit ihm ließ.

„Na ja …“ Mit unschlüssiger Miene betrachtete sie ihn über ihre Essstäbchen hinweg.

„Was?“

„Als ich auf dem College war, bin ich gern in Karaokebars gegangen.“

Damit hatte er nun wirklich nicht gerechnet. Öffentlich in Bars zu singen setzte voraus, dass es einem völlig egal war, wie andere über einen dachten, und er hatte sich bis jetzt nicht vorstellen können, dass sie die Meinung der Leute ausblenden konnte. „Ehrlich? Ist ja irre." Das war es auch. Vor seinem geistigen Auge sah er Emma, wie sie voller Inbrunst ein Stück von Carly Simon sang. „Irgendetwas Spezielles?"

„*Like a Virgin* von Madonna."

Fast verschluckte Kyle sich an einer Nudel. „Was? Echt?"

„Ja", antwortete sie und klang ein wenig traurig. „Ich bin dabei sogar auf der Bühne rumgerutscht und so. Das hat Spaß gemacht."

Bei der Vorstellung, wie Emma sich verführerisch auf dem Boden rekelte, fühlten sich seine Shorts auf einmal sehr eng an. Das brachte ihn auf eine Idee. „Dann sollten wir heute noch eine Karaokebar besuchen. Also frisch deine Madonna-Textkenntnisse auf, wir lassen es krachen."

„Nein!" Allein der Gedanke schien sie zu entsetzen. „Das ist ewig her. Ich singe nur noch unter der Dusche."

„So kann man das auch nennen, was ich da zu hören bekommen habe", entgegnete er.

Ihre Wangen begannen zu glühen. „Das habe ich damit nicht gemeint. Meine Stimme ist total eingerostet."

„Na und? Kein Mensch braucht eine Stimme, um Karaoke zu singen. Das macht doch gerade den Spaß daran aus. Es geht bloß um die Show. Da genügt es, wenn du dich auf dem Boden rekelst."

„Wir müssen unsere Artikel schreiben. Außerdem habe ich nichts zum Anziehen, um irgendwohin zu gehen."

Kyle betrachtete das T-Shirt, das er ihr gegeben hatte. Ihre Brüste sorgten dafür, dass das Gesicht von Brutus Buckeye ziemlich verformt war. Nein, so sollte sie tatsächlich nicht in einer Karaokebar herumlaufen. Ihm reichte jetzt schon, wie viele wildfremde Männer ihr heute auf die Brüste gestarrt hatten. Wenn sie weggehen wollten, brauchte sie einen BH.

„Okay, dann tun wir das", sagte er. „Wir arbeiten etwa eine Stunde lang an unseren Artikeln, danach fahren wir zu dir, damit du deinen Schlüssel abholen und dich umziehen kannst. Und dann gibt's ein oder zwei Stunden Karaoke. Spätestens um zehn bist du wieder im Bett – und damit meine ich, dass du nackt bist und ich zwischen deinen Beinen liege. Wie klingt das?"

Erstaunt starrte Emma ihn an. Zweimal setzte sie vergeblich an, um etwas zu erwidern, doch schließlich brachte sie nicht mehr als „Okay" heraus.

Es verwunderte ihn ein wenig, dass sie sich so schnell hatte überreden lassen. Kyle zog sein iPad heran und sagte: „Großartig. Wollen wir doch mal sehen, wo sonntags Karaoke angeboten wird. Und anschließend sind die Artikel an der Reihe."

Emma betrachtete Kyle, der über seinen Laptop gebeugt dasaß und mit zwei Fingern tippte, während er in das

Handy sprach, das er sich zwischen Ohr und Schulter geklemmt hatte. Der Wohnzimmertisch war übersät mit elektronischen Geräten und den Resten vom chinesischen Essen. Offenbar war Kyle ein wahrer Meister im Multitasking: Er konnte online recherchieren, essen und nebenbei per Telefon die Teilnehmer des Fotoshootings interviewen. In diesem Moment redete er auf eine Assistentin des Fotografen ein, um sie dazu zu bringen, ihm ein Vorschaufoto vom Shooting zukommen zu lassen, auf dem von den Leuten niemand mehr angezogen sein sollte.

Emma hatte keine Ahnung, wie Kyle überhaupt an diese Nummer gekommen war, denn sie hatte keine Kontaktdaten ergattern können. Sie selbst hing in der Warteschleife der Polizei, nachdem sie zehn Minuten lang von einem Dezernat ins nächste weiterverbunden worden war. Niemand schien dort sonderlich begierig zu sein, mit ihr über den Diebstahl der Kleidung zu reden.

„Okay“, sagte Kyle ins Telefon. „Aber wenn Sie kein Interesse daran haben, uns ein Foto zu geben oder für uns ein Interview mit dem Fotografen zu arrangieren, dürfte uns wohl beiden klar sein, welchen Tenor dieser Artikel bekommen wird. Immerhin gibt es dann außer diesem äußerst unerfreulichen Diebstahl nichts Nennenswertes zu berichten. Ich kann mir allerdings nicht vorstellen, dass es Mr. Bainbridge sehr gefällt, wenn seine Kunst mit nichts anderem als mit einer Straftat in Verbindung gebracht wird.“

Emma hörte mit einem Ohr Kyle zu, mit dem anderen lauschte sie der seltsamen Orgelmusik, die aus ihrem Handy drang, während sie darauf wartete, erneut verbunden zu werden. Sie wunderte sich, dass er mit solchen Taktiken vorankam. Wenn sie so etwas versuchte, wurde am anderen Ende der Leitung einfach aufgelegt. Allerdings beherrschte sie auch nicht diesen charmanten lässigen Tonfall. Er schaffte es, dass die Leute sich in seiner Gegenwart behaglich fühlten und dabei unvorsichtig wurden. Sie musste nur daran denken, was sie heute getan hatte: Erst hatte sie mit ihm geschlafen und dann hatte sie sich mit dem Besuch einer Karaokebar einverstanden erklärt. Und dabei waren nicht mal große Überredungskünste notwendig gewesen. Hätte ihr gestern jemand gesagt, was sie heute alles tun würde, hätte sie höchstens gelangweilt gestöhnt.

Nein, nicht bloß gelangweilt gestöhnt, sondern abfällig geschnaubt.

Und sie hatte nicht nur mit Kyle geschlafen; sie kam außerdem allmählich zu der Erkenntnis, dass sie ihn wirklich gut leiden konnte – was sie gleich wieder nervös werden ließ. Ihr fiel auf, dass der Druck auf ihrer Brust, diese ständig gegenwärtige Angst, in seiner Nähe sofort nachließ. Er war witzig und lässig, umgänglich und rücksichtsvoll. Andererseits konnte er das Flirten nicht sein lassen, und er war ganz eindeutig nicht ihr Typ. Aber sie war ja ebenso wenig sein Typ. Sie waren übereingekommen, dass sie weder morgen noch irgendwann später je ein Wort über diesen Tag verlauten lassen würden, was ohne jeden Zweifel die beste Lösung war. Daher musste sie sich bloß auf das konzentrieren, was tatsächlich geschah, und brauchte sich keine Gedanken darüber zu machen, was vielleicht passieren könnte. Es war wirklich schwer für sie, nur im Jetzt zu leben, doch sie wollte sich Mühe geben.

Das versuchte sie sich erneut vor Augen zu halten, als Kyle eine Stunde später auf sie einredete, damit sie sich auf der Karaoke-Liste eintrug. Das war einfach keine gute Idee. Sie hatte schon ewig nicht mehr öffentlich gesungen, und während der College-Zeit hatte sie bei diesen Gelegenheiten meistens vom Bier einen Schwips gehabt. Das Bier hatte abscheulich geschmeckt, und sie hatte es sowieso bloß getrunken, weil es billig gewesen war. „Ich weiß nicht …“, meinte sie nun zu Kyle und schaute nervös zu dem wild zusammengewürfelten Haufen vor der Theke. Darin fand sich alles, von der gerade erst einundzwanzig gewordenen Studentin bis hin zum mürrischen alten Gentleman mit Toupet.

„Du hast gesagt, dass es dir Spaß gemacht hat. Weißt du noch?“ Kyle gab ihr eins der beiden Biergläser und trank aus seinem eigenen einen großen Schluck.

Na wunderbar. Bier. Das eine Getränk, das sie am allerwenigsten mochte. Allerdings konnte sie sich nicht vorstellen, dass es hier einen guten Pinot grigio gab. Dieser Laden war schon fast eine Spelunke: Der Fußboden war klebrig, es roch nach altem Frittierfett, und der Duft von kalter Zigarettenasche hing noch in der Luft, obwohl das Rauchverbot schon 2004 in Kraft getreten war. Die Barkeeperin war locker eins fünfundachtzig groß und sah aus, als hätte sie vor diesem Job Karriere als Wrestlerin gemacht, die gegen Grizzlybären in den Ring gestiegen war – und keinen Kampf verloren hatte. Das alles wirkte so albern, dass Emma sich ein Lachen verkneifen musste.

„Okay, ich mache mit." Sie stellte ihr Bierglas ab und ging zu dem Mann, der die Karaokemaschine bediente, um ihm zu sagen, was er spielen sollte. Als sie zu Kyle an die Theke zurückkehrte, sah er begeistert auf sein Handy.

„Guck mal. Die Assistentin von Bainbridge hat mir ein Foto geschickt, das wir für die Artikel verwenden dürfen. Sie schreibt, ich solle unbedingt ausdrücklich darauf hinweisen, dass dies noch nicht das endgültige Bild darstellt. Sieh dir das an." Er hielt ihr das Handy hin. „Jetzt weiß ich, warum wir grün waren."

Emma kniff die Augen zusammen, weil das Foto so winzig war, doch dann erkannte sie, dass die meisten Teilnehmer in den Farben Braun und Grau besprüht worden waren. Sie verschmolzen mit dem Farbton der Umgebung, während die grünen Mitwirkenden ein riesiges Dollarsymbol bildeten, das in den Betonboden des verlassenen Gebäudes zu fließen schien. „Wow, das ist ja richtig cool."

„So was nenne ich ein Statement, das steht schon mal fest. Wo sind wir überhaupt?" Kyle bewegte die Finger über den Bildschirm, um das Foto zu vergrößern. Schließlich schob er es suchend hin und her, bis er sie beide entdeckt hatte.

Als er den Ausschnitt noch einmal vergrößerte, schaute Emma ihm über die Schulter. Gleich darauf fingen sie beide an zu lachen.

„Das sagt ja wohl alles, oder?“, meinte sie und nahm einen weiteren Schluck von ihrem widerwärtigen Bier.

„Ich sehe aus, als wäre ich bekifft.“

Das stimmte allerdings. Auf dem Foto grinste er schief und irgendwie trottelig in die Kamera. Sein Kopf war zur Seite geneigt, und seine nur halb geöffneten Augen blickten nicht in die Kamera, sondern nach links zu Emma.

Sie dagegen wirkte, als hätte sie einen Stromschlag abgekriegt. Die Augen waren weit aufgerissen, ebenso der Mund. Die Schultern waren so weit hochgezogen, dass man denken konnte, sie hätte gar keinen Hals. Das einzig Gute an dem Ganzen war die Tatsache, dass ihre Brüste verdeckt waren und dass sie durch die grüne Farbe kaum zu erkennen war. Es änderte jedoch nichts daran, dass sie nicht gut getroffen worden war. „Ich glaube, ich habe die Anweisung, mich nicht zu bewegen, etwas zu wörtlich genommen. Ich stehe so steif und starr wie ein Granitblock da rum.“

„Wir sehen absolut miserabel aus“, stellte Kyle fröhlich fest. „Wir sollten bei den offiziellen Aufnahmen bleiben, die derzeit immer neben unseren Artikeln abgedruckt werden.“

Emma konnte nicht anders, sie musste noch lauter lachen. „Das ist schlimmer als mein Foto im Jahrbuch der achten Klasse. Übrigens, wir beide könnten wohl nicht unterschiedlicher rüberkommen als auf diesem Bild. Es stimmt schon, dass ein Foto mehr sagt als tausend Worte."

Dieses Foto war definitiv der Beweis dafür, dass Welten zwischen ihr und Kyle lagen. Es war ein schöner Nachmittag gewesen, das musste sie zugeben. Er hatte sie gezwungen, sich zu entspannen, und sie hatte ihn zum Arbeiten gezwungen. *Hmm.* Es war irgendwie ziemlich offensichtlich, wer von ihnen den besseren Deal gemacht hatte.

Kyle wollte etwas erwidern, als plötzlich die Stimme des DJs aus den Boxen dröhnte, der rief: „Emma! Als Nächstes haben wir Emma auf der Bühne. Applaus für Emma, Leute!"

Oh Gott! Sie trank noch hastig von ihrem Bier und versuchte sich daran zu erinnern, warum ihr das mal Spaß gemacht hatte. Sie war nervös, doch dann gab Kyle ihr noch einen flüchtigen Kuss und hielt den Daumen nach oben gestreckt, als sie sich auf den Weg zur provisorischen Bühne machte. Die bestand aus kaum mehr als ein paar Spanplatten, die hinter einem jahrzehntealten Teleprompter zu einem Podest zusammengebaut worden waren. Emma wollte nicht mit *Like a Virgin* anfangen, denn das wäre anmaßend gewesen. Sie musste sich erst einmal einsingen, also wollte sie lieber mit *Before He Cheats* von Carrie Underwood beginnen.

Es dauerte ein paar Takte lang, aber spätestens nach der ersten Strophe hatte Emma die richtige Tonlage gefunden, und mit einem Mal erinnerte sie sich daran, warum ihr das Singen so gefallen hatte. Es befreite, es begeisterte. Es war so, als würde sie in einer abwärts rasenden Achterbahn sitzen und die Arme hochreißen. Wenn sie das Mikrofon in der Hand hielt, war sie nicht länger Emma, sondern die Countrysängerin Carrie Underwood, die eine Geschichte erzählte. Das machte Spaß – sehr viel Spaß sogar. Die Leute jubelten ihr zu und tanzten im Takt der Musik. Die Frauen nickten zustimmend bei jeder Zeile des Songs, der von einer Frau handelte, die den Wagen des Mannes zertrümmerte, von dem sie betrogen worden war.

„Wow! Danke!“ Emma verbeugte sich, als das Stück zu Ende war. Die Anstrengung und der Applaus ließen ihr den Atem ein wenig stocken. Bevor genug Zeit zum Nachdenken vergehen konnte, ging sie zurück zum DJ und trug sich für *Like a Virgin* ein. Wenn sie heute Abend schon über ihren Schatten springen wollte, dann wenigstens mit Stil.

Kyle klatschte sie ab, als sie zu ihm zurückkehrte. Ihr Gesicht glühte. Sie lachte ausgelassen, trank das Glas leer und bestellte noch ein Bier. Als sie das zur Hälfte geleert hatte, fiel ihr auf, dass Kyle sie zwischen seine Beine geschoben und eine Hand auf ihren Po gelegt hatte. Sie begann zu überlegen, ob das wirklich so schlimm war. Erstens hatte er das heute bereits mehr als einmal gemacht, zweitens war das hier kein Nobelrestaurant. Was sollte schon dabei sein, wenn sie beide ein bisschen miteinander schmusten? Es war schließlich nicht so, als würden sie sich gegenseitig an die Wäsche gehen. Es war bloß eine Hand, die sich sehr, sehr angenehm auf ihrem Körper anfühlte.

Nichts davon würde morgen noch zählen. Warum also sollte sie sich heute Abend zurückhalten?

Ein wenig übermütig gab sie Kyle einen Zungenkuss, bemerkte dabei aber den missbilligenden Blick der Barkeeperin.

„Die Barkeeperin hasst uns“, flüsterte sie ihm ins Ohr.

„Die ist bloß eifersüchtig.“ Er knabberte an ihrer Unterlippe. „Sie würde gern so aussehen und so singen können wie du. Und sie würde auch gern von einem heißen Typen geküsst werden.“

Emma musste lachen. „Von einem heißen Typen?“

„Aber sicher.“ Erneut schenkte er ihr sein schiefes Grinsen, mit dem er so verdammt sexy aussah. „Oh, warte, du bist dran.“

Tatsächlich, Emma war schon wieder an der Reihe. Diesmal betrat sie die Bühne mit viel mehr Gelassenheit. Sie spielte mit dem Publikum, und nach den ersten Zeilen, die davon erzählten, beim ersten Mal berührt zu werden, rief sie: „Das ist für dich, Kyle!“ Dann sang sie weiter und legte ihr gesamtes sexuelles Selbstbewusstsein in ihre Bewegungen. Es fühlte sich unglaublich gut an.

Kyle wollte weder seinen Augen noch seinen Ohren trauen. Emma hatte eine fantastische Stimme. Sie war eine selbstsichere Sängerin, und sie schaffte es, das Publikum um ihren Finger zu wickeln. Sie schlenderte über die Bühne, sie stolzierte, sie flirtete mit dem Publikum und zwinkerte den Leuten zu. Bei sich zu Hause hatte sie vorhin Jeans und ein eng anliegendes Top angezogen, und als sie sich jetzt verführerisch auf dem Boden rekelte, überkam Kyle die Lust so heftig, dass er fast von seinem Hocker geschleudert worden wäre. Und da hatte er noch keinen Blick auf ihren knackigen Hintern geworfen, den ihre hautenge Hose betonte.

„Die ist schon was Besonderes", meinte der Typ neben ihm und stieß ihn mit dem Ellbogen an.

„Kann man wohl sagen", murmelte Kyle.

„Sie sind ein echter Glückspilz."

„Ja, das bin ich." Er würde heute Nacht noch einmal Sex mit Emma haben – das konnte er ihr deutlich ansehen, wenn sie in seine Richtung schaute. Noch immer war er von dem stürmischen Kuss überrascht, den sie ihm kurz vor ihrem zweiten Auftritt gegeben hatte. Offenbar war es ihr völlig egal gewesen, dass jemand sie dabei hätte beobachten können, der sie kannte.

Als sie freudestrahlend von der Bühne stieg und auf ihn zukam, die Arme um seinen Nacken schlang und ihn zu einem Duett aufforderte, war ihm eins klar: Diese Einladung würde er nicht ausschlagen.

Und so stand er zwanzig Minuten und zwei Bier später mit Emma auf der kleinen Bühne und schmachtete in ihrer Version von *Total Eclipse of the Heart* genau im richtigen Moment und mit viel zu viel Dramatik *Turn around bright eyes* ins Mikrofon. Es bereitete ihm Spaß ohne Ende, das musste er zugeben. Er konnte beim besten Willen nicht singen, doch Emma war dafür umso besser und meisterte die wirklich schwierigen Passagen. Eigentlich war er bloß mit auf die Bühne gekommen, um im Hintergrund ein paar Faxen zu machen. Je mehr er die Fäuste ballte und aus tiefster Seele Emma ansang, umso lauter jubelten die Zuschauer. Ihre leidenschaftlichen Erwiderungen wurden intensiver, und sie reagierte perfekt auf sein Spiel. Ihre Augen funkelten, ihre Stimme klang kräftig und hoch.

Als das Lied den Höhepunkt erreichte, sank er vor ihr auf die Knie. Emma grinste ihn an, stieß seine Schulter an und wandte ihm den Rücken zu, während sich das Tempo des Songs verlangsamte und das traurige Finale einsetzte. In einem Videoclip wäre das sicher die Szene, in der ein Weinglas gegen einen marmornen Kamin geschleudert wurde. In dieser schäbigen Kneipe musste Kyle sich allerdings damit begnügen, voller Inbrunst eine leere Bierflasche in den Mülleimer zu werfen, während er gedankenverloren Emmas Rücken anstarrte.

Das Publikum tobte und verlangte nach mehr.

Emma drehte sich lachend zu ihm um. Als er den hitzigen Ausdruck in ihren Augen sah, wusste er, dass es Zeit war, zu gehen.

„Das war irre!“, rief sie.

„Das kannst du laut sagen“, stimmte er ihr zu und ergriff ihre Hand. Auf dem Weg zurück zur Theke nickte er den Leuten zu, die ihnen beiden begeistert gratulierten. „Du warst fantastisch. Und jetzt lass uns gehen.“

„Schon? Aber wir haben doch so viel Spaß.“

Er musste versuchen, es für sie in Worte zu fassen. „Emma, ich habe dir eineinhalb Stunden lang dabei zugesehen, wie du das Publikum verführt hast. Dadurch bin ich so scharf auf dich, dass ich dich einfach haben muss. Und zwar so schnell wie möglich, weil ich sonst nämlich tot umfallen werde. Tot. Aus. Ende. Tod durch Herzstillstand, weil sich mein gesamtes Blut zur größten Erektion meines Lebens zusammengetan hat. Verstehst du, was ich meine?“

Sie stutzte, dann zog sie mitfühlend die Mundwinkel nach unten. „Oh weh“, sagte sie und ließ die Retro-Emma hervortreten, die er so seltsam sexy fand. „Ich nehme an, dass wir uns schnellstens um dieses Problem kümmern sollten.“

Ihre Reaktion mochte erklären, wieso er sich keine zehn Minuten später im Flur seines Apartments tief zwischen Emmas Schenkel vergraben wiederfand. Bis ins Schlafzimmer waren sie nicht mehr gekommen. Sie hatten es nur mit Mühe rechtzeitig aus dem Auto geschafft und waren gleich nach oben gestürmt. Auf der Rückfahrt von der Kneipe hatte es Kyle seine gesamte Willenskraft abverlangt, sich damit zu begnügen, bloß einen Finger in Emmas Jeans zu schieben. Auf dem Parkplatz hatte er sofort aussteigen müssen, da er sie sonst einfach vom Beifahrersitz auf seinen Schoß gezogen hätte.

Nun lag sie unter ihm auf dem Hartholzfußboden und gab die wundervollsten Laute von sich, während sie ihn anschaute, als wäre er der fantastischste Liebhaber aller Zeiten. Es war ein überwältigendes Gefühl, immer wieder in ihre feuchte Hitze einzutauchen, ohne den Blickkontakt zu unterbrechen. Kyle kam es so vor, als würde er schweben. So etwas hatte er nie zuvor erlebt. Es war, als würde er sich in seinem Körper und gleichzeitig auch außerhalb befinden, als könnte er sich selbst beobachten. Irgendetwas war anders als sonst.

Er konnte es nicht darauf schieben, dass er etwas getrunken hatte, denn das waren lediglich zwei Bier gewesen.

Es änderte jedoch auch nichts an der Tatsache, dass Emma sich unglaublich gut anfühlte. Ihr Top hatte er gerade mal so weit hochgeschoben, dass er ihre Brüste sehen konnte, die bei jedem seiner Stöße auf und ab wogten. Ihm war klar, dass ihr morgen früh der Rücken wehtun würde – und nicht nur der. Er sollte jetzt am besten eine Pause einlegen und mit ihr in sein Schlafzimmer gehen, um sie dort langsam und genüsslich zu lieben.

Aber dann stöhnte Emma auf und erreichte den Höhepunkt, woraufhin er jeden Gedanken an eine Unterbrechung sofort verwarf. Stattdessen erlaubte er sich selbst, sich von seiner unbändigen Lust mitreißen zu lassen, wobei er so laut aufschrie, wie er sich das seit gut zwei Stunden unablässig gewünscht hatte. Sie krallte die Fingernägel in seinen Rücken und schnappte nach Luft. Ja, so hatte er sich das vorgestellt.

Noch immer schauten sie sich an. Für eine Weile brachte keiner von ihnen einen Ton heraus, sie waren beide außer Atem. Dann richtete Kyle sich langsam auf und half Emma hoch. Sie hielt seine Hand fest, als er mit ihr ins Schlafzimmer ging, wo sie beide sich einfach auf sein Bett fallen ließen.

„Heilige Scheiße", stieß er schließlich hervor.

Sie schwieg.

Kyle schlief ein, während seine Hand auf ihrer Brust ruhte. Er träumte von einer Füchsin mit blonden Haaren, die über seine Fähigkeit sang, ihr das Gefühl zu geben, zum allerersten Mal berührt zu werden.

Es war ein tiefer, aber nicht unbedingt erholsamer Schlaf.

Er fürchtete um das Wohl der Füchsin.

7. KAPITEL

Zum vermutlich hunderttausendsten Mal an diesem Montagmorgen blinzelte Emma, während sie Claire anstarrte, die das routinemäßige Meeting leitete. Ihre Augen fühlten sich an, als wären sie mit Schmirgelpapier bearbeitet worden. Ihre Zunge war durch eine größere ersetzt worden, die kaum Platz in ihrem Mund fand, sie hatte einen blauen Fleck am Rücken, der hartnäckig pochte, und jeder einzelne Muskel in ihrem Körper schien zu schmerzen.

Dazu hatte sie einen leichten Kater. Aber vor allem war sie völlig über sich selbst entsetzt. Von Kyle, der am anderen Ende des langen Konferenztischs saß, nahm sie ganz bewusst keine Notiz – auch wenn er ihr beim Hereinkommen ein äußerst vielsagendes Grinsen zugeworfen hatte.

Als sie am Morgen in Kyles Bett aufgewacht war, hatte sie sich sofort aufrecht hingesetzt. Sie war außer sich vor Entsetzen darüber gewesen, dass sie tatsächlich die ganze Nacht bei ihm verbracht hatte. Und dass sie sich so sehr von ihrer Leidenschaft hatte mitreißen lassen, dass sie gleich zweimal Sex mit Kyle gehabt hatte – und davon nicht ein einziges Mal im Bett, sondern unter der Dusche und in der Diele auf dem Fußboden. Ganz zu schweigen davon, dass sie ihm auf seiner Couch einen geblasen hatte, während der Lieferant mit dem chinesischen Essen angeklopft hatte. Wer machte schon so etwas?

Sie machte so etwas. Und sie wollte es wieder machen. Ihre Gedanken schweiften ab. Es war ungelogen der beste Sex in ihrem ganzen Leben gewesen. Kyle war so muskulös und so gut bestückt. Sie bekam einen roten Kopf, wenn sie nur daran dachte.

„Emma, was meinst du?"

Sie zuckte so heftig zusammen, dass sie mit dem Knie an die Tischplatte schlug. Was sie meinte? Ganz sicher nichts, was sie vor versammelter Mannschaft laut aussprechen konnte. „Tja, also …"

Sie hatte nicht zugehört. Noch nie war sie bei einem Meeting – weder an einem Montagmorgen noch an einem anderen Tag – ins Träumen geraten. Für gewöhnlich hörte sie aufmerksam zu und machte sich Notizen. Jetzt allerdings sahen alle erwartungsvoll zu ihr, während sie sozusagen mit runtergelassener Hose erwischt worden war. Was durchaus zu dem passte, was ihr bis eben durch den Kopf gegangen war: Am gestrigen Sonntag hatte sie nämlich gleich ein paarmal tatsächlich die Hose runtergelassen. Ihrer Konzentrationsfähigkeit taten diese Erinnerungen gar nicht gut. Ihr wollte beim besten Willen nicht in den Sinn kommen, worüber hier gerade gesprochen worden war. Ihr Herz raste, Panik machte sich in ihr breit, ihr Mund war wie ausgedörrt.

„Ich mische mich da nur ungern ein", meldete sich in dem Moment Kyle zu Wort. „Aber Emma und ich haben darüber gestern ausführlich diskutiert, und ich kann mir nicht vorstellen, dass Emma die Straftat herunterspielen möchte, die sich während des Shootings ereignet hat. Wenn dieser Fotograf von einer Stalkerin verfolgt wird, spricht nun mal vieles dafür, dass der Diebstahl der Kleidung etwas mit ihr zu tun hat. Und diesen Zusammenhang will Emma nicht unter den Tisch fallen lassen." Er schaute zu ihr. „Das hattest du doch so gesagt, stimmt's?"

Sie war ihm dankbar dafür, dass er ihren Kopf so geschickt aus der Schlinge gezogen hatte, und nickte nun in die Runde. „Ja, auf jeden Fall. Ich finde, die Öffentlichkeit sollte erfahren, dass der Fototermin von einem Zwischenfall überschattet wurde, obwohl Security anwesend war. Wir haben es hier mit einer fest entschlossenen und womöglich gefährlichen Stalkerin zu tun, die den Fotografen auf Schritt und Tritt verfolgt. Drei seiner letzten vier Shootings hat sie gestört, und jedes Mal hat es die freiwilligen Teilnehmer getroffen. In Louisville ist sie als Koordinatorin in Erscheinung getreten und hat hundert Freiwillige weggeschickt, indem sie ihnen weisgemacht hat, der Termin sei abgesagt worden. In Pittsburgh war der Platz, auf dem sich die Leute aufstellen sollten, über Nacht mit Müll übersät worden, und es musste in letzter Minute alles aufgeräumt und sauber gemacht werden. Und jetzt der Diebstahl der Kleidung. Sie will eindeutig irgendwas damit erreichen – allerdings weiß keiner, was ihr Ziel ist und ob sie unter Umständen beim nächsten Mal sogar Gewalt anwendet."

„Ich weiß nicht." Claire legte die Stirn in Falten und schüttelte den Kopf, wobei sich kein Haar auf ihrem Kopf bewegte. Die Frisur war so starr, dass Emma sich fragte, ob sie wirklich bloß durch Spray in dieser Form gehalten wurde oder ob es sich möglicherweise um eine Perücke handelte. Insgeheim wartete sie nur auf den Tag, an dem Claire den Kopf zur Seite drehte und ihr Haar sich weigerte, diese Bewegung mitzumachen. „Für mich klingt das eher nach einer Randnotiz, nicht nach einer eigenen Story."

„Aber wir haben am Mittwoch zwei Beiträge über das Fotoshooting drin", wandte Kyle ein. „Da sehe ich eigentlich keinen Grund, warum Emmas Artikel sich nicht etwas ausführlicher mit der Stalkerin befassen sollte."

Wieder nickte Emma bekräftigend, während sie überlegte, warum sie Kyle das Reden überließ. Andererseits kam es ihr so vor, als würde ihr Gehirn mit der Geschwindigkeit einer blutarmen Schildkröte arbeiten, was es ihr unmöglich machte, irgendein brauchbares Argument zu formulieren. Das Schlimmste aber war, dass sie bei Kyles Anblick die Erinnerungen an gestern einfach nicht verdrängen konnte. Immer wieder sah sie ihn vor sich, wie er zwischen ihren Schenkeln gelegen hatte, und dachte daran, was er alles mit ihr angestellt hatte. Durch ihn und sein verführerisches Spiel hatte sie sich so lebendig gefühlt wie schon sehr lange nicht mehr.

Allerdings waren das nicht gerade die Dinge, über die

sie bei einem Meeting mit ihren Kollegen nachgrübeln sollte. Emma schlug die Beine übereinander und verfluchte im Stillen ihre Libido. Das hier war nun wirklich der völlig verkehrte Zeitpunkt für verruchte Fantasien. Sie musste sich dafür einsetzen, in ihrem Artikel auf die Stalkerin einzugehen, anstatt sich davon ablenken zu lassen, dass Kyle so verdammt heiß war. Genau deshalb war der gestrige Tag ein Fehler gewesen. Auch wenn er ihr nicht wie ein Fehler vorkam und sie nichts davon ungeschehen machen wollte, hatte sie sich doch zu einer gewaltigen Fehleinschätzung verleiten lassen. Und jetzt musste sie dafür bezahlen, dass sie so spontan gehandelt hatte. Wie ein äußerst unartiges Mädchen …

Verdammt, sie musste sich dringend in den Griff bekommen!

„Das sehe ich auch so“, stieß Emma schließlich hervor.

„Wenn wir den Artikel so veröffentlichen“, sagte Claire, „werden Bainbridges Leute nicht länger mit uns kooperieren.“

„Na und?“, gab Kyle zurück. „Wenn das am Mittwoch erscheint, haben wir sowieso nichts mehr mit ihm zu schaffen. Seine Assistentin hat mir bereits das Foto zukommen lassen, und es wird ja kein weiterer Bericht über ihn folgen.“

„Es sei denn, die Stalkerin schlägt beim nächsten Shooting wieder zu“, warf Emma ein.

„Nein, wir werden darüber nicht weiter berichten“,

stellte Claire klar. „Nicht, wenn sich in den nächsten drei Tagen nicht noch etwas wirklich Interessantes ereignet. Sollte die Stalkerin ihn angreifen, haben wir eine Story."

Das war es also? Keine Story? Emma versuchte, ihre Enttäuschung zu überspielen. „Ich muss den Kleiderdiebstahl zumindest erwähnen."

„Klar, aber schreib es amüsant", antwortete Claire und spielte mit ihrer goldenen Halskette. „Es geht um die Rubrik Life & Style. Die Leute wollen was Witziges, was Unterhaltsames lesen, doch sie wollen nichts von irgendwelchen Straftaten wissen."

In diesem Moment wurde Emma bewusst, dass sie vor Langeweile sterben würde, wenn sie die nächsten ein oder zwei Jahre weiterhin für diese Rubrik schreiben musste. Sie durfte nicht negativ über Verbrechen berichten? Klar, Verbrechen waren ja auch so witzig. Im Geiste verdrehte sie die Augen.

„Das Foto kommt zu Kyles Artikel."

„Was? Wieso?" Emma richtete sich in ihrem Stuhl so abrupt auf, dass dabei fast ihr Kaffeebecher umgekippt wäre, der dann ihre Platznachbarin Sandy erwischt hätte. „Wenn mein Artikel sich mit dem Shooting selbst befasst und Kyle einen Kommentar schreibt, sollte das Foto bei mir abgedruckt werden."

„Nein, wir geben es Kyle. Er hat es beschafft, also kann er es auch verwenden." Versonnen schaute Claire zu Kyle. „Braver Junge."

Oh, würg! Emma musste den Brechreiz unterdrücken. Hitze schoss ihr in die Wangen. Sie atmete gleichmäßig ein und aus, während sie sich bemühte, ihre Enttäuschung und die Wut im Zaum zu halten. Claire war nicht bloß zufällig so voreingenommen, sondern sie gab Kyle ganz bewusst den Vorrang vor anderen.

„Nein, nein, Emma kann das Bild ruhig haben. Zu ihrer Story passt es viel besser." Kyle zog seine Krawatte zurecht und lehnte sich zurück.

Argwöhnisch kniff Claire die Augen zusammen. „Wieso setzt du dich heute so für Emmas Story ein? Seid ihr zwei euch bei dem Nacktshooting etwa nähergekommen?"

„Was? Nein. Wir waren ja nicht mal richtig nackt", erklärte Kyle und trommelte mit den Fingern nervös auf die Tischplatte.

Aber vielleicht kam er Emma auch nur nervös vor, weil sie ein schrecklich schlechtes Gewissen hatte. Es kam ihr so vor, als wüssten alle hier im Raum, was sie beide gemacht hatten. Sie spürte die Blicke von Sandy und Claire sowie von drei weiteren Anwesenden auf sich. Sogar Kyle sah sie an.

„Ich wusste, das ist keine gute Idee", meinte Claire und musterte dabei Emma über den Rand ihres riesigen Kaffeebechers hinweg, an dessen Rand ein perfekter Lippenabdruck zu erkennen war. „Keiner von euch hätte an diesem Shooting teilnehmen dürfen. Wenn dadurch zwischen euch irgendeine Beziehung unter Kollegen herauskommt, werden Köpfe rollen. Habt ihr das verstanden?"

„Natürlich", gab Emma zurück und nickte. „Wir sind Profis, Claire." Fragte sich nur, worin sie Profis waren. „Du musst dir keine Sorgen machen." Schließlich machte sie selbst sich schon so viele Sorgen, dass es locker noch für die anderen reichte. Immerhin war es bereits zu einer Art Beziehung unter Kollegen gekommen, und das ließ sich nicht rückgängig machen. Aber das wollte sie auch gar nicht, denn es war verdammt gut gewesen.

Während Emma danach bewusst nicht zu Kyle sah, wechselte Claire das Thema.

Plötzlich beugte Sandy sich zu ihr rüber und murmelte: „Wie sieht Kyle eigentlich ohne Hemd aus? So gut, wie ich mir das vorstelle?"

Ungläubig starrte Emma ihre Kollegin an. Sandy war über fünfzig und seit mehr als dreißig Jahren verheiratet. Doch sie machte einen so wissbegierigen Eindruck, dass Emma nur nicken konnte. „Ja, auf jeden Fall", erwiderte sie dann genauso leise und sprach damit nichts als die Wahrheit aus.

„Ich hab's gewusst." Sandy seufzte. „Wäre ich Single und zehn Jahre jünger, würde ich ihn besteigen wie einen Berg."

Emma musste husten. „Würde das nicht gegen Claires Verbot verstoßen?"

„Das wäre es glatt noch wert, dafür gefeuert zu werden."

Wäre es das? Emma musste an den gestrigen Tag denken. An die letzte Nacht. An die vielen Orgasmen. Dieses Erlebnis würde sie nicht missen wollen. Andererseits war sie nicht bereit, für einen wunderschönen Tag mit Kyle ihren Job zu verlieren. Niemand wusste, was gestern geschehen war, aber sollten sie und Kyle sich auf eine rein sexuelle Beziehung einlassen, würde früher oder später etwas auffallen. Am ehesten würde Claire darauf aufmerksam werden, da sie ja ganz offensichtlich vorhatte, ihr Glück bei Kyle zu versuchen.

Allerdings hatte Emma keine Ahnung, ob Kyle überhaupt je wieder Sex mit ihr haben wollte.

Das alles, in Kombination mit ihrem Kater, war einfach ausgesprochen deprimierend. Emma spielte mit ihrem Handy, auf dem sie ihre Notizen festgehalten hatte, und fragte sich, wie sie einen Artikel über das Fotoshooting schreiben sollte, wenn sie niemanden interviewt und keinerlei Informationen über die Stalkerin hatte. Das würde nicht mehr als zwei Absätze ergeben. Als das Meeting beendet war, zog sie sich an ihren Schreibtisch zurück und starrte auf den Bildschirm. Sie war müde und kam sich irgendwie fehl am Platz vor. Sie wollte nicht die amüsante, lockere Story schreiben, die Claire von ihr erwartete. Wie sollte denn eine passende Überschrift dazu lauten? *Kleine Streiche beim Shooting?*

Hm. Sie las noch einmal ihre Notizen durch und wünschte sich nichts mehr, als sich für eine Weile schlafen legen zu dürfen. Auf einmal spürte sie, dass jemand hinter ihr stand. Sie drehte sich um und zuckte unwillkürlich zusammen, als sie Kyle erblickte. „Was ist?“, fragte sie giftiger als beabsichtigt.

„Dir auch einen guten Morgen, Sonnenschein“, gab er fröhlich zurück, als wäre er nicht genauso wie sie erst um zwei Uhr morgens betrunken und ausgepowert eingeschlafen. Er beugte sich so weit vor, als würde er sich etwas auf ihrem Bildschirm ansehen. Mit einer Hand stützte er sich auf der Rückenlehne ihres Bürostuhls auf. „Wenn du heute Morgen nicht klammheimlich abgehauen wärst, hätte ich dir einen Kaffee machen können“, sagte er leise.

Emma spürte, wie sie rot wurde. „Wie war das mit unserer Vereinbarung, kein Wort über gestern zu verlieren? Das hatten wir doch vereinbart oder nicht?“

„Ich habe bloß gesagt, ich hätte dir einen Kaffee machen können, wenn du heute Morgen nicht einfach abgehauen wärst. Ich glaube, das berührt unsere Abmachung überhaupt nicht.“

Es war ein Schlupfloch in ihrer Vereinbarung, und das musste ihm ebenso klar sein wie ihr. Dennoch musste Emma zugeben, dass es ihr gefiel, wie er von sich aus auf sie zugekommen war, um mit ihr über das Geschehene zu reden. Es wäre ziemlich ernüchternd gewesen, wenn er wirklich so getan hätte, als wären sie sich gestern nicht mal über den Weg gelaufen. Als hätte sie ihm nicht einen geblasen. „Ich musste rechtzeitig nach Hause und mich umziehen, um nicht zu spät ins Büro zu kommen."

„Dann eben beim nächsten Mal", sagte er und hielt den Zeigefinger so, als würde er auf ihren Monitor zeigen.

Bei dem Gedanken an mehr Sex mit Kyle und bei der Erkenntnis, dass er sie auch jetzt noch begehrte, wurde ihr schlagartig heiß – was sie erschreckte und zugleich in Verlegenheit brachte. Um zehn Uhr an einem Montagsmorgen wurde sie normalerweise nicht feucht. So etwas gab es einfach nicht. Doch sobald Kyle bloß in ihrer Nähe war, musste sie gegen ihre Erregung ankämpfen. „Ein nächstes Mal wird es nicht geben. Du hast Claire gehört."

„Es geht sie überhaupt nichts an, was wir tun, wenn wir nicht im Büro sind." Er richtete sich auf und lehnte sich an den Schreibtisch, die Beine überkreuzt, die Hände in den Hosentaschen vergraben.

Emma wusste, dass Kyle sich ständig bei irgendwelchen Kollegen aufhielt, meistens in einer ähnlichen Pose. Aber er war nie zuvor bei ihr vorbeigekommen, weshalb sie überzeugt war, dass sogar ein Blinder die Veränderung erkennen musste, die sich in ihrem Verhältnis zueinander ereignet hatte. Sie war sich dessen auf jeden Fall bewusst, da sich ihre Nippel nicht grundlos versteiften.

„Hier können wir nicht darüber reden", zischte sie ihm zu, während sie sich zu einem Lächeln zwang, um zufällige Beobachter zu täuschen. „Und ich möchte dich nochmals an unsere Vereinbarung erinnern, den gestrigen Tag niemals zur Sprache zu bringen und so zu tun, als wäre nichts passiert."

Es war jedoch nicht so, als ob sie selbst in der Lage wäre, sich an diese Abmachung zu halten. Ganz zu schweigen davon, dass sie im Grunde auch gar nicht wollte, dass Kyle sich daran hielt. Denn was wäre schlimmer, als mit einem Kerl absolut grandiosen Sex zu haben, der das dann niemals wiederholen wollte? Das wäre furchtbar. Daher schätzte sie die Tatsache umso mehr, dass er wieder mit ihr schlafen wollte. Es änderte allerdings nichts daran, dass das Ganze sehr verwirrend war. Sie presste die Lippen zusammen und rieb sich die Schläfen.

„Hast du Kopfschmerzen?", erkundigte er sich. „Wir haben letzte Nacht ja einiges getrunken. Wenn du eine Tablette brauchst, sag mir Bescheid. Ich hab' welche in meinem Schreibtisch."

Stellte er sich nur dumm, oder war er tatsächlich so ahnungslos? „Ich glaube, meine Kopfschmerzen werden ganz von selbst verschwinden, sobald du gegangen bist", informierte sie ihn und schaute sich um, doch niemand schien von ihnen Notiz zu nehmen.

„Ich werde gehen, sobald du dich mit einer Einladung zum Abendessen einverstanden erklärst."

„Was? Spinnst du?", fragte sie lauter, als es unter diesen Umständen angebracht war. Sie schlug die Beine übereinander und wischte die feuchten Handflächen an ihrem Bleistiftrock ab. War der Gedanke an ein Abendessen mit ihm und an das, was darauf vermutlich folgen würde, der Grund dafür, dass in ihrem Inneren plötzlich ein Feuer brannte, das so heiß war wie zehntausend Sonnen? Ja, eindeutig. War sie verrückt, so zu reagieren? Nein, eindeutig nicht.

„Ich hätte eine Idee für deinen Artikel", beharrte er. „Ich glaube, wir können da was drehen – aber wenn uns das gelingen soll, haben wir nur bis morgen Nachmittag Zeit. Also komm heute Abend um sieben zu mir. Es ist eine völlig regelkonforme Geschäftsangelegenheit." Kyle stieß sich von der Tischkante ab und wollte sich zurückziehen, aber im Vorbeigehen beugte er sich noch einmal kurz vor und flüsterte ihr zu: „Und lass den Slip weg. Den wirst du nicht brauchen."

Emma starrte auf ihren Computer und weigerte sich beharrlich, Kyle hinterherzuschauen. Es gefiel ihr ganz und gar nicht, wenn man ihr sagte, was sie tun sollte. Außerdem wollte sie ihren Job nicht aufs Spiel setzen.

Und dennoch hatte Emma das ungute Gefühl, dass sie letztlich doch einlenken würde, um sich anzuhören, was Kyle über ihre Story zu sagen hatte. Und über ihren Slip, denn heute Abend würde sie sehr wohl einen tragen.

Kyle war sich zu fünfzig Prozent sicher, dass Emma ihn versetzen würde. Trotzdem bereitete er das Abendessen vor und legte eine Flasche Wein in den Kühlschrank. Sollte sie nicht auftauchen, würde er eben die eine Hälfte vom

Lachs heute essen und die andere für morgen aufbewahren. Den Wein konnte er immer noch trinken.

Er hoffte jedoch, dass sie auf seine Einladung einging. Aus einem Grund, mit dem er sich jetzt nicht befassen wollte, war es ihm wichtig, dass sie herkam.

Kyle mochte Frauen, und er verabredete sich gern mit ihnen. Aber verliebt war er bisher nur ein einziges Mal gewesen, und diese stürmische Affäre mit einer Kommilitonin am College war von Anfang an zum Scheitern verurteilt gewesen. Sie war weniger in ihn, sondern vielmehr in die Vorstellung verliebt gewesen, von ihm geliebt zu werden. Und das hatte zu der absehbaren Entwicklung geführt, dass sie Schluss gemacht hatte – wobei er sie angefleht hatte, es sich doch noch einmal zu überlegen. Es war das vermutlich demütigendste Erlebnis überhaupt gewesen, als er ihr in eine Bar gefolgt und sich betrunken hatte, ehe er sie vor mindestens dreißig Gästen auf Knien angebettelt hatte, zu ihm zurückzukommen. Seitdem machte er zwar nicht um jede ernsthaftere Beziehung einen großen Bogen, doch irgendwie hatten solche Gelegenheiten einen Bogen um ihn gemacht. Dafür war er im Lauf der Jahre mit vielen Frauen ausgegangen und hatte deren Gesellschaft sehr genossen.

Aber noch nie war ihm dabei eine Frau wie Emma begegnet, die so zielstrebig auf ein einziges Ziel hinarbeitete. Er war sich nicht sicher, ob sie für ihn bloß eine Herausforderung darstellte oder ob etwas an ihr ihn auf einer tieferen Ebene ansprach. Auf jeden Fall wollte er sich mit ihr außerhalb des Büros treffen. Der gestrige Tag hatte ihm in vieler Hinsicht die Augen geöffnet. Emma war mal ernst, mal schüchtern und mal frech gewesen. Sie war außerdem sexy und faszinierend und köstlich gewesen, zudem selbstbewusst, als sie gesungen und ihm einen geblasen hatte. Das alles ergab eine bemerkenswerte Kombination, der er auf den Grund gehen wollte, auch wenn ihm der Gedanke daran ein wenig Angst machte.

Abgesehen davon hatte er tatsächlich eine Idee, wie sie ihre Story aufziehen konnte. Er war mit ihr einer Meinung, dass Claires Vorgabe nichts taugte. Die vorsätzliche Störung eines Fotoshootings war nichts, was man mit einem Lacher abtun konnte – erst recht nicht, wenn die Stalkerin bereits zum wiederholten Mal in Erscheinung getreten war.

Kyle wischte mit einem Tuch über die Arbeitsplatte aus Granit und betrachtete sein Werk. Das Kochen hatte er erst vor Kurzem für sich entdeckt und schnell festgestellt, dass es ihm gefiel, kreativ sein zu können. Heute hatte er den Lachs zusammen mit dem Spargel und den in Rosmarin und Olivenöl eingelegten Roma-Tomaten gegrillt. Auf dem Herd stand ein Pilaw bereit. Dazu würde er einen Chardonnay servieren. Oh ja, es war durchaus möglich, dass er Emma damit beeindrucken wollte.

Allerdings konnte es sein, dass sie Fisch aus tiefstem Herzen verabscheute. Oder dass sie *ihn* aus tiefstem Herzen verabscheute. Im Büro hatte sie sich ziemlich abweisend gezeigt, aber sie hatte auch Claires Worte weitaus ernster genommen, als er das für gewöhnlich tat. Er wusste, das meiste davon war sowieso nur heiße Luft. Seine Chefin wollte eigentlich keinen von ihnen feuern, und sie würde ohnehin niemals die Wahrheit erfahren, wenn Emma und er sich diskret genug verhielten.

Und was bedeutete es schon, dass er gestern mit Emma vereinbart hatte, das Ganze auf ein einziges Mal zu beschränken? Er hatte ja keinen bindenden Vertrag unterzeichnet. Außerdem sollte sie sich geschmeichelt fühlen, dass er von ihr mehr wollte als nur einen One-Night-Stand. Dass er nach einer Nacht gleich an eine richtige Beziehung dachte, war ihm vor der Sache mit Emma noch nie passiert.

Eine Beziehung? Was denn für eine Beziehung? Er sah auf sein Handy. Acht Minuten nach sieben. Sie würde nicht kommen.

Verärgert über sich selbst spießte er ein Stück Spargel auf und steckte es in den Mund. Er war es nicht gewohnt, sich so von der Rolle zu fühlen. Es machte ihn wütend. Er aß noch ein Stück Spargel und kaute energischer als nötig darauf herum. Unwillkürlich erinnerte er sich an seinen Traum von der listigen Füchsin, und er begriff, dass er Angst hatte. Angst, weil er so schnell Gefühle für Emma entwickelte. Angst davor, von ihr zurückgewiesen zu werden.

Es klingelte an der Tür.

Er ließ die Gabel fallen und kaute schneller. Sie war tatsächlich hergekommen. Er würde mehr Zeit mit Emma verbringen können – im Bett, aber nicht nur da. Gestern noch hätte er nicht geglaubt, dass ihn das kümmern würde, doch heute sah alles ganz anders aus. Er hatte sogar geduscht und ein frisches Hemd angezogen, gleich nachdem er nach Hause gekommen war. Und das Bettzeug hatte er voller Hoffnung auch gewechselt.

Nachdem er sich mit einem Blick in den Spiegel im Flur davon überzeugt hatte, dass ihm nicht noch ein Rest vom Spargel am Mund klebte, ging er zur Wohnungstür und öffnete sie. „Hey", begrüßte er Emma lächelnd. „Schön, dass du hier bist."

Nervös sah sie nach links und rechts, als könnte Claire hinter irgendeiner Ecke hervorspringen, um sie beide auf frischer Tat zu ertappen. Dann stürmte sie mit säuerlicher Miene an ihm vorbei in die Wohnung. Emma trug Jeans und ein schlichtes weißes T-Shirt, und als er die Tür schloss, drehte sie sich zu ihm um. Sie schob die Hand in ihre Hose und zog den Bund ihres Slips weit genug nach oben, damit er sehen konnte, dass sie etwas drunter trug.

Kyle hob eine Braue. „Das nenne ich mal eine Begrüßung."

„Du sollst bloß wissen, dass ich nicht hergekommen bin, um irgendwelchen Unsinn zu treiben."

„Wir können gerne was anderes als Unsinn treiben", konterte er.

Emma verzog den Mund und verdrehte die Augen. „Das ist mein Ernst, Kyle. Ich will es mir nicht mit Claire verscherzen."

„Claire ist nicht hier." Er ging einen Schritt auf sie zu und bemühte sich dabei, keine Miene zu verziehen. Wenn er jetzt lächelte oder sogar grinste, würde sie nur wütend werden. „Aber du bist hier, und ich bin hier. Außerdem wartet in der Küche ein Lachs auf uns, und die Weinflasche möchte gern geöffnet werden. Das ist alles. Nicht mehr und nicht weniger."

Sie zögerte. „Du verwirrst mich."

„Gut, also sind wir quitt, denn du verwirrst mich auch. Wieso bist du hergekommen, wenn du deine Zeit nicht mit mir verbringen willst?" Kyle lief an ihr vorbei in die Küche und holte dort zwei Teller aus dem Schrank, auf die er den Fisch und die Beilagen verteilte.

Emma folgte ihm. „Weil du gesagt hast, dass du Informationen über die Stalkerin hast."

Er stellte die Teller auf den kleinen Esstisch und holte den Wein. Der Anlass schien ihm dafür passend. „Nein, ich habe gesagt, ich habe eine Idee für deinen Artikel. Von Informationen über die Stalkerin war nicht die Rede. Aber setz dich erst mal und iss was, dann reden wir darüber."

Geschickt entkorkte er die Flasche und schenkte den Wein in zwei Gläser ein. Emma setzte sich jedoch nicht hin, sondern blieb hinter ihm stehen, sodass er sie streifte, als er sich mit den Gläsern umdrehte.

Sofort wich sie ein Stück zur Seite, schüttelte den Kopf und hielt abwehrend eine Hand hoch. „Ich will keinen Wein."

Je stärker sie sich ereiferte, umso mehr reifte in ihm der Entschluss heran, alles zu tun, damit sie sich entspannte, um so die Emma vom Vortag wieder zum Vorschein zu bringen. Er stellte die Gläser ab, ging zu ihr und legte eine Hand an ihre sanft geschwungene Taille. Im selben Moment sah er vor seinem geistigen Auge, wie er Sex mit ihr gehabt hatte. „Und wie wäre es mit einem Kuss?"

Als sie daraufhin weder schreiend weglief noch lautstark protestierte, deutete er das als Einverständnis. Also drückte er seine Lippen auf ihre und schloss die Augen. Emma löste die seltsamsten Reaktionen in ihm aus. Es war absolut verrückt.

„Ich muss noch von letzter Nacht betrunken sein", murmelte sie, während ihre Hände zu seinem Hosenbund wanderten.

„Wie kommst du denn darauf?"

„Weil ich gar nicht hier sein sollte. Und weil ich dich schon gar nicht küssen sollte."

„Du musst dir wegen Claire wirklich keine Gedanken machen. Sie wird uns nicht feuern, und außerdem können wir verschwiegen sein, nicht wahr?" Zumindest hoffte er das. Auf jeden Fall würde er sich Mühe geben.

„Können wir das?", erwiderte sie betrübt, bevor sie sich von ihm löste, die Weingläser nahm und damit an den

Tisch trat. „Ich kann es nicht fassen, dass du tatsächlich gekocht hast. Ich bin tief beeindruckt."

Oh ja, das ließ seine Eier voller Stolz anschwellen. „Ich habe einen Kurs besucht."

„Einen Kurs?" Emma grinste ihn an, während sie sich hinsetzte. „Tja, dann hast du wohl ein Fleißkärtchen verdient."

„Weißt du eigentlich, dass du dich manchmal wie mein Großvater anhörst?", sagte er und nahm ihr gegenüber Platz. „Das ist verdammt süß."

„Meine Mom und ich haben bei meinem Großvater gelebt, als ich noch klein war. Ich schätze, ich habe den einen oder anderen Spruch von ihm aufgeschnappt. Und jetzt erzähl mir von deiner Idee wegen der Stalkerin."

„War dein Großvater auch so hartnäckig und zielstrebig wie du?" Kyle aß ein Stück Lachs. Es war zwar schon ein wenig abgekühlt, schmeckte aber immer noch köstlich. Er wollte in diesem Moment wirklich nichts Dienstliches mit ihr besprechen, doch das musste er, denn sonst würde sie sofort durchschauen, dass er sie unter einem falschen Vorwand hergelockt hatte.

„Ja, ich komme da ganz nach ihm."

„Okay, ich werde deine quälende Neugier stillen. Das hier ist meine Idee: Wenn wir die Stalkerin identifizieren können, muss Claire dir einfach erlauben, dass du deine Story aus einer ernsten Perspektive schreibst."

Emma erstarrte mitten in der Bewegung. Ihre Hand, die

die Gabel hielt, befand sich auf halbem Weg zu ihrem Mund. „Und wie stellst du dir das bitte vor? Claire will den Artikel in weniger als vierundzwanzig Stunden auf ihrem Schreibtisch haben."

„Überleg doch mal. Ian Bainbridge muss wissen, wer seine Stalkerin ist. Wäre das Ganze politisch motiviert, würde die Täterin irgendeine Nachricht hinterlassen, um seine Arbeit zu diskreditieren. Du weißt schon: Briefe an Tageszeitungen, Graffiti an seinen Ausstellungsobjekten und so weiter. Aber nichts davon ist der Fall, also muss es etwas Persönliches sein." Kyle hatte lange über diesen Punkt nachgedacht, aber keine andere Erklärung finden können.

„Du meinst, es könnte eine Erzrivalin sein? Eine andere Fotografin, die eifersüchtig auf seinen Erfolg ist? Dafür gibt es keine Beweise. Mir kommt es eher so vor, als wäre da eine Frau unterwegs, die sich in den Kopf gesetzt hat, dass sie ihn liebt."

„So sehe ich das auch. Ich denke, die Stalkerin glaubt genau das und meint vielleicht sogar, dass Ian sie ebenfalls liebt. Es könnte sein, dass sie diese Fotoshootings als eine Art Verrat betrachtet. Das typische Stalkerverhalten, wenn es um Prominente geht: Der Verfolger ist seinem Opfer nie persönlich begegnet, doch ist vollkommen überzeugt davon, dass sie beide zusammengehören. Ziemlich gruselig, aber leider Realität."

„Richtig. Das hilft uns allerdings nicht bei der Frage

weiter, wer diese Frau ist. Die Cops scheinen jedenfalls keine Ahnung zu haben."

Kyle musste lachen. „Na, komm schon. Meinst du wirklich, die Cops haben irgendwas unternommen? Außerdem geht es um drei verschiedene Städte, und damit ist jedes Mal eine andere Dienststelle zuständig. Aber ich wette, dass Ian oder jemand aus seinem Umfeld zumindest eine Ahnung hat, wer die Stalkerin ist. Und vielleicht besteht ja sogar Kontakt zu ihr. Stalker schicken dem Objekt ihrer Begierde gern Nachrichten oder Geschenke."

„Wenn Bainbridge weiß, wer die Stalkerin ist, warum hat er sich nicht längst an die Polizei gewandt?"

„Wahrscheinlich hat er das gemacht, aber ich bezweifle, dass genügend Beweise vorliegen, um etwas zu unternehmen."

Emma schaute ihn an. „Dann beantworte mir zwei Fragen: Wie sollen wir die Identität dieser Person aufdecken? Und wie sollen wir beweisen, dass sie wirklich die Stalkerin ist? Und zwar innerhalb von weniger als vierundzwanzig Stunden, wie ich bereits erwähnt hatte!"

„Ich dachte, du bist beharrlich und zielstrebig. Solche Worte hätte ich nicht von der zu allem entschlossenen Journalistin erwartet, für die ich dich eigentlich gehalten habe."

„Du willst mich nur ködern."

„Nein, das will ich nicht", erwiderte er lachend. „Ich will dir bloß helfen – ganz ohne jede Gegenleistung, das schwöre ich dir. Ich bin einfach wie du der Meinung, dass diese Story Potenzial besitzt. Das müssen wir allerdings erst noch beweisen. Und zwar schnell."

„Und womit fangen wir an? Wenden wir uns an Ians Assistentin?"

„Schon geschehen. Ich habe sie heute Nachmittag erreichen können", erklärte Kyle grinsend. „In einer Stunde treffen wir den Fotografen höchstpersönlich, unmittelbar, bevor er abreist."

Jetzt wurde sie hellhörig und fragte mit vollem Mund: „Was? Willst du mich auf den Arm nehmen? Wie hast du das denn hingekriegt?"

„Ich habe meine Methoden." Vor allem war er zu Bainbridges Assistentin sehr freundlich gewesen, einer reizenden jungen Frau namens Rosanna, die knapp über zwanzig sein musste. Davon wollte er Emma jedoch nichts sagen, weil er damit nur all ihre Vermutungen bestätigen würde. Er selbst war nicht der Ansicht, dass man als Journalist mit einem knallharten Auftreten zwangsläufig zum Ziel kam. Manchmal musste man einfach bloß nett und freundlich sein, um an die gewünschte Information zu gelangen. Er fand nicht, dass er seinem Gegenüber damit etwas vormachte oder jemanden benutzte. Die Leute gaben von sich aus die Informationen preis, nach denen er suchte, und normalerweise freuten sie sich, wenn sie ihm behilflich sein konnten.

Rosanna war ziemlich geschwätzig gewesen. Auch

wenn sie selbst nichts über die Stalkerin hatte sagen können, hatte sie ihm gegenüber angedeutet, dass ihr Boss über einige Details zu dem Fall verfügte. Sie hatte ihm sogar anvertraut, dass Bainbridge einen richtigen Leibwächter engagiert hatte, weil es Grund zu der Vermutung gab, dass die Situation rund um die Stalkerin allmählich gefährlichere Dimensionen annahm.

„Ich will lieber gar nicht wissen, mit welchen Methoden du an dein Wissen kommst. Die machen mir nämlich Angst. Aber wenn ich daraus eine Story entwickeln könnte, wäre das fantastisch. Vor Kurzem gab es noch eine Diskussion darüber, wie wirkungsvoll die Gesetze gegen Stalker sind, und das könnten wir damit verknüpfen." Ihre Augen strahlten, und ihre Wangen glühten vor Begeisterung. Am Wein konnte es zumindest nicht liegen, denn davon hatte sie kaum mehr als einen kleinen Schluck getrunken.

„Wir werden es versuchen." Kyle trank von seinem Wein. „Du weißt ja, dass ich vom Sport komme, und da hat es nie eine Gelegenheit gegeben, irgendwas in dieser Art zu machen. Deshalb kann ich gut verstehen, dass du einer ernsten Geschichte wie dieser auf den Grund gehen willst."

Emma musterte ihn auf eine Weise, die bei ihm Unbehagen auslöste. Sie ließ seine Worte Worte sein und schien tief in sein Inneres zu schauen. So etwas kannte er gar nicht. Für gewöhnlich präsentierte er den Leuten lieber seine lässige, unbeschwerte und ziemlich oberflächliche Seite, die von den meisten Menschen akzeptiert wurde, ohne dass sie erst noch tiefer gehende Fragen stellten.

„Warum hast du die Sportredaktion verlassen?“, wollte sie wissen. „Es wurde was von einem Fehlverhalten gemunkelt, soweit ich weiß.“

„Ja, genau. Ich habe einem Kumpel meinen Presseausweis überlassen, damit er in die Umkleide der Cleveland Browns gelangen und mit den Spielern reden konnte. Daraufhin bin ich versetzt worden.“ Er zuckte mit den Schultern. „Keine große Sache. Ich hatte ja vorsätzlich gegen die Regeln verstoßen, und damit war die Versetzung berechtigt.“

„Wieso?“, fragte sie verwundert.

„Weil mein Kumpel nicht mehr lange zu leben hatte“, erklärte er leise. „Er ist tatsächlich auch kurz danach gestorben. Und das war das Einzige, was ich für ihn tun konnte, also habe ich es getan. Na ja, es hat für mich ja kein schlimmes Ende genommen. Ich arbeite jetzt mit dir zusammen an Life & Style und ich bleibe sogar der Nachwelt als der Kiffer in Ian Bainbridges *Money and the Machine* erhalten.“ Er lächelte Emma an und aß seinen Lachs auf.

Emma strich mit dem Finger über den Rand ihres Weinglases und betrachtete ihn. „Du bist ein interessanter Mann, Kyle Hadley. Viel interessanter, als ich gedacht hätte.“

„Vielen Dank.“ Kyle war klar, dass die Leute ihn für oberflächlich hielten, und in gewisser Hinsicht war er das vermutlich auch. Doch er wusste ganz genau, dass er für jeden Tag dankbar war, den er auf Erden verbringen konnte. Und jetzt gerade war er besonders dankbar dafür, dass Emma Gideon ihm gegenübersaß und ihn nachdenklich anlächelte.

8. KAPITEL

Emma konnte es noch immer nicht fassen, dass sie mit Ian Bainbridge persönlich in einer Bar saß. Sie hatte sein Team eine Woche lang mit Anrufen bombardiert und war ständig abgewiesen worden. Und dann hatte Kyle einmal zum Telefon gegriffen – und schon war es zum Treffen gekommen. Jetzt saßen sie zusammen in dieser Bar und plauderten wie alte Freunde. Zumindest wirkte das bei Ians Assistentin Rosanna und Kyle so, während Ian sich ihr gegenüber etwas distanzierter gab.

„Sie sind also aus Neuseeland?“, fragte sie Ian höflich, um das Eis zu brechen.

Links von ihr lachte Rosanna über eine von Kyles Bemerkungen. Emma versuchte, nicht missmutig das Gesicht zu verziehen. Allmählich kam sie sich so vor, als hätte sie sich auf ein Doppel-Date eingelassen, bei dem sie die schlechteren Karten erwischt hatte. Kyle – der Mann, mit dem sie erst gestern geschlafen hatte – schien sich bestens zu vergnügen, wenn sie aus dem dauernden Kichern der jungen, attraktiven Assistentin Rückschlüsse ziehen konnte. Fest entschlossen, nicht zu den beiden zu sehen, drehte sie sich auf ihrem Hocker ein wenig zur Seite und lächelte Ian an. Sie wollte sich an Kyles Vorgehensweise halten, den Fotografen nicht sofort mit Fragen zu überschütten. Stattdessen würde sie auf Umwegen auf das Thema zu sprechen kommen, so wie eine freundliche Gesprächspartnerin und nicht wie eine wissbegierige Journalistin.

„Ja, aber mittlerweile habe ich die ganze Welt gesehen. Nur zu Hause war ich schon seit einiger Zeit nicht mehr." Er zuckte wehmütig mit den Schultern und trank einen Schluck Bier.

„Ich kann mir vorstellen, dass das für einen Künstler eine Gratwanderung ist. Man muss auf Reisen gehen, was aufregend sein kann, doch man wird nicht zwangsläufig irgendwo heimisch."

„Die wahre Herausforderung für einen Künstler besteht darin, dass man kommerziell arbeiten muss, wenn man Erfolg haben will. Das widerspricht jedoch der Grundidee der Kreativität, die den Künstler antreibt. Allerdings ist das kein Thema, über das man an einem Montagabend mit einer reizenden Lady reden sollte." Er lächelte sie an. „Und? Ist Kyle Ihr Freund?"

„Was? Nein. Himmel, nein", erwiderte Emma energisch und hätte sich für ihre heftige Reaktion gern gleich darauf geohrfeigt. „Wie kommen Sie darauf?", fügte sie hinzu, wobei sie sich erneut dazu zwingen musste, sich nicht nach Kyle umzudrehen.

„Weil Sie immer wieder in seine Richtung schauen. Und weil ich das Gefühl habe, dass Sie Rosanna am liebsten erwürgen würden." Ian beugte sich zu ihr rüber. „Dieser Wunsch überkommt mich auch von Zeit zu Zeit. Allein dieses Kichern … Himmel!"

Emma musste lachen, da Ians Charme so entwaffnend war. Es war offensichtlich, dass er sich bemühte, die Stimmung aufzulockern, damit Emma sich etwas wohler fühlte. „Sie ist in Ordnung. Aber Kyle ist wirklich nicht mein Freund“, erklärte sie ihm. „Wir sind Kollegen, und man könnte wohl sagen, dass wir befreundet sind.“ Sie hoffte, dass sie beide in dieser Hinsicht Boden gutgemacht hatten. Doch aus Gründen, die sich ihr nicht so recht erschließen wollten, hätte sie ihn nicht einfach Rosanna überlassen können. Der bloße Gedanke machte sie schon eifersüchtig, daran gab es keinen Zweifel.

„Das Gleiche kann man über Rosanna und mich sagen. Sie engagiert sich für ihre Arbeit, was ich sehr zu schätzen weiß. Aber sie flirtet unablässig. Durch dieses Shooting in zehn Städten in Folge ist sie schon wie im Rausch. In jeder Stadt frisches Blut.“

„Das verleiht ihr zusätzliche Kräfte“, meinte Emma. „Meine Art wäre das allerdings nicht.“

„Meine auch nicht. Ich bin nicht der Typ für ein beiläufiges Vergnügen.“

Emma war sich zu neunundneunzig Prozent sicher, dass Ian nicht mit ihr flirtete. Er war Anfang dreißig und ziemlich attraktiv, mit einem tollen Knochenbau und wunderschönen Augen. Doch er machte einen erschöpften Eindruck, so als wollte er nach Neuseeland zurückkehren und erst mal einen Monat lang schlafen.

„Wenn ich bedenke, dass Sie bereits mit einer Stalkerin

Erfahrung sammeln mussten, kann ich mir gut vorstellen, dass Sie sowieso nichts mit einer Fremden anfangen wollen würden. Schließlich weiß man nie, an wen man gerät, und dann sind Sie ja auch noch prominent." Emma redete in diesem Moment nicht als Journalistin, sondern als ganz normaler Mensch. Es musste beunruhigend sein, sich mit einer Frau zu verabreden, wenn einem ständig eine Stalkerin im Nacken saß. Himmel, Dates an sich waren ja schon beängstigend genug, ohne dass irgendwo eine Stalkerin ihr Unwesen trieb.

Ian stellte sein Glas ab und schob mit einem Finger seine Sonnenbrille hoch. „Es ist einfach lächerlich, dass sich eine Stalkerin ausgerechnet auf mich einschießt. Ich könnte es verstehen, wenn sich jemand über die nackten Leute auf meinen Bildern aufregt. Damit habe ich sogar gerechnet. Aber diese Frau scheint zu glauben, ich würde sie mit meinen Fotografien betrügen. Und dabei sind wir uns noch nie begegnet. Das ist alles sehr bizarr."

„Sie glaubt, dass Sie sie betrügen, indem sie andere Frauen fotografieren?"

„Ja, und es ist völlig bescheuert. Erstens habe ich keine Ahnung, wer sie ist. Ich weiß nur, dass sie Savannah heißt. Ich hatte nie eine Beziehung mit ihr. Zweitens geht es bei meinen Fotos nicht darum, Frauen zu Objekten zu machen. Ich tue das nicht, um nackte Frauen anzustarren. Mir geht es um ein Statement."

Emma umklammerte mit einer Hand den Thekenrand,

während sie versuchte, sich ihre Begeisterung nicht anmerken zu lassen. Die Stalkerin hieß also Savannah. Wie viele Savannahs mochte es wohl geben? Offenbar ärgerte sich Ian darüber, wenn jemand seine Motive infrage stellte, aber dieser Punkt interessierte sie überhaupt nicht. „Wow, das ist wirklich eigenartig. Die Polizei weiß ja über die Ereignisse Bescheid. Hat man dort denn inzwischen irgendeine Ahnung, wer die Frau ist?"

„Die Polizei war keine große Hilfe. Ich bin ständig auf Reisen und habe dadurch immer wieder mit einer anderen Dienststelle zu tun. Man könnte fast glauben, meine Stalkerin würde sich darauf verlassen, dass ihre Identität nicht aufgedeckt wird, weil das auf allen Wachen jeweils nur als ein Zwischenfall abgetan wird, bei dem man nicht allzu intensiv ermittelt."

„Bekommen Sie von ihr E-Mails oder Briefe?"

„E-Mails, und zwar unablässig. Abgeschickt werden die von verschiedenen Bibliotheken, und als Absender gibt sie irgendwelche Fantasieadressen an. Mal schreibt sie mir, dass sie mich liebt. Mal wirft sie mir vor, dass mich Frauen so faszinieren. Es ist in erster Linie lästig. Eigentlich gehe ich nicht davon aus, dass sie irgendwann gewalttätig wird. Ich will nur hoffen, dass durch ihre Aktionen nicht die Zahl der Freiwilligen zurückgeht."

„Ich schätze, darüber müssen Sie sich keine Sorgen machen. Den Leuten gefällt es viel zu sehr, Teil von etwas Großem zu sein. Sogar ich war gestern mit dabei, und dabei bin ich absolut prüde.“ Emma überlegte, ob sie Ian um Kopien der fraglichen E-Mails bitten sollte oder ob er sich dagegen sträuben würde.

„Mein Agent bestand darauf, dass ich einen Leibwächter engagiere. Das hat meiner Privatsphäre einen ordentlichen Dämpfer verpasst.“ Ian lächelte sie an. „Aber heute konnte ich ihr entwischen. Falls Sie also mitkriegen, dass ich mich plötzlich von hier fortschleiche, dann wissen Sie, dass sie mich entdeckt hat.“

„Ihr Leibwächter ist eine Leibwächterin?“

Er nickte. „Sie hat ein bisschen was von einem Drachen.“

Rosanna beugte sich auf der klebrigen Theke so weit nach vorn, dass sie fast Emmas Weinglas umwarf, als sie ihren Boss anstupsen wollte. „Kann ich ein bisschen Kleingeld haben? Kyle und ich wollen die Jukebox füttern.“

„Bin ich dein Daddy oder was? Ich habe nicht einen einzigen Cent in der Tasche“, antwortete Ian. „Außerdem hängen deine Haare in Emmas Wein. Ich glaube, es wäre ihr lieb, wenn du sie entfernst.“

Eklig. Einfach eklig. Ein paar schimmernde pechschwarze Locken schwammen in ihrem Chardonnay. Tatsächlich hatte Rosanna wunderschöne Haare – das genaue Gegenteil zu ihren eigenen, die blond und ganz glatt waren. Und Rosanna war so schmal, dass sie nicht mal Hüften hatte. Emmas Eifersucht wurde unwillkürlich noch stärker, worüber sie sich maßlos ärgerte.

„Ich glaube, ich habe ein paar Cents, also keine Panik", sagte Kyle nun, stand auf und wühlte in seinen Hosentaschen.

„Yay!", quiekte Rosanna, ergriff Kyles Hand und zog ihn hinter sich her.

Im Vorbeigehen schaute er belustigt zu Emma.

Sie reagierte mit einem giftigen Blick.

Auch wenn sie gar kein Recht dazu hatte. Trotzdem sollten sich die Laken wenigstens nicht mehr warm anfühlen, wenn er sich die nächste Frau ins Bett holte. Ganz zu schweigen davon, dass das Bettzeug außerdem erst gewechselt werden sollte. Es nervte sie, dass er so offen vor ihr mit einer anderen flirtete.

„Bei ihr fühle ich mich ziemlich langweilig und alt", gab Ian zu.

Das wunderte Emma kein bisschen, denn schließlich führte Rosanna sich zumindest zeitweise wie eine Zwölfjährige auf. Anstatt darauf einzugehen, griff sie das eigentliche Thema wieder auf. „Wieso hat diese Savannah eigentlich Sie zu ihrer ‚Beute' auserkoren? Was war wohl der Auslöser dafür, dass sie zur Stalkerin geworden ist? Das würde mich interessieren."

Ian dagegen schien sich nicht allzu sehr für die Motive von geistesgestörten Fans zu begeistern. „Wer weiß das schon? Sie hat erwähnt, dass sie in einem Pub in Pittsburgh gearbeitet hat, den ich öfter aufgesucht hatte. Ich kann mich nicht daran erinnern, ihr begegnet zu sein."

Im Geiste schrieb Emma mit. Es sollte tatsächlich möglich sein, diese Frau ausfindig zu machen. „Es gab niemanden im Speziellen, der sich mit Ihnen über Ihre Kunst oder Ihre Fotografien unterhalten hat?“

„Ich glaube nicht. Aber das war sowieso eine besonders erlesene Gegend. Jeder dort hatte gleich ein paar Piercings und warf mit Anspielungen auf Gegenkultur nur so um sich.“

„Wie hieß der Pub denn?“

Für einen Moment sah Ian sie an und zog die Brauen hoch. Sie fürchtete schon, er würde sie auf den Grund für ihre vielen Fragen ansprechen, doch dann antwortete er stattdessen: „Church Street.“

„Church Street? Das ist der Name des Pubs?“

„Ja.“ Er lächelte freundlich. „Nur für Hipster, müssen Sie wissen.“

„Was denn? Bin ich etwa keiner?“ Emma erwiderte sein Lächeln. Natürlich war sie alles andere, aber kein Hipster. „Und ich dachte, ich hätte das Zeug zum Hipster. Also brauche ich wohl ein Tattoo oder ein Piercing, schätze ich.“

„Ein was?“, fragte Kyle, der soeben an seinen Platz zurückgekehrt war. „Komm bloß nicht auf die Idee, dich tätowieren zu lassen!“

Erstaunt drehte Emma sich zu ihm um. „Wie bitte? Wenn ich mich tätowieren lassen will, werde ich das auch machen.“ Sie wollte es zwar nicht, aber er hatte kein Recht, seine Meinung kundzutun. Erst recht nicht, solange Rosanna an seinem Arm klebte, als wäre sie damit verwachsen.

Außerdem hatte er es geschafft, ihre Unterhaltung mit Ian zu stören. Der Mann gab von sich aus Informationen über seine Stalkerin preis, und jetzt mischte Kyle sich einfach in ihr Gespräch ein.

„Bist du so weit, Emma?“, fragte er nun. „Du musst ja morgen früh raus, soweit ich weiß.“

Musste sie das? Es war Montag, ein normaler Arbeitstag, und beim letzten Blick auf ihr Handy war es nicht mal zehn Uhr gewesen. Sie musterte ihn verwundert und versuchte, seine Miene zu deuten, doch Kyle schaute so fröhlich drein wie immer. Wollte er ihr vielleicht irgendetwas mitteilen? Oder war seine Frage bloß als aufmerksame Geste gemeint?

„Mir geht es bestens“, erwiderte sie, was auch den Tatsachen entsprach.

„Ganz sicher? Ich weiß, du bist nicht gerade eine Nachteule.“

Was zum Teufel redete er da? Er konnte nicht wissen, ob sie eine Nachteule war oder nicht. So oder so begriff sie sehr wohl, dass er gehen wollte. Und dann wurde ihr alles klar. Er wollte sie zu ihrem Wagen bringen, damit er anschließend mit Rosanna weiterziehen konnte.

Nein, sie würde nicht wütend werden. Aber sie würde die Lippen zusammenpressen und die Finger so fest in ihren Oberschenkel krallen, dass sicher irgendein Nagel abbrechen würde. Die Frage war nur, ob sie seiner ziemlich unverblümten Aufforderung nachkommen oder ob sie stur sitzen bleiben sollte, um seine Pläne für die Nacht zu durchkreuzen. Sie konnte sich nicht entscheiden, welche der Optionen ihr mehr gefiel: Sollte sie seine Bemerkungen einfach ignorieren, oder sollte sie aufbrechen und ihm dadurch zeigen, dass es sie kein bisschen kümmerte?

Dann kam Ian ihr zuvor. „Wir sollten uns jetzt sowieso besser auf den Weg machen. Morgen früh geht es mit dem Bus weiter nach Chicago."

Kyle nickte verständnisvoll. „Ja, schon klar. Es war schön, Sie mal kennenzulernen, Mann. Danke, dass Sie auf einen Drink hergekommen sind."

Während er und Ian noch redeten und Kyle darauf bestand, die Rechnung zu begleichen, bemerkte Emma, dass Rosanna neben ihr stand und sie finster anstarrte. „Es muss toll sein, mit Ian quer durch die Welt zu reisen", sagte Emma in dem höflichen Bemühen, sich mit der jungen Frau zu unterhalten.

„Ist ganz okay", antwortete Rosanna knapp. „Aber man lernt nur schwer mal ein paar Leute kennen."

Ian schien das völlig anders wahrzunehmen, doch darauf kam Emma lieber nicht zu sprechen. „Das ist natürlich schade, aber eines Tages werden Sie froh sein, dass Sie so viel von den Staaten zu sehen bekommen haben."

„Sie meinen, wenn ich in Ihrem Alter bin? Vor allem hoffe ich, dass ich bis dahin nicht so viel zugelegt habe wie Sie."

Wie bitte? Welchen Grund gab es denn für diese Gehässigkeit? Emma riss verdutzt die Augen auf. Sie hatte nie richtig gelernt, wie man mit zickenden Mädchen umging. Auf dem College war sie zu sehr auf ihr Journalismus- und Wirtschaftsstudium konzentriert gewesen, um sich auch noch diese hohe Kunst anzueignen. Sie wusste nicht mal so genau, was sie erwidern sollte. Dennoch wollte sie diese kleine Zicke wissen lassen, dass sie sich von ihr weder bedroht noch beleidigt fühlte.

Als wäre es eine göttliche Eingebung, kam ihr in dieser Sekunde eine passende Entgegnung in den Sinn. „Kann ich mir gut vorstellen", meinte sie gelassen. „Und wenn Sie dann auf Ihr Leben zurückschauen, werden Sie bedauern, dass Sie ausgerechnet bei dem einen Mal, als es darauf ankam, auf ein Kondom verzichtet haben."

Okay, vielleicht beherrschte sie dieses Spiel ja doch. Zufrieden mit sich selbst musste Emma sich ein triumphierendes Grinsen verkneifen.

Neben ihr lachte Ian erstickt auf.

Rosanna stockte vor Empörung der Atem. „Was haben Sie für ein Problem?"

„Ich? Ich habe gar kein Problem. Ganz bestimmt nicht." Emma stand auf und gab Ian die Hand. „Es war mir ein Vergnügen, mit Ihnen zu sprechen. Wir werden einen schönen Artikel über Ihr Shooting schreiben, der in der Mittwochsausgabe erscheinen wird. Ich freue mich jetzt schon darauf, Ihre Bilderserie sehen zu können, sobald sie fertiggestellt ist."

Ian schüttelte ihr die Hand. „Das Vergnügen war ganz meinerseits, Emma, und vielen Dank für den Abend. Genießen Sie, was noch davon übrig ist. Rosanna? Kommst du?"

„Tja, das kommt ganz drauf an." Sie warf Kyle einen vielsagenden Blick zu.

Der drückte Emmas Finger und sagte zu Rosanna: „Danke, dass Sie hergekommen sind. Es hat Spaß gemacht, auch wenn Sie einen grässlichen Musikgeschmack haben." Er zwinkerte ihr zu. „Viel Spaß in Chicago."

Dann legte er seine Hand auf Emmas Rücken und dirigierte sie in Richtung Ausgang. Emma blieb gerade genug Zeit, ihre Tasche an sich zu nehmen, und im nächsten Moment fand sie sich schon auf dem Gehweg vor der Bar wieder.

Kaum waren sie draußen, entzog Emma sich gereizt seiner Berührung. „Was soll das werden, wenn's fertig ist? Ich dachte, du willst Rosanna mit nach Hause nehmen."

Er seufzte. „Nein, das will ich nicht. Ich will *dich* mit nach Hause nehmen, und es macht mich echt ärgerlich, wenn du ernsthaft geglaubt haben solltest, ich würde dich in eine Bar mitnehmen und dich dann für eine andere Frau sitzen lassen."

Emma ging schneller, um vor Kyle und ihrem rasenden Herzen davonzulaufen. Es gefiel ihr nicht, Eifersucht zu empfinden. Es war so kleinlich. „Na ja, du bist die ganze Zeit über nicht von ihrer Seite gewichen."

„*Sie* ist nicht von *meiner* Seite gewichen, nicht umgekehrt. Ich war lediglich nett zu ihr, aber ich habe nicht mit ihr geflirtet. Das ist ein großer Unterschied. Ich dachte mir, das könnte nicht schaden, solange es nicht zu weit geht. Ich habe bloß mitgemacht, um dir die Gelegenheit zu geben, ungestört mit Ian zu reden."

„Oh." Wenn er es so formulierte, klang es tatsächlich überzeugend. Kyle war nett zu anderen, das wusste Emma. Das konnte sie jeden Tag im Büro beobachten. Er erwiderte keine Flirts, er unterhielt sich nur mit seinen Kolleginnen. Als sie nun die letzte Stunde Revue passieren ließ, versuchte Emma zu analysieren, ob er mit Rosanna geflirtet hatte oder nicht. Gleich darauf ärgerte sie sich darüber, dass sie sich überhaupt zu solchen Gedankenspielen hinreißen ließ. Selbst wenn er es getan hatte: Was machte es schon aus? Sie beide waren ja kein Paar.

Trotzdem fand sie, dass sich zwei Menschen, die miteinander schliefen, gegenseitig ein Minimum an Höflichkeit und Rücksicht schuldeten. Allerdings schliefen sie ja nicht regelmäßig miteinander – es war nur ein gemeinsamer Tag gewesen. „Genau das ist der Grund, wieso es verkehrt war, mit dir ins Bett zu gehen", sagte sie. „Es macht mich jetzt schon verrückt, und dabei ist gerade mal ein Tag vergangen. Und eigentlich wollten wir doch so tun, als wäre nie was passiert."

„Was macht dich verrückt? Die Vorstellung, ich könnte Rosanna abschleppen? Das würde ich niemals tun. Das ist gar nicht meine Art."

Ein kurzer Blick zu ihm zeigte ihr, dass er mit missmutiger Miene dastand und die Hände in die Hosentaschen geschoben hatte.

Emma wusste nicht, was sie sagen sollte. „Woher soll ich das denn wissen?", fragte sie schließlich mürrisch.

„Vielleicht sollten wir uns mal über einige Dinge unterhalten", schlug er vor, zog den Schlüsselbund heraus und schloss seinen Wagen auf, den er nicht weit von der Bar entfernt geparkt hatte.

Sie war sich nicht sicher, ob sie sich mit ihm unterhalten wollte, wenn er dabei ansprechen würde, dass sie sich irrational verhielt – was ja der Fall war, wie sie selbst wusste. Die Nacht war warm, und der Wind wehte ihr die Haare ins Gesicht. Sie strich sie hinters Ohr, blieb stehen und sah ihn erwartungsvoll an. „Worüber zum Beispiel?"

„Über die Tatsache, dass du auf Rosanna eifersüchtig warst."

Emma wollte sich darüber empören, doch eigentlich konnte sie es nicht abstreiten. Das änderte jedoch nichts daran, wie peinlich es ihr war.

„Und über die Tatsache, dass ich eifersüchtig auf Ian war."

Diese Bemerkung schockierte sie. „Tatsächlich? Aber … wieso?“

„Weil ich dachte, er würde dich anmachen. Und ich will nicht, dass irgendjemand außer mir dich anmacht.“

„Wirklich nicht?“ Natürlich hatte sie nicht geglaubt, dass es ihm sehr gefallen würde, wenn sie sich Dutzenden von Männern an den Hals warf. Doch was in diesem Moment für Emma zählte, war die Tatsache, dass ihn allein die Möglichkeit schon störte. Dass es ihn störte, mit wem sie flirtete. Eifersucht passte nicht zu einer einmaligen Affäre und der Vereinbarung, das Ganze anschließend zu vergessen und nach vorn zu schauen.

Warum machte sie diese Erkenntnis bloß so über alle Maßen glücklich?

Kyle musste lächeln, als er Emmas Gesichtsausdruck sah. Ihre ganze Miene drückte ihr Misstrauen aus. „Wirklich nicht.“ Er hatte schon früh an diesem Abend gewusst, dass er wieder mit Emma schlafen wollte – nicht nur einmal, sondern viele Male, wenn sie es zuließ. Aber ihm war bislang nicht bewusst gewesen, was es tatsächlich bedeutete, mit ihr auszugehen. Das war ihm erst klar geworden, als er sie dabei beobachtet hatte, wie sie mit Ian geredet und über irgendeine seiner Bemerkungen gelacht hatte. Es hatte Kyle wie ein Stich ins Herz getroffen, verbunden mit dem Wunsch, irgendetwas in Stücke zu schlagen. Zu seinem großen Erstaunen hatte er sich eingestehen müssen, dass er Eifersucht empfand. Was ihn zu einer einzigen Schlussfolgerung gebracht hatte: Er musste unbedingt herausfinden, wohin diese Sache mit Emma führen konnte.

Nicht bloß ab und zu bei einem Date oder gelegentlich mal bei einer gemeinsamen Nacht. Nicht mal bei einem Probelauf für eine Beziehung, bei dem beide Seiten testen konnten, ob sie überhaupt zusammenpassten, während sie sich nebenher anderweitig verabredeten. So etwas würde hier eindeutig nicht funktionieren, wenn Kyle darüber nicht den Verstand verlieren wollte.

Hier war etwas anders als sonst, etwas, das in ihm den Wunsch weckte, Emma lächeln zu sehen und das Recht zu haben, sie zu berühren, über ihr Knie zu streichen oder die Hand an ihr Kreuz zu legen, wann immer er es wollte. Es gefiel ihm, sie besser und besser kennenzulernen. Was er dabei fühlte, ging weit über ein kollegiales Verhältnis und sogar weit über ein erstes Date hinaus.

Er wollte einfach mehr Zeit mit Emma verbringen.

Also versuchte er, das so ehrlich herüberzubringen, wie er es empfand. „Ich habe mich gefragt, ob du wohl daran interessiert wärst, dich mit mir regelmäßig zu treffen – bloß mit mir und mit keinem anderen. Nur wir beide. Regelmäßig. Und oft."

„Ist das dein Ernst?" Ungläubig starrte sie ihn an. „Hältst du das für eine gute Idee? Ich meine, Claire hat …"

„Claire kann mich mal", unterbrach er sie energisch.

Emma lächelte. „Ich schätze, das würde ihr gefallen."

Nervös lachte er auf. Ihm war nicht klar gewesen, wie sehr er an ihrer Erwiderung interessiert war. „Lass einfach für diesen Moment Claire und alle anderen äußeren Faktoren aus dem Spiel. Willst du Zeit mit mir verbringen?" Er kam sich bei dieser Frage ein bisschen kläglich vor, doch er musste Gewissheit haben, dass sie beide das Gleiche wollten.

„Ja", antwortete sie, machte jedoch keinen begeisterten Eindruck.

Für Kyle war das trotzdem genug. „Das heißt also, wir beide sind ein Paar? Und wir flirten nicht mit anderen Leuten?"

„Ich denke schon."

Er zupfte leicht an ihren Haaren, während sich Erleichterung und Aufregung in seinem Inneren ausbreiteten. „Du musst aber vor Freude nicht gleich ausflippen."

„Na ja, ich glaube, wir machen hier vielleicht einen gewaltigen Fehler", erklärte sie in ihrer aufrichtigen Art, die ihm bereits so vertraut war. „Aber es scheint so, als könnte ich einfach nicht Nein dazu sagen."

„Dann geht es dir so wie mir."

Sie stieg in den Wagen, nachdem er die Beifahrertür für sie geöffnet hatte. Dabei sah sie ihn an und schüttelte den Kopf. „Ich komme da nicht ganz mit: Letzte Woche wollte ich auf keinen Fall mit dir schlafen, gestern war ich bereit dazu, wenigstens einmal mit dir zu schlafen und das Ganze danach totzuschweigen, und gerade habe ich zugestimmt, mich mit niemandem außer dir zu treffen.“

„Ich bin halt ziemlich unwiderstehlich.“ Er grinste sie an, beugte sich in den Wagen und küsste ihre zarten Lippen. „Genau genommen bist du von uns beiden die Unwiderstehliche. Ich hätte bloß unter keinen Umständen ein Nein von dir akzeptiert. Deshalb warst du von Anfang an dazu verdammt, meinem Charme zu erliegen. Tut mir leid, aber jetzt wirst du mich nicht wieder los.“

Kyle ging vorne um das Auto herum, ohne den Blickkontakt zu unterbrechen. Himmel, Emma war so wundervoll! Selbst in Jeans und einem schlichten weißen T-Shirt, wofür sie sich offensichtlich ganz bewusst entschieden hatte, um Neutralität auszustrahlen, sah sie atemberaubend aus. So hatte er schon immer über sie gedacht. Doch als sie ihn nun mit kaum gebändigter Lust anschaute, fehlten ihm die Worte, um zu beschreiben, wie verdammt scharf sie war.

Um sich aufs Fahren konzentrieren zu können und nicht im Straßengraben zu landen, zwang Kyle sich dazu, sie nach ihrer Unterhaltung mit Ian zu befragen. „Und? Was hat unser Fotograf dir erzählt?“

„Er sagt, er hat E-Mails von der Stalkerin erhalten, die keinen Zweifel daran lassen, dass sie meint, in ihn verliebt zu sein. Das Erstaunliche daran ist, dass sie mit ihrem Namen unterschreibt. Keine Ahnung, ob es ihr wahrer Name ist oder nicht, aber auf jeden Fall werden die Mails nicht völlig anonym geschickt. Außerdem hat sie ihm geschrieben, dass sie ihn in einem Pub in Pittsburgh kennengelernt hat, aber natürlich kann er sich nicht an sie erinnern."

„Interessant. Das könnte als Ausgangspunkt für weitere Recherchen schon genügen. Das solltest du in den Artikel einbauen." Er wollte, dass Emma mit ihrer Arbeit erfolgreich war. Dieser Erfolg war ihr sehr wichtig, und wenn er ihr dabei behilflich sein konnte, dann wollte er das auch unbedingt tun. Ihm selbst war es wichtig, über eine große Bandbreite von Themen interessante und gut recherchierte Artikel und Kolumnen zu schreiben. Das reichte ihm, um in seinem Beruf Befriedigung zu finden. Dass Emma mehr als nur das wollte, war ihm klar, und er verstand auch, was sie antrieb.

„Bis zum Redaktionsschluss morgen Nachmittag werde ich nichts herausfinden können, womit ich die Erwähnung dieser Dinge rechtfertigen kann."

„Vermutlich nicht", pflichtete er ihr bei. „Du solltest den Artikel einfach so schreiben, wie Claire ihn haben will, also ohne ein Wort über die Stalkerin."

„Findest du?" Sie biss sich auf die Unterlippe, was bei ihm den Wunsch weckte, diese Stelle zu küssen.

Er begnügte sich damit, seine freie Hand auf ihr Knie zu legen und es durch den Jeansstoff hindurch zu drücken. „Ja, das finde ich." Ausnahmsweise war ihm nicht danach, einen Witz zu reißen. Er wollte jetzt bloß das gute Gefühl genießen, das ihm Emmas Gesellschaft bereitete.

Als sie bei ihm zu Hause ankamen, war er fest entschlossen, nicht wieder im Flur über Emma herzufallen wie ein sexbesessener Irrer. Zwar verwandelte er sich in einen solchen Irren, sobald sie in seiner Nähe war, doch er wollte zumindest so tun, als wäre er vernünftig und hätte sich unter Kontrolle.

„Welche Musik magst du am liebsten?", erkundigte er sich, als er zwei Gläser mit Wein füllte und ihr eines davon zur Couch brachte.

Sie lächelte. Endlich einmal machte sie keinen nervösen Eindruck. „Dass ich Popmusik mag, weißt du ja aus der Karaokebar. Aber insgeheim habe ich auch noch eine Vorliebe für Swing und Big-Band-Sound."

„Hab' ich's doch gewusst." Er zog die Schuhe aus und legte die Füße auf den Wohnzimmertisch. Seine Wohnung war zwar immer aufgeräumt und sauber, aber das bedeutete ja nicht, dass er mit seinen Sachen nicht auch mal gerne ganz leger umging. Nichts war so kostbar, dass es nicht durch eine Neuanschaffung hätte ersetzt werden können.

Menschen ausgenommen.

Diese Erkenntnis hatte er aus dem Tod seines Dads gewonnen.

„Der Einfluss deines Großvaters?", hakte er nach.

„Ja." Sie starrte in ihr Weinglas, als ob sie sich Erinnerungen an die schönen Zeiten ins Gedächtnis rufen würde. „Als ich klein war, hab' ich mich oft auf seine Füße gestellt, und dann hat er mit mir getanzt."

„Wie niedlich. Also gab es nur dich, deine Mom und deinen Großvater?"

Sie nickte. „Meine Großmutter starb vor meiner Geburt. Ich glaube, das ist auch ein Grund dafür, dass meine Mom als Teenager so rebellisch war. Sie war fünfzehn, als sie ihre Mutter verlor. Ich denke, mein Großvater hatte so viel damit zu tun, seine eigene Trauer zu verarbeiten, dass er gar nicht wusste, wie er auch noch mit ihrer Trauer umgehen sollte. Sie schwänzte die Schule, ignorierte alle Vorgaben und Regeln und kam nach Hause, wann sie wollte. Mit achtzehn ist sie dann ausgezogen – da war sie bereits mit mir schwanger."

„So was lässt einen schnell erwachsen werden." Kyle war fast dreißig, und er konnte sich noch immer nicht vorstellen, Vater zu sein. Er war einfach nicht bereit dafür, dass ein anderes Lebewesen in jeder Hinsicht von ihm abhängig war.

„Das ist wahr. Sie war eine tolle Mutter, ein richtiges Naturtalent." Emma trank einen Schluck Wein und stellte das Glas auf den Tisch. „Und was ist mit deiner Mutter? Hat sie dir diesen Putzfimmel beigebracht?"

„Putzfimmel?" In gespielter Empörung zog Kyle die Brauen zusammen. „Hätte ich tatsächlich einen Putzfimmel, wäre ich jetzt sicher schon ausgeflippt, weil du dein

Weinglas direkt auf den Tisch und nicht auf einen Untersetzer gestellt hast."

Erschrocken nahm sie das Glas hoch. „Oh, tut mir leid."

Er musste lachen. „Es stört mich nicht im Geringsten, wirklich nicht. Ich habe es gern sauber, aber das liegt wohl eher daran, dass ich mir ein Zimmer mit meinem Bruder Andrew teilen musste, der alles im Handumdrehen in einen Saustall verwandeln konnte. Das hier ist nichts Zwanghaftes, sondern meine Vorliebe."

„Ich wette, du hast heute dein Bett gemacht. Und bevor ich gegangen bin, habe ich im Bad ein Meer aus Handtüchern hinterlassen." Sie fuhr sich mit der Zungenspitze über die Lippen und dachte ohne jeden Zweifel daran, was sie beide in der Dusche getan hatten. „Ich bin ein schrecklicher Gast."

Er spürte, wie seine Erregung wuchs und sein Schwanz auf ihre äußerst anregenden, aber unbeabsichtigten Andeutungen reagierte. „Ich verzeihe es dir. Und du darfst mein Bett gern wieder in Unordnung bringen."

Damit entlockte er ihr ein Lächeln. „Das ist zu liebenswürdig von dir. Sollen wir uns dann nun ins Schlafzimmer zurückziehen?"

„Ja, tun wir das", erwiderte er, amüsiert über ihre gezielt altmodische Redeweise. „Allerdings glaube ich, dass das in die Kategorie ‚irgendwelchen Unsinn treiben' fallen dürfte."

„Ich denke, ich werde meine frühere Aussage einfach widerrufen. Soweit ich weiß, ist es das Vorrecht einer Frau, ihre Meinung zu ändern.“

Dagegen würde Kyle nichts einwenden – schon gar nicht, wenn es zu seinem Vorteil war.

Kyle streckte die Hand aus, und Emma ergriff sie. Ihre Vorfreude steigerte sich rasant. Sie wusste, wozu er fähig war, wenn es um ihren Körper ging. Ihr war nur noch nicht klar gewesen, was er darüber hinaus in ihrem Kopf auslösen konnte. Sie fühlte sich so entspannt wie seit Monaten nicht mehr, und das lag einzig an seiner umgänglichen Art und an den lockeren und zugleich tiefgründigen Gesprächen, die sie mit ihm führen konnte.

Es kam ihr so vor, als hätte er für sie eine Tür geöffnet, die sie durchschritten hatte, ohne zu wissen, wohin der Weg führte. Doch gerade das erzeugte einen Teil der Begeisterung, die sie empfand.

Kyle machte sie sprachlos – was ebenfalls für ihn sprach, war sie doch normalerweise nie um Worte verlegen.

Kaum hatten sie sein Schlafzimmer betreten, holte er das Handy aus der Tasche und bewegte den Daumen auf dem Touchscreen hin und her. Auf einmal ertönte Frank Sinatras Stimme in dem dunklen Raum.

Es waren diese Dinge, mit denen er sie jedes Mal aufs Neue verblüffte. „Sehr nett“, sagte sie lächelnd und zog ihre Schuhe aus.

Er legte das Smartphone zur Seite und streckte erneut die Hand nach ihr aus. „Darf ich um diesen Tanz bitten?"

„Du willst mit mir tanzen?" Es gefiel ihr, dass er sich nicht davor scheute, etwas Unerwartetes auszuprobieren, und dass es ihn nicht kümmerte, damit womöglich eine Bruchlandung hinzulegen oder als kitschig herüberzukommen. Er verließ sich ganz auf seinen Instinkt, anstatt erst aus einem Dutzend verschiedener Blickwinkel zu analysieren, wie er am besten vorgehen sollte. Sie schätzte diese Eigenschaften sehr an ihm, und sie musste sich unbedingt etwas von dieser Denkweise aneignen.

Allerdings wollte sie in diesem Augenblick wirklich nicht darüber nachdenken, wie sie aus sich einen besseren Menschen machen konnte. Sie wollte nur die Tatsache genießen, dass ein wundervoller Mann sie um einen Tanz in seinem dunklen Schlafzimmer gebeten hatte.

„Ja, ich möchte mit dir tanzen", erklärte er. „Ich kann dir zwar nicht garantieren, dass daraus mehr wird als ein schlichtes Hin- und Herschaukeln, aber mir geht es vor allem darum, dich in meinen Armen zu halten."

Oh Gott, er wusste ganz genau, was er sagen musste. Es war romantisch, wie er sie an sich zog. Emma merkte, wie sie seinem Charme erlag. Ihr wäre nie der Gedanke gekommen, dass für sie Blumen und Gedichte wichtig sein könnten, doch diesen Moment hier in seinen Armen hätte sie für nichts auf der Welt eintauschen wollen.

Und dann küsste er sie.

Mit seinem Körper war sie bereits bestens vertraut, doch jetzt war irgendetwas anders an der Art, wie Kyle die Vorfreude hinauszögerte, an der Art, wie sie sich gegenseitig langsam und intensiv mit Händen und Lippen gegenseitig erkundeten, wie ihre Hüften sich zur Musik bewegten. Frank Sinatra war einer ihrer Lieblingssänger, denn wer konnte schon Ol' Blue Eyes widerstehen? Seine Stimme klang stets amüsiert und amourös zugleich, was auch auf Kyle zutraf.

Kein Wunder, dass sie ihn so hinreißend fand.

Seine Zunge strich an ihrer Unterlippe entlang, und sie atmeten beide schwer, während ihre Körper beim Tanzen miteinander verschmolzen.

Schließlich unterbrach Kyle den Kuss, ging einen Schritt zurück und zog sein Shirt aus.

Emma legte ihr T-Shirt ebenfalls ab, bevor sie eng umschlungen weitertanzten. Keiner musste ein Wort sagen; beide wollten die Hitze des anderen unmittelbar auf der Haut spüren. Mit kaum mehr als einem Fingerschnipsen öffnete er den Verschluss ihres BHs, und sie lehnte sich ein wenig zurück, sodass die Träger von ihren Schultern rutschten und das Teil zu Boden fiel. Immer noch wiegten sie sich im Takt der Musik, und Emma sah Kyle tief in die Augen, während sie ihre Jeans aufknöpfte. Nur einen Moment später hatte auch er seine Hose geöffnet.

„Du bist so wunderschön", flüsterte er.

Sein eindringlicher Blick gab ihr wirklich das Gefühl,

wunderschön zu sein. „Danke." Sie hätte nicht gewusst, wie und wo sie damit beginnen sollte, zu beschreiben, was sie an ihm alles wunderbar fand, also versuchte sie es gar nicht erst. Stattdessen zog sie die Jeans und den Slip aus und stand nun völlig nackt vor ihm.

Mit einem Ruck schlug Kyle die Tagesdecke zur Seite und drückte Emma sanft auf die Matratze. Sie spürte die weichen Laken unter sich, während ihre Beine über die Bettkante baumelten. Dann ging Kyle vor ihr in die Knie. Er küsste ihre Klitoris und fing an, Emma wieder und wieder mit seiner Zunge zu lieben. Als sie zum dritten Mal gekommen war, zog sie ihn an sich und war sich sicher, dass er ihre stumme Bitte verstand.

Etwas war anders als zuvor; es war ruhiger und intensiver. Die Leidenschaft zwischen ihnen war noch genauso stark, doch über dem Ganzen lag noch etwas anderes, das Emma nicht zu deuten wusste. Es bewirkte, dass jede seiner Bewegungen in ihr sie mit einer bedeutungsvolleren Lust erfüllte, so als hätten sie gemeinsam eine Schwelle überschritten.

„Ich …", keuchte er, „… ich kann mich nicht mehr zurückhalten."

„Das musst du auch nicht", erwiderte sie. Wenn er kam, würde auch sie diesen Punkt erreichen, das war ihr klar. All die Gefühle, die er durch seine Zärtlichkeiten in ihr auslöste, wurden allmählich immer stärker. Sie konnte bereits spüren, wie sich die Spannung in ihrem Inneren aufbaute. Gleich würden sie beide zusammen die süße Erfüllung finden.

„Emma!“, rief er, und dann war der Moment gekommen.

Sie schloss die Augen und ließ sich fallen, um nur noch von ihrer Lust getragen zu werden.

9. KAPITEL

Emma schwebte auf einer Wolke aus sexuellen Endorphinen und Karriereträumen ins Büro.

Es brauchte jedoch nur Claire und einen verschütteten Kaffee, um ihre gute Laune zu ruinieren.

Gerade suchte sie online nach der Bar namens Church Street in Pittsburgh, als die Stimme ihrer Chefin keine zwei Meter von ihr entfernt ertönte. „Gideon! In mein Büro“, rief Claire, „und zwar sofort!“

Emma zuckte so zusammen, dass ihr Becher überschwappte und ein Schwall Kaffee auf ihrem weißen Rock landete.

„Verdammt.“ Verärgert betrachtete sie die Bescherung, schloss dann aber schnell den Browser, bevor Claire sehen konnte, woran sie gerade arbeitete. Schließlich war ihr ja untersagt worden, sich mit der Stalkerin zu beschäftigen.

Sie stand auf und sah sich auf ihrem Schreibtisch um, konnte jedoch keine Serviette oder etwas Ähnliches finden. Also blieb ihr nichts anderes übrig, als den Fleck Fleck sein zu lassen und Claire zu folgen. Von deren Eckbüro aus konnte man die ganze Stadt überblicken, während Emma von ihrem Schreibtisch aus lediglich freie Sicht auf die Herrentoilette hatte.

„Mach die Tür zu“, forderte Claire sie in einem Tonfall auf, der Emma sofort nervös werden ließ.

Sie schloss die Tür und blieb vor dem Schreibtisch ihrer Chefin stehen, als diese den Monitor zu ihr umdrehte. Auf dem Bildschirm konnte sie sehen, dass Claire ihren Artikel über das Fotoshooting geöffnet hatte, in dem der Diebstahl der Kleidung nur in einem Nebensatz erwähnt wurde. Da sie keine Ahnung hatte, was Claire so in Rage versetzt hatte, stand sie einfach stumm da und wartete ab.

„Ist das deine Story?“

„Ja“, antwortete Emma. Meinte Claire etwa, sie hätte irgendwo abgeschrieben?

„Dieser Artikel sagt nichts aus. Das sind zweihundertfünfzig Wörter, die absolut nichts ausdrücken.“

Genau deshalb hatte sie ja die Stalkerin einbeziehen wollen. Sie schwieg jedoch, weil sie aus Erfahrung wusste, dass Claire noch lange nicht fertig war.

„Kyle hat erwähnt, dass du dich gestern Abend mit Ian Bainbridge auf einen Drink getroffen hast“, fügte ihre Chefin nun tatsächlich hinzu.

„Ja.“ Ihr Herz begann zu rasen. Warum hatte Kyle ihr das erzählt? Und warum war das so wichtig?

„Du hast ihn wegen seiner dämlichen Stalkerin ausgefragt, richtig?“

„Nein.“ Das hatte sie wirklich nicht getan, denn es war ja kein professionelles Interview, sondern vielmehr eine Unterhaltung gewesen. Hatte sich Ian etwa bei Claire beschwert? Er war ihr zwar ganz und gar nicht verärgert vorgekommen, aber bei Künstlern konnte man sich da nie so sicher sein.

„Hast du ihn darauf angesprochen?“

„Natürlich. Und er hat mir einige sehr interessante Details verraten, von denen ich glaube, dass die Polizei sich nie näher damit befasst hat.“

„Hast du ihn gefragt, welche Pläne er hat, wenn diese Fotoserie abgeschlossen ist?“

Oha. „Nein.“

„Hast du ihn nach den Auswirkungen der digitalen Technologie auf seine Kunst befragt? Immerhin kann man sich im Internet jedes Detail seiner Fotos ansehen. Haben zum Beispiel Teilnehmer Ärger mit ihrem Arbeitgeber bekommen, weil sie sich nackt haben fotografieren lassen? Gab es irgendwelche Probleme mit Urheberrechtsverletzungen?“

Oh ja, jetzt wurde ihr klar, dass sie ganz gewaltigen Mist gebaut hatte. „Nein.“

„Hat er das Gefühl, von der Kunstwelt akzeptiert zu werden?“

„Das weiß ich nicht.“

Es war offensichtlich, dass Claire vor Wut kochte, und Emma kam sich wie ein Volltrottel vor. Anscheinend war sie tatsächlich zu sehr auf eine Sache fixiert gewesen.

„Das drucke ich nicht ab“, erklärte ihre Chefin und deutete mit einer wegwerfenden Geste auf den Bildschirm. „Und du hast inoffiziell Bewährung. Ich habe noch nie erlebt, dass dir so eine Fehleinschätzung unterlaufen ist."

„Bewährung? Ist das dein Ernst?" Emma fühlte, wie Panik in ihr aufstieg. Sie wollte eine Beförderung, aber keine Bewährung. Bewährung war etwas für Kriminelle, die vorzeitig aus dem Gefängnis entlassen wurden, aber doch nicht für sie. Sie musste schlucken und kämpfte angestrengt gegen das Gefühl an, jeden Moment ohnmächtig werden zu müssen.

„Ja. Du musst aufhören, die große Starreporterin sein zu wollen, und einfach nur deinen Job erledigen. Wenn du das und die Tatsache nicht akzeptieren kannst, dass du meinen Anordnungen Folge zu leisten hast, werden wir ein Problem bekommen."

„Nein, es wird kein Problem geben", beteuerte Emma. „Ich habe verstanden." Vor allem hatte sie verstanden, dass sie sich einen gewaltigen Fehler geleistet hatte.

„Das hier ist die Redaktion Life & Style. Du hättest dich auf das Thema Kunst konzentrieren sollen – auf nichts anderes. Und jetzt raus hier, bevor ich richtig sauer werde."

Das musste Claire ihr nicht zweimal sagen. Dennoch gelang es ihr, ein paar Worte herauszubringen. „Es tut mir leid. Ich wollte mich nicht über deine Anweisung hinwegsetzen. Ich dachte bloß, diese kriminellen Aktivitäten wären es wert, in meinem Artikel erwähnt zu werden."

Claires Miene nahm einen sanfteren Zug an. „Ich weiß

ja, dass du gut in dem bist, was du tust. Aber hör auf, den Watergate-Jungs nachzueifern. Du tust dir damit keinen Gefallen."

„Okay, danke." Zwar gab es nichts, wofür sie Claire dankbar war, aber sie wusste nicht, was sie sonst hätte sagen sollen. Emma machte auf dem Absatz kehrt und ging zu ihrem Schreibtisch zurück. Ihre Hände zitterten, als sie sich hinsetzte. Der Kaffeefleck auf ihrem Rock klebte an ihrem Oberschenkel.

„Hey, sollen wir zusammen was zu Mittag essen gehen?", fragte Kyle, der sich ihr mit dem gewohnten strahlenden Lächeln auf den Lippen näherte.

„Wird das nicht seltsam aussehen?", erwiderte sie. Sie stand noch total unter dem Eindruck von Claires Wutausbruch. Emma würde bei ihr völlig verspielt haben, wenn ihre Chefin nun außerdem dahinterkam, dass sie was mit Kyle angefangen hatte.

Er zuckte mit den Schultern, doch bevor er antworten konnte, drehte sie sich mit ihrem Stuhl ganz zu ihm um und betrachtete ihn, eher entsetzt als verärgert. Sie konnte es nicht fassen, dass ihr innerhalb weniger Tage die Kontrolle über ihre gesamte Karriere entglitten zu sein schien. „Warum hast du Claire von unserem Treffen mit Bainbridge gestern Abend erzählt?"

„Ich dachte, wir könnten so etwas mehr Zeit für deinen Artikel herausholen. Ich habe auch nichts davon gesagt, dass ich dabei war, sondern nur, dass du erwähnt hast, du hättest den Mann interviewt."

Das war nichts, was sie Kyle zum Vorwurf machen konnte. Sie nickte und erklärte: „Tja, ich habe von Claire Bewährung bekommen. Sie findet, ich setze falsche Prioritäten bei meiner Arbeit."

„Wie bitte?" Ungläubig starrte Kyle sie an. „Was ist denn das für ein Blödsinn?"

Emma schaute sich um, aber niemand schien auf ihr Gespräch aufmerksam geworden zu sein. „Schhht. Nein, nein, sie hat vermutlich sogar recht. Ich neige dazu, mich auf eine Sache zu fixieren, und in diesem Fall habe ich mich für die falsche Sache entschieden. Ich muss einfach darauf achten, dass ich mich streng an meine Vorgaben halte und ich mir nicht wieder einen Fehler erlaube." Und das bedeutete auch, dass niemand bei ihr irgendein Fehlverhalten im Büro beobachten durfte. „Das mit dem gemeinsamen Mittagessen halte ich für keine gute Idee."

Er runzelte die Stirn, protestierte jedoch nicht. „Das ist Mist, damit du es weißt." Etwas leiser fügte er hinzu: „Können wir uns am Freitag treffen?"

Sie nickte und sagte dann: „Lass uns das per SMS ausmachen. Wir sollten uns im Büro nicht mehr unterhalten. Das haben wir vorher schließlich auch nie gemacht." Sie kam sich wie ein kleines Kind vor, das einen Keks stibitzen wollte und fürchtete, dabei erwischt zu werden, als sie sich jetzt umwandte und nach dem Telefonhörer griff. Dann tippte sie eine willkürliche Nummer ein, um den Anschein zu erwecken, sie müsse dringend telefonieren. Kyle ging ohne ein weiteres Wort davon.

Sie war einfach nicht gut darin, anderen Leuten etwas vorzumachen.

In dem Moment summte ihr Handy. Eine SMS von Kyle. Er musste sie im Weggehen geschrieben haben.

Bin ich dein kleines schmutziges Geheimnis?

Obwohl der Tag so mies für sie gelaufen war, musste sie lächeln.

Als klein würde ich es nicht bezeichnen.

Er reagierte mit einem kleinen Teufelssmiley.

Dann folgte seine nächste Nachricht.

Du bist mein sexy Geheimnis. Ich kann es nicht erwarten, wieder mit dir …

Emma wartete, dass er den Rest seines Satzes nachschickte, aber es geschah nichts. Da sie nicht widerstehen konnte, schrieb sie zurück.

Wieder mit mir was?

Zu singen.

Unwillkürlich musste sie lachen.

„Was gibt es denn hier so Lustiges?“, fragte Sandy, die aufgestanden war und über die Trennwand sah. „Wenn es ein versauter Witz ist, will ich ihn hören.“

„Ach, es ist gar nichts.“

„Du tauschst mit einem Kerl Sex-SMS aus, stimmt's?“

Obwohl ihre Wangen zu glühen begannen, gab sich Emma empört: „Nein, natürlich nicht.“

Gleich darauf antwortete sie Kyle.

Mit dir könnte ich die ganze Nacht singen.

Sollte sie gefeuert werden, würde sie zumindest immer noch Sex mit Kyle haben.

Ob das wirklich ein Trost sein würde, wusste Emma allerdings nicht so recht.

Es war eindeutig kein Trost, denn Kyle schien es völlig egal zu sein, ob sie ertappt wurden oder nicht. Die ganze Woche über war er auf dem Weg durchs Büro immer wieder bei ihr vorbeigekommen, um ein paar Worte mit ihr zu wechseln, was er nie zuvor gemacht hatte. Und dann musste er auch noch bei dem Food Festival auftauchen, über das Emma berichten sollte.

Es war ein wunderschöner Sommerabend mit Temperaturen um die zwanzig Grad, und in der Luft hingen die Düfte von Dutzenden Essensständen. Emma spazierte mit ihrem Tablet durch die Gänge, um Fotos für ihren Artikel zu schießen. Sie trug das Gleiche wie im Büro, nur waren die Schuhe viel bequemeren Flipflops gewichen. Auf einmal ging eine SMS von Kyle ein.

Wo bist du?

Auf dem Food Festival.

Welcher Stand?

Emma sah sich um und schrieb zurück.

Gyros.

Was hatte Kyle bloß vor?

Die Antwort erhielt sie nur einen Moment später, als sich die Menschenmenge neben ihr teilte und Kyle mit einem lässigen Lächeln auf den Lippen auf sie zugeschlendert kam. „Hey."

„Was machst du denn hier?", fragte sie und erwiderte unwillkürlich sein Lächeln. Er war einfach zu süß. Die Krawatte trug er locker um den Hals, die Hemdsärmel hatte er hochgekrempelt. Beide waren sie für das Festival eigentlich viel zu formal gekleidet. Emma war jedoch direkt von ihrem nur einen Block entfernten Büro hergekommen, und offenbar hatte Kyle es genauso gemacht.

„Ich hatte Hunger." Er beugte sich vor und küsste sie. „Außerdem hast du mir gefehlt."

Ja, das war typisch für ihn. Er kümmerte sich nicht im Geringsten darum, ob sie ertappt werden könnten. Nervös sah Emma sich um, doch gleichzeitig taten seine Worte ihr gut. Sie konnte diesem Mann nicht böse sein, dessen einziges Verbrechen darin bestand, ihr seine Aufmerksamkeit zuteilwerden zu lassen. „Wir haben uns vorhin noch im Büro gesehen. Das ist gerade mal zwanzig Minuten her."

„Das ist nicht das Gleiche. Wenn ich in deiner Nähe bin, werde ich ganz zappelig, weil ich dich nicht anfassen kann." Kyle ergriff ihre Hand.

Es erstaunte Emma, wie selbstverständlich sich diese Geste anfühlte. „Ich weiß. Ich will dir dauernd irgendwas erzählen, ich will deine Meinung hören. Aber das geht nicht, und das ist wirklich sehr eigenartig."

„Und deshalb bin ich hergekommen. Wenn mich jemand sieht, können wir immer noch behaupten, dass wir uns zufällig über den Weg gelaufen sind."

„Und unsere Hände halten sich ganz ohne unser Zutun gegenseitig fest?" Emma musste lachen. Sie war so unbeschwert wie seit Jahren nicht mehr. Eigentlich sollte sie in Sorge sein, doch es war ein viel zu gutes Gefühl.

„So was kann passieren", gab er achselzuckend zurück. „Abgesehen davon habe ich tatsächlich Hunger. Was sieht denn gut aus?"

„Alles. Es gibt eine ganze Reihe mit Spareribs-Ständen,

einen Taco-Truck und natürlich Piroggen. Aber wenn ich ehrlich sein soll, interessiert mich der Cupcake-Stand am meisten."

„Dann hast du also eine Schwäche für Süßes?" Er grinste sie an.

Emma nickte. „Kann man so sagen."

„Ich bin ja mehr für Gesalzenes zu haben, aber jetzt weiß ich wenigstens, wie ich dich bestechen kann."

Als sie über den mittleren Gang spazierten und nach interessanten Ständen Ausschau hielten, wunderte sich Emma darüber, wie natürlich es ihr vorkam, mit Kyle unterwegs zu sein. Die Sonne schien ihr ins Gesicht, die Haare hatte sie zu einem lockeren Pferdeschwanz nach hinten gebunden, ihre Zehen freuten sich darüber, zur Abwechslung mal nicht in den üblichen Pumps zu stecken. Vielleicht war es ja möglich, Arbeit mit Vergnügen auszugleichen.

„Ich glaube, ich fange mit einem Coney-Island-Hotdog an. Was dagegen, wenn ich Zwiebeln nehme?", fragte er.

„Damit willst du anfangen? Was soll denn darauf folgen? Magentabletten?" Allein bei dem Gedanken drehte sich ihr schon der Magen um. „Natürlich kannst du dazu Zwiebeln nehmen, wenn du das willst."

„Ich will nicht, dass du dich wegen der Zwiebeln anschließend weigerst, mich zu küssen. Außerdem ist der Hotdog nur zum Einstimmen. Danach werde ich die Spareribs probieren und dann welche von diesen ausgefallenen Wraps.“ Er zeigte auf den Stand, der asiatische Fusionsküche im Angebot hatte.

„Du hast tatsächlich Hunger.“

„Ich bin noch im Wachstum und muss bei Kräften bleiben.“ Er lächelte sie an. „Apropos Essen. Kommst du heute Abend mit zu mir nach Hause? Ich hatte darauf gehofft, dass du mein Nachtisch sein würdest.“

„Obwohl morgen ein Arbeitstag ist?“, gab sie erschrocken zurück.

„Ja“, antwortete er mit ernster Miene. „Ich weiß, das ist ein richtiger Skandal. Aber ich verspreche dir, bis um acht habe ich dich ins Bett gebracht.“

Jetzt fiel es ihr schwer, sich ein Grinsen zu verkneifen. „Ehrlich? Wie rücksichtsvoll von dir.“

„Ich gebe mir Mühe. Ich nehme an, das ist ein Ja.“

Er war zu charmant, um ihm zu widerstehen. „Ich muss erst zu Hause vorbeifahren und das abholen, was ich morgen im Büro anziehen werde. Und außerdem meinen Schlafanzug.“

„Natürlich brauchst du was für morgen im Büro. Doch ich glaube, auf den Schlafanzug kannst du verzichten. Schone deine Waschmaschine und schlaf nackt. So halte ich das auch immer.“

Emma verdrehte die Augen, konnte jedoch ein Lächeln nicht unterdrücken. Ja, das alles fühlte sich so gut und so richtig an. Wer hätte gedacht, dass sie tatsächlich mal bei Kyle Hadley übernachten würde?

Zehn Minuten später saßen sie im Sonnenschein auf einer Bank. Kyle hatte den Schoß vollgepackt mit Essen, Emma hielt ein Panino in der Hand. Während sie aßen, erzählte Kyle ihr, wie es für ihn gewesen war, mit zwei älteren Brüdern aufzuwachsen.

„Wir waren alle sehr sportbegeistert", sagte er. „Ich glaube, meine Mutter hat zehn Jahre ihres Lebens nur damit verbracht, auf der Tribüne zu sitzen und jedem von uns bei allen möglichen Spielen zuzusehen. Ich habe keine Ahnung, wie sie das ausgehalten hat."

„Meine Mom hat viel arbeiten müssen", erwiderte Emma. „Mein Tanzunterricht war ein ziemlicher Fehlschlag, aber Spaß hat es mir trotzdem gemacht. Mein Großvater brachte mich immer hin, und während er wartete, las er seine Zeitung und schnitt für mich die Comics aus. Die legte er dann am nächsten Morgen an meinen Platz auf dem Frühstückstisch." Sie zog eine Fritte aus ihrem Sandwich. „Er hat auf jeden Fall einen großen Einfluss darauf gehabt, dass ich mich so für Journalismus begeistert habe. Er las ständig irgendeine Zeitung. Was hat dich in diese Richtung gelenkt?"

Kyle lächelte verhalten, während er mit einer Hand seinen Hotdog festhielt. „Ehrlich gesagt war das bei mir purer Zufall. Ich habe meinen College-Abschluss in Kommunikation gemacht, weil … na ja, weil ich gern rede und weil ich nicht so recht wusste, was ich sonst machen sollte. In meinem letzten Jahr auf dem College ging ich zu einer

Jobmesse, und da wurde ich auf der Stelle von einem Fachmagazin engagiert. Da habe ich dann festgestellt, dass ich eigentlich gern schreibe."

„Vernetzen liegt dir im Blut", meinte sie und war ausnahmsweise einmal nicht neidisch. „Das passt gut zum Job."

„Und du bist beharrlich, was auch gut zum Job passt."

„Danke." Sie knabberte an der Fritte und fühlte sich so entspannt wie seit … nein, so entspannt wie noch nie.

Kyle stibitzte eine ihrer Fritten.

Emma musste lachen. „Hast du nicht genug zu essen, dass du mich noch beklauen musst?"

„Ich konnte nicht widerstehen. Das ist halt deine Wirkung auf mich."

Als er sich diesmal vorbeugte, um sie zu küssen, kam sie gar nicht erst auf die Idee, sich darüber Sorgen zu machen, dass jemand sie beobachten könnte. Stattdessen drehte Emma sogar den Kopf zur Seite, um Kyle ein Stück entgegenzukommen.

Kyle zog sein Shirt aus und widmete sich mit Eifer dem baufälligen Zaun. Seine Mom wollte das verrottete Holz an der Rückseite ihres Grundstücks schon seit Jahren ersetzen, und jetzt hatten er und seine beiden Brüder endlich einen Samstagmorgen gefunden, an dem sie alle drei Zeit hatten. Er hatte letzte Nacht kaum ein Auge zugemacht, weil Emma sich im Bett als ziemlich unersättlich erwiesen hatte, aber das war für ihn kein Grund, sich über zu wenig Schlaf zu beklagen.

„Du willst wohl ein bisschen prahlen, wie?“, zog sein Bruder Jason ihn auf. „Schöne Muskeln hast du ja, du hübscher Bursche.“

„Halt die Klappe“, gab Kyle zurück, weil man so etwas eben zu einem Bruder sagte, der einem unbedingt auf die Nerven gehen wollte. Als Jüngster hatte er sich über die Jahre hinweg von den beiden einigen Spott anhören müssen, was vermutlich dazu beigetragen hatte, dass er in jeder Situation die Ruhe selbst sein konnte. Er ließ dumme Bemerkungen von sich abprallen, und er wusste, dass seine Brüder sich so verhielten, weil es nun mal ihre Art war, ihm zu zeigen, dass er ihnen nicht gleichgültig war. Jason und Andrew hatten jeder eine tolle Frau abbekommen. Jason hatte bereits zwei Kinder, während Andrew in Kürze zum ersten Mal Vater werden würde.

„Gestern ein heißes Date gehabt?“, fragte Andrew. „Du siehst so fertig aus.“

Grinsend riss er mit beiden Händen ein Stück von dem morschen Zaun heraus. „Wenn du es genau wissen willst …“

„Ich will es überhaupt nicht wissen“, fiel Jason ihm ins Wort. „Dann weine ich bloß wieder meiner Junggesellenzeit hinterher. Gestern Abend war ich um zehn im Bett, meine Frau sogar schon um halb zehn. Und dann hat Jace uns um zwei aus dem Schlaf gerissen, weil er geweint hat, nachdem ihm der Schnuller aus dem Mund gerutscht war. So sehen heutzutage meine wilden Freitagabende aus." Sein Bruder stapelte die Bretter, die Kyle aus dem Zaun löste, auf einer Plane aufeinander, damit sie das Ganze später bis an den Straßenrand ziehen konnten. Er schüttelte betrübt den Kopf.

„Was soll ich denn sagen?", warf Andrew ein. „Katie ist die schlechte Laune in Person. Und sie ist so schwanger, dass sie die ganze Zeit nur rülpst. Ich erinnere mich selbst immer wieder daran, dass ich diese Frau liebe und glücklich bin. Heute ist das allerdings was anderes als noch vor fünf Jahren, als wir erst auf Partys gegangen sind und anschließend tierischen Sex hatten. Ich gebe zu, ich freue mich auf die Geburt unserer Tochter, aber der tierische Sex fehlt mir doch sehr."

Andrew war gut eins fünfundneunzig und von ihnen allen am größten, und mit einem Mal wurde Kyle von einer grässlichen Vision geplagt, die Andrew zeigte, wie er im Schlafzimmer seiner Katie nachstellte. „Können wir bitte über was anderes als über euer Sexleben reden? Mir gehen hier Bilder durch den Kopf, die ich echt nicht gebrauchen kann – schließlich habe ich eben erst gefrühstückt." Schweiß lief ihm zwischen den Schulterblättern über den Rücken, als er das nächste Stück Zaun herausriss.

„Du willst also damit sagen, dass sie dich hat abblitzen lassen."

Auf den Trick fiel Kyle nicht herein. „Ich werde weder mit Ja noch mit Nein antworten." Dennoch musste er grinsen, als er unwillkürlich daran denken musste, wie Emma ihm in einem Anflug von Leidenschaft das Hemd vom Leib gerissen hatte.

„Wie heißt sie denn?"

„Emma."

Aus einem unerfindlichen Grund fingen seine beiden Brüder plötzlich an zu lachen.

„Was ist?", fragte er irritiert.

„Du müsstest dich mal reden hören, Mann. Die Art, wie du ihren Namen sagst." Jason klimperte mit den Wimpern und fächelte sich mit einer Hand Luft zu. Offenbar hielt er das für eine typisch weibliche Geste. *„Emma. Oh, Emma."*

Andrews Einsatz ließ nicht lange auf sich warten. „Küss mich, Kyle, du starker Hengst." Er spitzte die Lippen und machte Schmatzlaute.

Kyle schüttelte den Kopf. Seine Brüder waren solche Idioten, dass es ihm peinlich war, mit ihnen verwandt zu sein. „Ihr seid Trottel. Ihr seid fünfunddreißig Jahre alte Kindsköpfe."

Dann mochte er Emma eben. Na und? Das war doch nichts Weltbewegendes.

Allerdings sagte ihm ein unbestimmtes Gefühl, dass es weltbewegender war, als er sich eingestehen wollte.

Es war genau genommen ganz praktisch, dass sie nicht

offen zu ihrer Beziehung stehen konnten, denn das wäre möglicherweise mehr gewesen, als er hätte bewältigen können. Noch nie hatte eine Frau bei ihm solche Empfindungen ausgelöst, und das machte ihm Angst. Selbst bei der Beziehung zu seiner College-Freundin war es vor allem um Lust und Leidenschaft gegangen. Das mit Emma war anders. Es war das erste Mal, dass er eine Freundschaft zu einer Frau entwickelte und gleichzeitig mit ihr eine erfüllende sexuelle Beziehung erlebte. Weil das für ihn Neuland war, wusste er nicht so recht, wie seine nächsten Schritte aussehen sollten.

Es musste doch einen nächsten Schritt geben, oder nicht? Das war die Frage, auf die er keine Antwort fand.

Kyle wollte nicht weiter darüber nachdenken und konzentrierte sich wieder auf seine Arbeit, das Brennen in seinen Bizeps und das Ziehen in seinen Schultern. „Woher habt ihr eigentlich gewusst, dass eure Frauen diejenigen waren … na ja, an die ihr euch binden wolltet?“

Das Gelächter verstummte, und seine Brüder starrten ihn an.

„Ist das dein Ernst, Alter?“, fragte Jason und klang besorgt.

Kyle nickte.

„Das weiß man einfach“, sagte Andrew und klopfte ihm auf die Schulter. „Zerbrich dir darüber nicht den Kopf. Lass es geschehen.“

Das war nicht gerade ein erhellender Ratschlag.

Katie kam über den Hof zu ihnen und legte dabei den watschelnden Gang an den Tag, den nur eine im neunten Monat schwangere Frau beherrschte. Was sie trug, erinnerte stark an einen Kartoffelsack im Überformat, war allerdings tatsächlich bloß das hässlichste Umstandskleid, das Kyle jemals gesehen hatte.

„Habt ihr Jungs Lust auf Bier?", fragte sie und ließ gleich darauf einen äußerst lauten Rülpser folgen.

Kyle und Jason fingen an zu lachen.

„Babe", erwiderte Andrew. „So wie du dich anhörst, hast du uns das Bier längst weggetrunken."

„Ich kann doch nichts dafür!", protestierte sie. Dann wandte sie sich an Kyle: „Dein Handy explodiert übrigens gleich, weil alle paar Sekunden eine neue SMS von einer gewissen ‚Foxy Emma' eingeht. Denk bitte nicht, ich wäre neugierig. Mir ist das bloß aufgefallen, weil das Gerät auf dem Küchentresen liegt und ich direkt daneben stand."

Seine Brüder kicherten, während Kyle sich bedankte, aber nichts Erklärendes hinzufügte.

Stattdessen verpasste er dem alten Zaun einen kräftigen Tritt, um sich wieder etwas männlicher zu fühlen.

Emma hielt einen Dackel an sich gedrückt und versuchte, sich darauf zu konzentrieren, was ihre Mutter sagte. Aber durch das Winseln der anderen Hunde, die Befreiungsversuche des Tiers auf ihrem Arm und die Tatsache, dass Kyle auf keine ihrer SMS geantwortet hatte, fiel es Emma schwer, aufmerksam zuzuhören.

„Mom, kann ich ihn runterlassen?“, fragte sie und deutete mit einem Nicken auf Elton John, den dreijährigen Dackel ihrer Mutter.

„Nein, er versteht sich nicht so gut mit den anderen.“ Ihre Mutter bürstete in aller Ruhe ihre beiden Dackeldamen und genoss sichtlich das Chaos rund um das jährliche Dackelrennen auf dem Festplatz.

„Und warum haben wir ihn dann mitgebracht?“

„Damit er zusehen kann, wenn die Mädchen rennen.“

Die „Mädchen“ waren die zwei schokoladenbraunen Kurzhaardackel namens Madonna und Cher, die gerade von ihr gebürstet wurden. Beide sahen so aus, als würden ihre Rennen normalerweise nur quer durch die Küche zum gefüllten Fressnapf verlaufen. Sie waren dicker, als es jedem Tierarzt hätte recht sein können. Allerdings hatte Emmas Mutter ebenfalls mehr Kilos auf den Rippen, als ihr Hausarzt empfehlen würde. Im Laufe der Jahre hatte ihre Mom immer wieder ein paar Pfund zugelegt, bis sie ihre heutige rundliche Figur erreicht hatte. Trotzdem sah sie immer noch wunderschön aus. Ihr fehlte bloß die Zeit, um Sport zu treiben oder Diät zu halten.

Soweit sie wusste, ernährte ihre Mom sich gesund und aß viel Gemüse und mageres Fleisch. Wie Emma selbst hatte sie jedoch auch eine Schwäche für Süßes.

Emma hatte das Gefühl, sich selbst in zwanzig Jahren

gegenüberzustehen, und sie musste sagen, dass sie damit kein Problem haben würde. Ihre Mutter strahlte Selbstbewusstsein aus und wusste genau, wie sie sich kleiden musste, um ihre Kurven ins rechte Licht zu rücken. Heute trug sie enge Stretchjeans und eine lange schwarze Baumwollbluse, der Gürtel darüber sollte ihre Taille betonen. Sie hatte schwarze Sneakers an, und Ohrringe in Form von Dackeln baumelten über ihren Schultern. Ihre blonde Kurzhaarfrisur strahlte etwas Freches aus – wobei das Blond mittlerweile jedoch nicht mehr die natürliche Farbe war.

„Ich glaube, ihn interessiert nur der Bratwurststand." Emma konnte es noch immer nicht fassen, wie viele Buden mit Essen ringsherum aufgebaut worden waren und wie viele Gerichte trotz der sommerlichen Hitze frittiert wurden. Die Temperaturen waren sprunghaft auf fast dreißig Grad gestiegen, und Emma schwitzte, obwohl sie bloß ein T-Shirt und Shorts anhatte.

„Ich verstehe nicht, wie man bei einem Dackelrennen Hotdogs verkaufen kann. Ich finde so etwas anstößig", erklärte ihre Mutter.

„Na ja, genau genommen ist das hier ja das Deutsch-Amerikanische Festival. Da wird sich wohl niemand Gedanken darüber gemacht haben, ob sich ein Dackel am Verkauf von Hotdogs stört." Sie drückte Elton John fester an sich, der sich wieder aus ihrem Griff befreien wollte. „Wann geht das Rennen los?"

„Um zwölf Uhr." Ihre Mutter sah sie aufmerksam an. „Musst du irgendwohin, Honey? Du hättest nicht herkommen müssen. Ich hätte auch Buck bitten können, mir dabei zu helfen."

Emma konnte Buck, den Freund ihrer Mutter, gut leiden, aber sie war froh darüber, mit ihrer Mom allein zu sein. „Nein, nein, ich verbringe gern Zeit mit dir."

Und so war es wirklich. Durch ihre Gespräche mit Kyle war sie daran erinnert worden, wie kostbar jede Stunde war, und deshalb wollte sie jetzt bei ihrer Mutter sein. Die Einladung zum Festival war eine willkommene Gelegenheit gewesen. Im Moment wünschte sie sich einfach bloß, Elton John endlich auf den Boden setzen zu dürfen. „Wie stehen denn die Chancen? Wie haben sie sich letztes Jahr geschlagen?"

„Madonna ist gegen zwanzig Hunde angetreten und hat den dritten Platz geholt. Sie ist richtig kämpferisch. Cher hat sich dagegen Zeit gelassen. Sie kümmert sich nicht darum, was die Leute von ihr halten."

Lieber Himmel, diese Beschreibung der beiden Hunde hätte ebenso gut auf sie und Kyle gepasst. „Ich glaube, ich bin mehr wie Madonna."

„Das weiß ich", antwortete ihre Mutter betrübt. „Ich bin nie dahintergekommen, von wem du das hast. Von mir jedenfalls nicht. Ich weiß nicht, wie oft ich dir früher gesagt habe, du sollst es mal etwas langsamer angehen lassen und deinen Spaß haben."

„Sehr oft“, räumte Emma ein. „Übrigens, wenn ich nicht ganz bei der Sache sein sollte, liegt das daran, dass ich mir auf der Arbeit einen dicken Fehler geleistet habe.“

„Wobei? Du machst doch sonst nie was verkehrt.“

„Diesmal schon.“ Noch immer überlief sie eine Gänsehaut, wenn sie an ihre Unterhaltung mit Claire dachte. Sie schüttelte Elton John leicht, um ihn dadurch hoffentlich dazu zu bringen, sich nicht weiter so angestrengt in ihren Armen zu winden. „Du weißt ja, dass dieser Fotograf letzte Woche in der Stadt war. Der, der die Leute halb nackt in alten Gebäuden fotografiert. Ich sollte einen Artikel darüber schreiben, wie das Fotoshooting verlaufen ist. Aber dann fing ich an, mich dafür zu interessieren, dass er eine Stalkerin hat. Ich wollte dieser Stalkerin auf die Spur kommen, um das in meinen Bericht einzubauen – so als eine Art Hinweis darauf, dass die Gesetze gegen Stalker wirkungslos werden, sobald der Straftäter von einem Bundesstaat in den anderen wechselt. Aber meine Redakteurin meinte, ich sollte das nicht reinnehmen.“

„Und weiter?“ Ihre Mutter schaute sie besorgt an. „Was ist passiert?“

„Ich habe den Fotografen interviewt, doch als Claire davon erfuhr, war sie außer sich. Ich habe den Mann nicht zu seinen Zukunftsplänen oder seiner Arbeit befragt, also zu nichts, was die Leute eigentlich über ihn erfahren wollen. Stattdessen habe ich diese Gelegenheit vergeudet, um mit ihm über seine Stalkerin zu reden.“ So schmerzhaft die

Wahrheit war, konnte Emma dennoch nicht abstreiten, dass sie einen Fehler gemacht hatte. „Also hat Claire den Artikel in der Luft zerrissen, und das macht mir jetzt zu schaffen."

„Ich bin mir sicher, dass das nur ein Ausrutscher ist."

„Ja. Trotzdem geht mir ein Gedanke nicht aus dem Kopf: Wenn ich diese Stalkerin aufspüren könnte, würde ich beweisen können, dass ich mit meiner Idee richtiglag. Aber ich sollte nicht mal daran denken, weitere Nachforschungen anzustellen. Ich sollte besser den Mund halten und einfach tun, was Claire mir sagt. Und das heißt, ich muss in zwei Wochen über das Museum für zeitgenössische Kunst berichten, das dann an seinem neuen Standort eröffnet wird."

„Ist diese Stalkerin gefährlich?"

„Ich glaube, sie könnte durchaus zur Gefahr werden. Wenn sie ihr Unwesen dort treibt, wo Hunderte von Freiwilligen zusammenkommen, dann besteht auf jeden Fall eine potenzielle Gefahr, selbst wenn sie das nicht mal beabsichtigen sollte."

„Dann weißt du, dass du das Richtige tun musst. Wen kümmert's, was deine Chefin denkt?" Ihre Mutter strich den beiden Hunden über die Rücken. Die Schwielen an ihren Händen zeugten von den vielen Jahren, in denen sie die Häuser anderer Leute geputzt hatte. „Wenn es dieser Claire nicht gefällt, musst du ja keinen Bericht für deine Zeitung daraus machen. Doch wenn du die Identität der

Stalkerin enthüllen solltest, kannst du zumindest die Polizei informieren."

Ihre Mutter hatte recht. „Verdammt gutes Argument, Mom." Vielleicht musste sie deswegen dauernd an das Gespräch mit Ian denken. Wenn sie die Chance hatte, einer Kriminellen das Handwerk zu legen, sollte sie das auch tun. So einfach war das. Ihre Arbeit musste es ja gar nicht berühren.

„Und? Triffst du dich mit jemandem?", fragte ihre Mutter aus heiterem Himmel und wich damit vom Thema ab.

Oder doch nicht? Denn Kyle besaß sehr wohl die Fähigkeit, sich negativ auf ihre Arbeit auszuwirken. „Mehr oder weniger." Emma zögerte, weil das alles noch so neu war – und weil sie schon jetzt viel zu viel für ihn empfand. Vielleicht würden ihre Gefühle für ihn ja schwächer werden, wenn sie das Ganze herunterspielte.

„Ach, wirklich? Wer ist denn der Glückliche?"

„Kyle Hadley. Er ist ein Kollege von mir, darum läuft das alles heimlich ab. Das würde Claire nämlich auch nicht gefallen."

„Es gibt wohl vieles, was Claire nicht gefällt, wie?"

Emma lachte. „Oh ja, sehr viel." Sie biss sich auf die Lippe und wurde wieder ernst, als sie an die zu erwartenden Konsequenzen denken musste, wenn Claire sie ertappte. „Hältst du es für falsch, mit ihm auszugehen, wenn meine Chefin dagegen ist?"

„Habt ihr beide Spaß? Bringt er dich zum Lachen?"

„Auf jeden Fall."

„Passt ihr zwei zusammen?"

Auch diese Frage konnte sie beantworten, ohne erst lange überlegen zu müssen. „Oh ja, wir passen perfekt zusammen."

„Dann lass dir nicht von deinem Arbeitgeber vorschreiben, mit wem du deine Freizeit verbringst. Ich habe zwanzig Jahre gebraucht, um einen so anständigen Mann wie Buck zu finden. Das Leben ist kurz, und die Suche nach dem Richtigen ist nicht gerade einfach. Da hat eine verklemmte Vorgesetzte kein Recht, sich einzumischen."

Emma nickte. Das Ironische daran war, dass die meisten Leute sie für genauso verklemmt wie Claire hielten. Das gefiel ihr ganz und gar nicht. Doch sie musste ihre Grübeleien auf später verschieben, denn das Rennen würde jeden Moment losgehen.

„Sieh doch", meinte ihre Mom. „Sie stellen sich auf."

Ein halbes Dutzend Dackel mit Nummern auf den Rücken wurde gerade zur Startlinie geführt.

Emma folgte ihrer Mutter, die mit Madonna und Cher nun auch hinlief und den beiden Hunden die Leinen abnahm. „Geh zur Ziellinie, Emma, und feuere sie an."

Alles nur für ihre Mom.

Emma setzte Elton John auf den Boden, auch wenn der laut ihrer Mutter nicht gut mit anderen Hunden auskam. Aber die Arme taten ihr weh, weil der Dackel nicht aufgehört hatte, sich aus ihrem Griff winden zu wollen. Dann lief sie mit ihm los, ließ ihn jedoch für den Fall an der Leine, dass er auf die Idee kam, sich eins der anderen Tiere vorzuknöpfen und für Ärger zu sorgen. Doch er riss sich zusammen, und als Emma sich zu den Leuten an der Ziellinie stellte, musste sie zugeben, dass rennende Dackel eigentlich ein ganz niedlicher Anblick waren. Die Hunde stürmten auf der Rennstrecke ihren Haltern entgegen, die mit Leckerchen auf sie warteten. Einer der Dackel stolperte, ein anderer machte einen Satz über seinen Nebenmann hinweg, aber insgesamt betrachtet schienen sie zu wissen, was sie zu tun hatten.

Madonna lieferte sich ein Kopf-an-Kopf-Rennen mit einem Langhaardackel zu ihrer Rechten. Ein Fotofinish ergab, dass sie ganz knapp als Zweite ins Ziel kam. Sogar Elton John ließ sich zu einem begeisterten Bellen hinreißen.

„Ja, Madonna!“, jubelte Emma und streichelte ihr den Kopf, während sie von Elton John abgeleckt wurde.

Cher trottete gemächlich vor sich hin und legte auf halber Strecke noch eine Pinkelpause ein. Sie machte einen rundum zufriedenen Eindruck, als sie mit enormem Rückstand schließlich als Allerletzte die Ziellinie passierte.

Emma musste von Herzen lachen und fand, dass in diesem Rennen eine Lektion fürs Leben zu finden war. Jeder musste den Weg einschlagen, der für ihn der richtige war.

Und sie wusste, welcher Weg für sie selbst der richtige war. Es war der Weg, der sie zu Bainbridges Stalkerin führen würde.

In dem Moment summte ihr Handy, als eine SMS von Kyle einging.

Tut mir leid, dass ich mich nicht früher gemeldet habe, Babe. Arbeite gerade in Moms Garten. Du fehlst mir, Foxy Lady.

Grinsend steckte Emma ihr Telefon weg. Ja, sie würde sich weiterhin mit Kyle treffen, auch wenn das nur heimlich geschehen durfte.

10. KAPITEL

Kyle konnte nur staunen, wie schnell bei ihm und Emma eine angenehme Routine Einzug gehalten hatte, was den Wochenablauf anging. Von Montag bis Donnerstag sahen sie sich nur im Büro, eventuell trafen sie sich einmal zum Essen. Freitags kochte er für sie beide das Dinner. Danach gingen sie manchmal in eine Karaokebar, bevor sie in seinem Apartment die Bettlaken zerwühlten. Samstags unternahmen sie zunächst etwas draußen. Anschließend trennten sie sich für einige Stunden, um Besorgungen zu machen und Familie und Freunde zu besuchen. Am Abend gingen sie zusammen ins Kino oder in ein Konzert, worauf eine weitere Nacht voller Leidenschaft folgte, diesmal in Emmas Wohnung.

Sonntags schliefen sie aus, frühstückten in Ruhe und gingen dann mit den seltsamen Hunden ihrer Mom Gassi. Er hatte Emmas Mutter Rhonda inzwischen kennengelernt und fand sie sehr nett. Das einzig Unerfreuliche an ihren Sommerwochenenden war der Sonntagabend, wenn Emma darauf bestand, dass er zu sich nach Hause ging, weil sie vor dem Beginn der neuen Arbeitswoche ihren Schlaf dringend nötig hatte. Zwar hatte er Verständnis dafür, denn selbst nach einem gemeinsamen Monat konnte er einfach nicht genug von ihr bekommen – die Zeit, die sie miteinander verbrachten, nutzten sie jedenfalls nicht, um zu schlafen. Trotzdem fiel es ihm von Mal zu Mal schwerer, in sein Apartment zurückzukehren und sich dort allein ins Bett zu legen.

Emma schien es nicht zu stören. Sie war von ihnen beiden eindeutig diejenige, die unbedingt Zeit für sich brauchte. Dabei hatte er gedacht, er würde es sein, der es nicht erwarten konnte, sich zwischendurch mit den Jungs zu treffen. Aber er wollte am liebsten das ganze Wochenende bloß mit Emma verbringen. Was sie im Gegensatz zu ihm jedoch durchaus störte, war der Umstand, im Büro kein Wort über das Ganze verlauten lassen zu dürfen. Es machte ihr tatsächlich zu schaffen, dass ihre Beziehung vor ihren Kolleginnen und Kollegen geheim gehalten werden musste. Ihm machte das seltsamerweise nicht annähernd so viel aus.

In gewisser Hinsicht fand er es sogar aufregend, so zu tun, als würde er nicht jeden Zentimeter von Emmas atemberaubenden Körper kennen. Sie dagegen belastete es, lügen zu müssen.

Natürlich ging er davon aus, dass die Wahrheit früher oder später herauskommen würde, aber fürs Erste war er mit dem Arrangement insgesamt zufrieden. Was ihn anging, war es ein großartiger Sommer voller Sonnenschein und Orgasmen.

Fröhlich pfeifend joggte er die Stufen bis zu ihrem Apartment im zweiten Stock hinauf. Er trug Cargoshorts und T-Shirt. Nachdem sie die Hunde ausgeführt hatten, würden sie sich ein Baseballspiel ansehen, und er konnte es kaum erwarten, die aktuellen Werfer in Aktion zu erleben.

„Komm rein!“, rief sie, als er anklopfte.

Bei seinem ersten Besuch hatte ihn der Anblick ihrer Wohnung erstaunt, da er davon ausgegangen war, dass alles so aufgeräumt war wie auf ihrem Schreibtisch. Nicht dass der Schmutz regiert hätte, es war nur so, dass alles ziemlich vollgepackt und teilweise vollgestopft war. Sie schien alles Mögliche zu sammeln: von Hüten über Teetassen bis hin zu winzigen Löffeln, die in der Küche an der Wand hingen. Visuell war das Ganze für ihn im ersten Moment fast etwas erdrückend gewesen, aber nachdem er sich erst mal daran gewöhnt hatte, kam es ihm gemütlich und bequem vor. Ihre Mutter verbrachte die Sonntage bei ihrem Freund Buck auf dessen Boot, daher lieferte sie ihre drei Hunde bei Emma ab.

Anfangs war er sich nicht sicher gewesen, was er von dem Dackeltrio halten sollte, doch mit jedem Mal gewöhnte er sich etwas mehr an die kleinen Fellknäuel. Die kamen ihm auch prompt entgegen, als er die Wohnung betrat. „Hey, Leute, was geht ab?“, rief er ihnen zu.

Er ging in die Hocke, um sie zu begrüßen. Madonna war so aufgeregt, dass sie ihn immer wieder ansprang und um ihn herumlief. Elton John leckte ihm übers Bein, während Cher sich viel Zeit ließ, um zu ihm zu kommen. Da einer seiner Brüder eine Allergie hatte, war er ohne Hunde aufgewachsen, und es war für ihn eine ganz neue Erfahrung, zu erleben, wie unterschiedlich die Persönlichkeiten allein schon dieser drei Hunde waren. Er kraulte nacheinander jeden Dackel und griff im Spaß nach dem Ball, den Madonna im Maul hielt.

Emma kam in den Flur. Sie trug ein Tanktop, bei dessen Anblick ihm das Herz stehen blieb, und eine so kurze Jeanshose, dass er am liebsten irgendetwas auf den Boden geworfen hätte, damit er ihr zusehen konnte, wie sie sich danach bückte. Er stieß einen leisen Pfiff aus. „Weißt du, wir sollten öfter zum Baseball gehen, wenn du dich dann immer so anziehst“, sagte er und richtete sich auf, um sie zu küssen.

Sie lachte und schob seine Hände zur Seite, als er ihre Brüste berühren wollte. „Draußen ist es heiß.“

„Hier drin ist es auch heiß.“ Er legte eine Hand an ihre Taille, um sie an sich zu drücken. „Komm, ziehen wir unsere Sachen aus.“

„Wir haben die Eintrittskarten bereits gekauft“, erwiderte sie und wich lächelnd seinem nächsten Annäherungsversuch aus. „Wir wollen doch den Anstoß nicht verpassen.“

Er würde gar nicht erst anfangen, ihr mangelhaftes Wissen über die Fachbegriffe beim Baseball zu kommentieren. Ihm genügte es, dass sie ihn anlächelte. Das allein machte ihn glücklich.

Die spöttischen Bemerkungen seiner Brüder gingen ihm durch den Kopf, und er fragte sich, ob er ihr wirklich schon mit Haut und Haar verfallen war. Als Emma ihm Elton Johns Leine gab, wurde ihm auf einmal klar, dass er die Antwort auf seine Frage kannte. Er konnte sich an ihrem Lächeln erfreuen, während er mit der Dackelbande ihrer Mutter Gassi ging. Oh ja, er war ihr verfallen.

Mit Haut und Haar und allem, was sonst noch dazugehörte.

Wenn Kyle sie so ansah, war Emma nicht länger fähig, rational zu denken. Eigentlich sollte das wahrscheinlich ein Problem darstellen, doch bislang ignorierte sie es. Sie genoss es einfach. Die letzten Wochen mit ihm hatten ihr so viel Spaß beschert, wie sie seit Jahren nicht mehr erlebt hatte. In seiner Gegenwart war sie völlig entspannt und konnte lachen. Ihre größte Angst, dass sie sich unsicher fühlen könnte, weil er so gut aussah und mit jeder Frau flirtete, hatte sich nicht bewahrheitet, da seine gesamte Aufmerksamkeit immer nur ihr galt.

Er war aufmerksam und rücksichtsvoll, und er war sogar bereit, die Hunde ihrer Mutter auszuführen. Das war ein Mann ganz nach ihren Vorstellungen. Sie waren sich an jedem Wochenende einig, wie sie die gemeinsame Zeit verbringen wollten, denn trotz ihrer völlig verschiedenen Persönlichkeiten hatten sie in vieler Hinsicht den gleichen Geschmack und die gleiche Einstellung.

Was sie nur so sehr störte, war die Tatsache, dass sie im Büro über ihre Beziehung schweigen und damit so tun musste, als wäre nichts zwischen ihnen beiden. Unehrlich zu sein entsprach einfach nicht ihrer Art. Kyle fand zwar, dass sie ihr Privatleben vor niemandem darlegen und rechtfertigen musste, aber für sie hatte das Ganze etwas Verhängnisvolles. Es kam ihr verkehrt vor, all ihren Kolleginnen und Kollegen diese neueste Entwicklung in ihrem Leben vorzuenthalten. Ganz zu schweigen davon, dass sie zu gern mit ihm angegeben und damit geprahlt hätte, wie glücklich sie mit ihm war. War das denn nicht das gute Recht einer jeden Frau? Vor allem einer Frau, die davor über ein Jahr lang kein Date mehr gehabt hatte. Es sollte ihr gestattet sein, jeden von dieser Beziehung wissen zu lassen, anstatt sie vor allen zu verheimlichen.

Hinzu kam noch etwas, was sie ihm bislang nicht gesagt hatte. Sie hatte nämlich Zeit gefunden, sich mit Ian Bainbridges Stalkerin zu befassen, und inzwischen war sie sich zu neunundneunzig Prozent sicher, dass sie deren Identität herausgefunden hatte. Sie war sich nicht sicher, wie Kyle darauf reagieren würde, zumal sie nach wie vor auf Bewährung arbeitete. Dadurch wusste sie auch nicht so recht, was sie mit ihrer gewonnenen Information anfangen sollte. Fürs Erste hatte sie beschlossen, dieses Wissen bis auf Weiteres für sich zu behalten.

„Weg da, Cher!“, sagte Emma energisch zu der Hündin, die sich Kyles Bein auf unsittliche Weise genähert hatte.

Er lachte ausgelassen. „Wenigstens eine hier will mich besteigen.“

„Ich will das ja auch“, erwiderte sie und nahm die Schlüssel vom Tresen. „Nur eben nicht in diesem Moment.“

„Das behaupten sie alle“, seufzte Kyle mit gespielter Verzweiflung und folgte ihr nach draußen auf die Straße, er mit zwei Hunden, sie mit einem.

Emma war meistens mit Cher unterwegs, da diese sich beharrlich weigerte, harmonisch in der Gruppe mit den anderen Dackeln zu laufen. Als Folge davon hatten sich immer wieder die Leinen der drei Tiere untereinander verheddert. Kyle ging also mit Madonna und Elton John rechts, sie mit Cher links, und dadurch lief das völlig reibungslos ab. Es war aber ein sengend heißer Sommertag, und Emma musste die Sonnenbrille aufsetzen, weil die Helligkeit ihr in den Augen wehtat. Sie lebte in einem Viertel, das schon sehr lange existierte. Ein Mix aus Ein- und Mehrfamilienhäusern säumte hier die Straßen. Große Bäume spendeten Schatten, die Platten auf dem Gehweg lagen zum Teil krumm und schief. Die Bewohner fuhren oft mit dem Fahrrad, viele führten regelmäßig ihre Hunde aus, und Emma gefiel die fast schon familiäre Atmosphäre dieser Gegend.

Ein Junge auf seinem Skateboard sauste gerade auf der Straße an ihnen vorbei. Er trug enge lilafarbene Jeans, die Haare fielen ihm in die Augen. Es war eine Leichtigkeit, an einem solchen Tag und bei einem solchen Spaziergang rundum zufrieden zu sein.

„Wie seid ihr mit dem Zaun vorangekommen?“, erkundigte sie sich. Kyles Mutter und seine Brüder hatte sie noch nicht kennengelernt, und allmählich fragte sie sich, ob und wann das geschehen würde. Eigentlich kam es ihr so vor, als würden sie und Kyle gemeinsam Fortschritte machen, doch ganz sicher war sie sich da nicht. Sie gab sich alle Mühe, sich darüber keine Sorgen zu machen. Allerdings war sie eben erstens eine Frau und zweitens neurotisch. Und damit war sie dazu verdammt, zumindest einen kleinen Teil ihrer Zeit damit zu verbringen, über den Weg nachzudenken, auf dem sich ihre Beziehung befand.

„Gut. Wir haben es endlich geschafft, den neuen Zaun aufzubauen. Es hat länger gedauert als erwartet, aber wenigstens konnten wir es noch erledigen, bevor meine Schwägerin ihr Kind bekommt. Dann hätten wir nämlich ohne Andrews Hilfe zurechtkommen müssen. Sie ist schon eine Woche überfällig und sieht aus, als würde sie jeden Moment platzen."

„Weiß sie schon, was es wird?" Emma hatte nie viel Zeit mit Babys verbracht. Wenn sie eines sah, das im Kinderwagen über den Gehweg geschoben wurde, staunte sie über dieses Wunder, das jedes Einzelne von ihnen darstellte. Sie konnte sich zwar nicht vorstellen, selbst in absehbarer Zeit ein Kind zu bekommen, doch sie fühlte sich dadurch daran erinnert, wie viel sie ihrer Mutter zu verdanken hatte.

„Ein Mädchen. Mein Bruder sollte nichts sagen, aber dann hat er sich aus Versehen verplappert, als er beiläufig davon sprach, dass bald daheim die Frauen in der Überzahl sein würden. Meine Mom fing an zu weinen, von Katie bekam er eine gescheuert. Du weißt ja, wie das ist."

Ganz im Gegenteil. „Eigentlich weiß ich das nicht. Das liegt wohl daran, dass ich ein Einzelkind bin. Ich verstehe bloß nicht, warum das Geschlecht des Babys wie ein Staatsgeheimnis behandelt werden muss." Sie zog an Chers Leine, um die Hündin unter dem Busch im Garten ihres Nachbarn hervorzuholen.

Warum kam es ihr plötzlich so vor, als würde sich in ihrem Leben alles nur um Geheimnisse drehen?

Weil sie ein schlechtes Gewissen hatte.

Sie fürchtete sich vor dem, was geschehen würde, wenn Claire hinter die Beziehung zwischen ihr und Kyle kam. Was sollte sie tun, wenn sie den Job bei der Zeitung verlor? Emma hatte keine Ahnung, und das machte ihr Angst. Es war eine entsetzliche Vorstellung, alles zu verlieren, wofür sie so hart gearbeitet hatte. Trotzdem hielt es sie nicht davon ab, sich weiter mit Kyle zu treffen – und diese Tatsache war noch viel beängstigender.

„Da fragst du den Falschen. Ich kann es dir nicht sagen." Er grinste sie an. „Ich meine, die Chancen stehen halt fünfzig zu fünfzig, dass es ein Junge oder ein Mädchen wird."

Diese Antwort hatte es verdient, dass sie die Augen verdrehte, was sie dann auch tat. Und womit er bereits rechnete. Das war ebenfalls Teil ihrer Routine: Er machte Witze und nahm sie auf den Arm, sie gab Missbilligung vor.

„Haben sie sich schon für einen Namen entschieden?", fragte sie weiter.

„Ja, aber den habe ich nicht behalten. Irgendwas in der Art von Lauren oder Jessica oder Ashley oder so. Es war auf jeden Fall nichts Ungewöhnliches. Wenn ich eine Tochter hätte, würde ich ihr einen interessanten Namen geben."

„Zum Beispiel?" Sie zog am Ausschnitt ihres Tanktops und überlegte, ob sie den Spaziergang verkürzen sollten. Inzwischen schwitzte sie an wirklich unangenehmen Stellen.

„Titania. Pocahontas. Aramathea."

Emma blieb stehen und starrte ihn an. „Ich hoffe, du machst Witze."

„Nein. Und wenn Madonna nicht schon an einen gewissen Dackel vergeben wäre, würde ich den nehmen. Das ist ein cooler Name."

„Der Herr möge deiner zukünftigen Tochter gnädig sein. Mehr kann ich dazu nicht sagen."

Trotz ihrer Worte lachte er. „Wieso? Wie würdest du denn deine Tochter nennen?"

„Pearl", sagte sie, ohne zu zögern.

„Das überrascht mich gar nicht. Du bist wirklich wie meine Großmutter – nur in einer heißen Verpackung."

Emma sah ihn verdutzt an. „Für jemanden, der unbedingt bestiegen werden will, bringst du dich gerade rasend schnell um deine Chancen auf Erfolg." Glaubte er ernsthaft, es würde ihr gefallen, mit seiner Großmutter verglichen zu werden? Es war eine Sache, sie mit ihrer Vorliebe für Altmodisches aufzuziehen, doch es war etwas völlig anderes, sie praktisch als Oma zu bezeichnen. Das war nicht sexy.

„Was denn? Ich habe doch nicht gesagt, dass das was Schlechtes ist."

In Augenblicken wie diesen wurde Emma wieder einmal klar, dass sie aus Männern einfach nicht schlau wurde. Überhaupt nicht.

Kyle wusste nicht, warum Emma so sauer auf seine Großmutter-Bemerkung reagiert hatte. Es war ja nicht das erste Mal, dass er sie mit ihrem altmodischen Geschmack ein bisschen aufzog. Aber seit sie die Hunde ausgeführt hatten, war sie ihm gegenüber deutlich reservierter. Er hatte damit gerechnet, dass sie ihn im Stadion ihre Hand halten ließ, dass sie die Knie aneinanderrieben und dass sie sich auch mal küssten, aber Emma hielt sämtliche Körperpartien auf Abstand zu ihm.

Vielleicht war es nicht besonders klug, die Frau, mit der man ausging, als Großmutter zu bezeichnen. Doch so war es gar nicht gemeint gewesen. Das hatte er auch wiederholt zu erklären versucht, bis Emma ihn schließlich klipp und klar aufgefordert hatte, den Mund zu halten. Jetzt saßen sie in der sengenden Sonne, von den Leuten um sie herum stieg immer intensiver werdender Schweißgeruch auf, und Kyle hatte an dem Spiel keinen richtigen Spaß.

„Willst du einen Hotdog?“, fragte er.

„Nein danke.“

Sie war übertrieben höflich zu ihm, was ihn allmählich wütend machte. Wenn sie sich über ihn ärgerte, sollte sie ihn einfach anbrüllen, damit sie die Sache hinter sich bringen konnten.

„Okay, dann esse ich einen für dich mit.“

„M-hm“, antwortete sie nichtssagend, ohne den Blick vom Spielfeld abzuwenden.

Kyle winkte den Würstchenverkäufer zu sich und bemühte sich, seine wachsende Verärgerung im Zaum zu halten. Was sollte er machen? Vor ihr im Staub kriechen? Auf keinen Fall. Er hatte sich entschuldigt. Es war ja nicht so, als hätte er ein Kapitalverbrechen begangen. Wenn sie so empfindlich reagieren wollte, konnte er das nicht ändern. Allerdings wurde für ihn immer offensichtlicher, dass er seinen Sonntag vergeudete.

Also beschloss er, das zu tun, was er am besten konnte: Emma mit ein paar gut platzierten Witzen aus ihrer schlechten Laune herauszuholen.

„Willst du echt keinen Hotdog?“, fragte er und hielt das Brötchen verlockend dicht vor ihren Mund, während er sie mit dem Knie anstieß. „Du hast doch noch nie ein Würstchen ausgeschlagen, das ich dir angeboten habe.“

Emma starrte Kyle ungläubig an. Merkte er wirklich nicht, wie mies ihre Laune war? Ihr war nicht danach, sich für den Rest des Nachmittags spätpubertäre Anspielungen anzuhören. Falls ihm überhaupt aufgefallen war, dass sie sauer war, schien ihn der Grund dafür jedenfalls nicht zu kümmern. Es ging nicht mal so sehr darum, dass er fand, sie erinnere ihn an seine Großmutter – auch wenn dieser Kommentar für sie kein Grund zum Jubeln war. Welche Frau wollte schon gern mit einer weißhaarigen Oma verglichen werden?

Was sie vielmehr störte, war der Eindruck, dass sich alle Leute immer nur auf ihre tatsächlichen oder vermeintlichen Fehler und Schwächen stürzten. Sie war zugeknöpft, sie war eine Großmutter. Dabei wollte sie doch bloß verantwortungsvoll handeln, anstatt einfach alles zu vergessen und den ganzen Nachmittag im Bett zu verbringen. Sie wollte, dass Kyle von Sonntag auf Montag in seiner Wohnung übernachtete, damit sie genügend Schlaf bekam. Und sie wollte zu ihrer Beziehung stehen, anstatt sie vor allen zu verheimlichen.

Wenn Kyle sie für eine solche Langweilerin hielt, warum wollte er dann überhaupt mit ihr zusammen sein?

„Heute Nachmittag bin ich nicht an Würstchen interessiert – egal, welcher Art“, erklärte sie frostig und wandte sich wieder dem Spiel zu, obwohl sie keine Ahnung hatte, was da eigentlich vor sich ging. Das lag zum einen daran, dass sie ohnehin nicht viel für Sport übrighatte, zum anderen daran, dass sie seit einer Stunde vor Wut kochte und sich deshalb auf nichts konzentrieren konnte.

„Mann, das ist ja brutal", sagte er, wirkte jedoch nicht sonderlich beunruhigt. Vielmehr klang er so, als würde er mit seinen Kumpels rumalbern. „Dann ist der Spielstand hier wohl wirklich zu null. Es geht doch nichts über dicke Eier an einem Sonntagnachmittag."

Emma zählte stumm bis zehn, damit sie nicht etwas erwiderte, was sie später bereuen würde. Danach erwiderte sie in ruhigem Ton: „Ich bin nicht in der Stimmung für Späße. Nur damit du es weißt: Du kannst aufhören, mit witzigen Kommentaren meine Laune bessern zu wollen."

„War das jetzt eine öffentliche Bekanntmachung?"

„Das war eine offene und ehrliche Mitteilung. Etwas, das manchen Leuten schwerzufallen scheint, da sie unentwegt alles ins Lächerliche ziehen müssen." Himmel, sie war so schweißgebadet, dass sie die Rinnsale auf der Haut zwischen ihren Schulterblättern spüren konnte. Das machte diesen Nachmittag umso schlimmer.

Kyle schob seine Baseballkappe zurecht und sah Emma an. „Legst du es darauf an, dich mit mir zu streiten?"

„Nein."

„Doch, das tust du. Und so langsam werde ich sauer."

„Wow, das nenne ich doch mal eine Leistung. Normalerweise bekomme ich von dir keine andere Reaktion als Gelächter. Ich muss sagen, ich bin von mir selbst beeindruckt." Zugegeben, Sarkasmus war vielleicht nicht die beste Lösung, aber das war immer noch besser, als ihm die Zunge rauszustrecken, was sie eigentlich hatte tun wollen.

„Also ist es eine Charakterschwäche, wenn ich nicht mürrisch und deprimiert durch die Gegend laufe? Tja, tut mir leid, dass ich meine Gefühle im Griff habe.“

„Vielleicht gräbst du ja nur nie tief genug, um bis zu deinen Gefühlen vorzudringen, sondern kratzt bloß ein bisschen an der Oberfläche.“ Ihr wurde klar, dass er verstanden hatte, als er zu fluchen begann.

Emma kam der Gedanke, dass sie womöglich zu weit gegangen war. Bevor sie ihre Worte zurücknehmen oder wenigstens abmildern konnte, bemerkte sie jedoch, wie ihre Sitznachbarin sie anstieß und ihr irgendetwas zumurmelte.

„Was ist?“, fragte sie irritiert.

„Sehen Sie mal, die Kiss Cam ist auf Sie und Ihren Freund gerichtet.“

Emma folgte der Richtung, in die der ausgestreckte Finger der Frau wies, und entdeckte den riesigen Bildschirm auf der Anzeigetafel. Oh Gott! Sie und Kyle waren tatsächlich darauf zu sehen. „Wir sind im Bild“, flüsterte sie ihm zu und saß wie erstarrt da, während sie in ihr eigenes Gesicht sah, das gerötet und verschwitzt war und sehr, sehr wütend dreinschaute – und das zehnfach vergrößert. Es war einfach schrecklich. Das war der Super-GAU. Kyle musterte sie von der Seite, und sein Blick wirkte so, als wäre sie eine Fliege, die soeben auf seinem Essen gelandet war.

Auf einmal schien er zu begreifen, was los war, brachte ein Lächeln zustande und winkte in die Kamera. „Wir sollten uns jetzt küssen.“

„Ich … ich …“ Das konnte sie nicht. Sie befanden sich mitten in einem dummen Streit, da konnte sie nicht einfach umschalten und ihn vor laufender Kamera küssen. So funktionierte sie nicht.

Als er sich zu ihr vorbeugte und keinen Zweifel daran ließ, sie küssen zu wollen, wich sie vor ihm zurück. Die Menge tat lautstark ihre Enttäuschung kund, die Kamera schwenkte weg.

„Na, großartig. Herzlichen Dank, dass du mich vor allen Leuten wie einen Idioten dastehen lässt“, beschwerte er sich. „Jetzt werde ich für alle Zeit der Typ sein, von dem seine Freundin nicht geküsst werden wollte. Wirklich ein tolles Gefühl.“

„Bin ich deine Freundin?“, fragte sie verwundert. Er hatte sie noch nie zuvor so genannt, und sie wollte, nein, sie musste ihn sagen hören, dass er sie als seine Freundin betrachtete. Sie wusste, wenn er tatsächlich so für sie empfand, würden all ihre anderen Unsicherheiten und Ängste bedeutungslos werden. Dann müsste sie nicht länger befürchten, dass er sie aufs Abstellgleis schob, sobald eine interessantere Frau auftauchte, die nicht wie seine Großmutter redete und für die die Arbeit nicht wichtiger war als ein bisschen Spaß.

Aber er sagte nicht, was sie hören wollte, sondern antwortete missmutig: „Im Augenblick habe ich keine Ahnung, was du bist oder nicht bist.“

Das war zu viel für sie. Abrupt stand sie auf und stieß

dabei den Limobecher um, den sie auf den Boden gestellt hatte. Sie nahm ihre Handtasche hoch und drängelte sich an Kyle vorbei.

„Wo zum Teufel willst du denn jetzt hin?", fragte er aufgebracht.

Emma blieb so stehen, dass er ihren Hintern vor dem Gesicht hatte. „Dahin, wo du nicht bist!", fauchte sie.

„Wie du meinst." Es war nur so dahingemurmelt, doch verstanden hatte sie ihn trotzdem.

Entrüstet schob sie sich an den anderen Zuschauern vorbei und entkam in den nächsten Aufgang. Ihr Gesicht glühte vor Hitze und Wut, als sie die Betonstufen hinaufeilte. Es kostete sie Mühe, ihre Tränen zurückzuhalten. Wohin sie wollte, wusste sie nicht, aber sie musste irgendwohin, wo nicht solche Menschenmassen waren. Sie brauchte Platz. Sie musste durchatmen können.

Ihr Handy summte. Emma zog es aus der Tasche und sah, dass ihre Mutter ihr eine SMS geschickt hatte.

Buck guckt sich das Spiel an und hat gesehen, dass die Kiss Cam auf dich gerichtet war. Er meinte, du wärst ein Muffel. Werd etwas lockerer, Honey. LOL.

Das wurde ja immer besser. Sogar ihre eigene Mutter hielt sie für ein mürrisches altes Weib.

Emma brach in Tränen aus. Sie wollte jetzt nur noch nach Hause, mit den Dackeln knuddeln und einen Eistee trinken, so wie alte Ladys das eben taten. Also schrieb sie Kyle eine SMS.

Können wir nach Hause fahren?

Nein.

Wie bitte? Sie starrte ungläubig auf das Display.

Wieso nicht?

Ich will das Spiel sehen.

So viel dazu, dass er der rücksichtsvollste Mann war, den sie je kennengelernt hatte.

Dann nehme ich ein Taxi.

Okay. Bis später.

Bis später. Wow. Emma kam sich vor, als hätte sie eben einen Tritt in die Eierstöcke bekommen. Kein gutes Gefühl.

11. KAPITEL

„Ich bin mir nicht sicher, was passiert ist“, sagte Kyle, als er später bei seinem Bruder auf der Terrasse saß und seine Nichte beobachtete. Die hampelte auf eine Weise im Garten herum, als ob sie dringend mal musste. „Hey, Anna, musst du aufs Töpfchen?“, rief er ihr zu.

Sie schüttelte den Kopf, woraufhin Jason klarstellte: „Sie sagt immer Nein. Carrie hält das für eine Art Machtkampf, aber ich glaube, ihr macht das Spielen so viel Spaß, dass sie nicht aufhören will, nur weil sie mal muss. Aber zurück zu dir und Emma: Du warst dabei – du musst wissen, was passiert ist.“

„Ich weiß es aber nicht“, gab er zurück und meinte es auch so. Auf dem Grill brutzelten Steaks, und unter anderen Umständen hätte er mit Vergnügen den Abend mit seinem Bruder und dessen Familie verbracht. Doch eigentlich sollte er sich jetzt nicht selbst bei Jason zum Abendessen einladen; er sollte vielmehr mit Emma unterwegs sein. Allerdings hatte sie das Stadion verlassen und sich ein Taxi genommen. Ein Taxi! Wer machte denn so etwas?

„Der Tag fing gut an. Wir sind mit den Hunden unterwegs gewesen, und es war alles so wie immer … Bloß, dass sie vor dem Spiel keinen Sex mit mir haben wollte, wie mir gerade einfällt.“ Kyle legte die Stirn in Falten. Hatte das bereits irgendetwas zu bedeuten gehabt?

„Oh Mann, deine Probleme möchte ich haben." Jason verdrehte die Augen. „Seid ihr schon zu lange zusammen? Ist der Zauber verflogen? Vielleicht will sie mit dir nur locker befreundet sein."

„Wir hatten letzte Nacht Sex, und du kannst mir glauben, dass der Zauber nicht verflogen ist." Jedenfalls konnte er das für sich behaupten. Und da Emma viermal zum Höhepunkt gekommen war, schien es bei ihr nicht anders zu sein. „Ich schätze, es hat angefangen, als ich zu ihr gesagt habe, dass sie wie meine Großmutter ist, nur in einer heißen Verpackung."

„*Das* hast du gesagt?" Sein Bruder verzog entsetzt den Mund.

„Ja, wieso?", entgegnete er trotzig. „Wir sind eine Familie, die gern lacht. Ich meine, sieh dir bloß dein verdammtes Shirt an."

Auf dem T-Shirt seines Bruders stand *Heißester Dad der Welt* geschrieben.

„Oh, mein Junge, du hast ja noch so viel zu lernen." Jason stand auf, griff nach der Zange und drehte die Steaks auf dem Grill um. „Ich hoffe, du hast dich bei ihr entschuldigt."

„Habe ich, aber sie hat mir danach nur die kalte Schulter gezeigt. Ich habe versucht, mit ihr zu flirten und die Stimmung aufzulockern, doch sie ist überhaupt nicht darauf eingegangen. Und dann hat sie mir auch noch den Kuss verweigert. Das war echt peinlich." Ihm war so schnell nichts peinlich, aber das war genauso schlimm gewesen, als hätte er beim Schulball ein Mädchen zum Tanz aufgefordert und vor allen Mitschülern eine Abfuhr erteilt bekommen. Die absolute öffentliche Demütigung.

„Ja, das habe ich im Fernsehen mitgekriegt. Du hast dich wirklich zum Arsch gemacht."

„Danke, das ist *sehr* hilfreich von dir."

Carrie schob die Glastür zur Terrasse auf und fuhr Kyle durchs Haar, als wäre er ein Fünfjähriger. „Warum die betretene Miene?", fragte sie ihn.

„Er hat einen Kuss-Korb bekommen."

„Einen was?"

„Beim Baseballspiel. Seine Süße wollte ihn nicht küssen, als die Kiss Cam auf die beiden gerichtet war."

„Ach Gott, Kyle", meinte Carrie lachend. „Ich würde mir darüber nicht zu viele Gedanken machen. Manche Frauen stehen nicht drauf, in der Öffentlichkeit rumzuknutschen. Die sind eben etwas zurückhaltender. Das ist nichts Schlimmes."

Ihre Worte wirkten auf Kyle wie ein Schlag ins Gesicht. Natürlich. Carrie hatte völlig recht. Emma war von der zurückhaltenden Art. Das wusste er, weil er es ja persönlich miterlebt hatte. Er hatte bemerkt, welche Überwindung es sie gekostet hatte, sich für das Fotoshooting bis auf den Slip auszuziehen. Das Ganze war ihr äußerst unangenehm gewesen. Außerdem lief sie nach dem Sex nie nackt durch die Wohnung. Sie schlief nicht mal nackt. Und sie trug nie etwas mit tiefem Ausschnitt. Sie war eine Frau, für die ihre Sexualität etwas ganz und gar Privates war. Das war ihm klar, und das respektierte er auch.

Aber warum hatte er ihr Verhalten beim Spiel als so verletzend empfunden?

Weil er wollte, dass sie nach ihm genauso verrückt war wie er nach ihr.

„Und was ist nach dem misslungenen Kussversuch passiert?“, wollte sein Bruder nun wissen.

„Wir haben uns gestritten, sie ist gegangen und hat ein Taxi genommen.“

„Du hast sie nicht aufgehalten?“, hakte Carrie erschrocken nach.

„Nein.“ Mit einem Mal tat ihm das leid. Doch im Stadion war er zu wütend und zu stolz gewesen, um ihr hinterherzulaufen.

„Alter.“ Jason schüttelte den Kopf. „Dafür wird eine gewaltige Entschuldigung fällig. Auch wenn du noch so sauer bist, kannst du deine Freundin nicht mit dem Taxi nach Hause fahren lassen.“

„Ja, du hast recht, ich weiß. Aber sie macht mich völlig verrückt. Wenn sie bei mir ist, kann ich nicht mehr klar denken.“

Jason und Carrie sahen sich an.

„Was?“, fragte er gereizt, weil es ihm ganz und gar nicht gefiel, dass die beiden sich wortlos über ihn unterhielten.

Carrie lächelte ihn an. „Hört sich so an, als wärst du

endlich einer Frau begegnet, die es geschafft hat, die Mauer zu überwinden, die du um dich herum errichtet hast."

War es tatsächlich so?

Ja, vermutlich. „Und was soll ich jetzt machen?"

„Ruf sie an, kauf ihr Blumen, geh vor ihr auf die Knie. Und hör auf, dich wie ein Idiot zu benehmen", schlug Jason vor.

„Hast du eigentlich jemals sinnvolle Ratschläge auf Lager?" Kyle brach ab, als sein Handy klingelte. „Oh, das ist meine Chefin. Entschuldigt mich kurz." Er nahm den Anruf an. „Hallo?"

„Gibt es einen bestimmten Grund dafür, dass du heute Nachmittag beim Baseball versucht hast, Emma Gideon zu küssen?" Claire klang sehr verärgert.

Oh, verdammt. „Ja, den gibt es", antwortete er und war entschlossen, sich von ihr nicht einschüchtern zu lassen. „Die Kiss Cam hatte uns auf einmal im Bild." Das war ja nun mehr als offensichtlich gewesen.

„Und warum zum Teufel wart ihr zusammen bei dem Spiel? Jetzt erzähl mir bitte nicht, dass ihr euch da zufällig über den Weg gelaufen seid. Das kaufe ich dir nämlich nicht ab."

„Nein, das war kein Zufall. Wir waren beide da, weil wir miteinander ausgehen." Warum sollte er es abstreiten? Die Bilder auf der riesigen Leinwand hatten eine deutliche Sprache gesprochen.

„Ich dachte, ich hätte klargestellt, dass das der Firmenpolitik widerspricht", erwiderte sie in frostigem Tonfall.

„Davon steht nichts in dem Arbeitsvertrag, den ich bei meiner Einstellung gelesen und unterschrieben habe. Und solange sich das nicht auf unsere Arbeit auswirkt, wüsste ich nicht, warum das *Daily Journal* sich in unser Privatleben einmischen sollte."

„Wie würde es dir gefallen, in die Sportredaktion zurückzukehren? Oder sogar Titelstorys zu schreiben?"

„Was?" Er sah zu, wie Jason die Steaks vom Grill nahm und sich verwundert zu ihm umdrehte. „Warum bietest du mir diese zwei Posten an?" Es ergab keinen Sinn, dass sie wütend auf ihn war und ihm gleichzeitig eine klare Beförderung anbot.

„Du kannst einen von beiden haben – wenn du dich nicht länger mit Emma triffst."

Das schockierte ihn so, dass er nach Luft schnappen musste. „Soll das ein Witz sein? Auf keinen Fall!" Das war ein eindeutiger Bestechungsversuch, und allein der Gedanke war für ihn eine glatte Beleidigung. Wahrscheinlich war das nicht mal legal. Er würde für eine bessere Position unter keinen Umständen auf die Frau verzichten, die ihm so wichtig war. Auch wenn diese Frau im Augenblick nicht mit ihm reden wollte. Natürlich hätte er die Beförderung annehmen können, weil er Emma wahrscheinlich ohnehin verloren hatte. Doch das wollte er nicht wahrhaben. Er wollte um Emma kämpfen, und damit war klar, was er tun würde.

„Zu schade. Aber ich befördere dich trotzdem. Du machst ab jetzt die Titelstory."

„Wie bitte?" Er konnte Claire nicht folgen. „Das ist doch verrückt."

„Keineswegs. Ich sorge bloß dafür, dass im Büro zwischen euch mehr Abstand entsteht. Du kommst mit den neuen Aufgaben schon klar. Morgen um neun ist das Meeting, es gibt nämlich für die kommende Woche einiges zu besprechen."

Nach diesen Worten legte Claire einfach auf. Kyle wurde bewusst, dass sein Job bei der Zeitung schlagartig sehr viel schwieriger geworden war. Und seine Chancen, Emma zurückzugewinnen, bewegten sich dadurch im Bereich des nahezu Unmöglichen.

„Ist das wahr?" Sandy schaute neugierig über die Trennwand zu Emma.

„Ist was wahr?" Emma hielt beim Tippen inne und versuchte, sich auf ihre Kollegin zu konzentrieren.

„Dass du mit Kyle ausgehst."

„Wer erzählt denn so was?"

„Joe. Er sagt, dass alle darüber reden. Dass ihr beide im Stadion von der Kiss Cam gefilmt worden seid und dass Claire das gesehen hat."

Oh Gott, das waren nun wirklich Neuigkeiten, die sie gerade überhaupt nicht gebrauchen konnte. Sie war bereits gestresst genug. „Claire guckt sich Baseball an?" Das war fast noch schockierender als die Erkenntnis, dass Kyle und sie erwischt worden waren. Dass sie aufgeflogen waren. Ironischerweise ausgerechnet in dem Moment, in dem es zwischen ihnen aus und vorbei gewesen war. Zumindest schien es das zu sein, denn seitdem hatte sie nichts mehr von Kyle gehört.

„Verrückt, nicht wahr? Ich hätte nie gedacht, dass sie was für Sport übrighat. Doch anscheinend ist das der Fall. Aber jetzt sag schon, seit wann das mit euch beiden läuft. Und ist der Sex mit ihm irre gut?“ Sandy kaute auf ihrem Stift herum und konnte sich offenbar kaum noch bändigen. „Verdammt, ich bin ja so eifersüchtig auf dich.“

„Ich bin mir nicht sicher, ob wir noch zusammen sind“, antwortete sie ehrlich. „Wir haben uns gestern gestritten, und seither habe ich von ihm keinen Ton mehr gehört. Ich bin mit dem Taxi vom Spiel nach Hause gefahren.“

„Oh, das ist nicht schön.“ Ihre Kollegin rückte ihre Brille zurecht. „War der Sex denn wenigstens gut?“

Das war vermutlich die einzige Bemerkung zu der Sache, die Emma unter anderen Umständen zum Lachen gebracht hätte. Jetzt schüttelte sie jedoch den Kopf. „Darüber rede ich nicht mit dir.“

„Hab ein bisschen Mitleid mit mir. Ich versuche hier gerade, durch dich den Sex mit ihm zu erleben, aber du machst mir das unmöglich!“

„Ich muss dich leider enttäuschen.“

Sandy machte einen Schnalzlaut. „Kannst du das fassen, dass Claire Kyle befördert hat? Ich dachte, sie ist die nächste Zeit sauer auf euch, weil ihr gegen die Firmenpolitik verstoßen habt. Aber dass sie stattdessen Beförderungen verteilt …“

Emma spürte, wie ihr das Blut aus dem Gesicht wich. Ein bitterer, brennender Geschmack breitete sich in ihrem Mund aus. „Was redest du da?“

„Du wusstest das nicht?“ Sandys Miene wirkte plötzlich entsetzt. „Shit. Tut mir leid, ich … ich nahm an, du wüsstest Bescheid, weil du mit Kyle den horizontalen Tango tanzt. Er ist zur Titelstory versetzt worden.“

„Was?“ Ein seltsames Summen dröhnte in ihren Ohren, und einen Moment lang glaubte Emma, sie würde ohnmächtig werden. Sie klammerte sich am Schreibtisch fest und zwang sich, zu schlucken, da ihr die Galle hochkam.

„Ja, einfach so“, sagte ihre Kollegin und schnippte dabei mit den Fingern. „Muss toll sein, ein heißer Dreißigjähriger zu sein. Er kriegt eine Muschi und dazu noch eine Beförderung.“

Kyle hatte den begehrten Posten bekommen, für den sie sich seit drei Jahren krummgelegt hatte, und sie selbst wurde nun auch noch auf das Etikett „Kyles Muschi“ reduziert. Emma hatte das Gefühl, nicht mehr atmen zu können. Sie war sich fast sicher, einen Schlaganfall erlitten zu haben. Am liebsten hätte sie geschrien, doch sie wusste, wenn sie einmal anfing, würde sie nicht mehr aufhören können, und dann würde man sie aus dem Büro tragen, in eine Gummizelle stecken und sie kleine rosa Pillen schlucken lassen.

Sie wollte sich auf der Stelle übergeben. Und sie wollte Kyles Eier abreißen und in den nächsten Abfallzerkleinerer werfen! Wie konnte er eine Beförderung annehmen und ihr nicht mal eine SMS schicken, damit sie vorgewarnt war? So etwas musste sie stattdessen von Sandy erfahren?

Dummerweise wählte der Blumenbote genau diesen Moment, um sie anzusprechen. „Miss Gideon?"

„Was?" Sie wirbelte herum, entschlossen, jeden mit ein paar unmissverständlichen Worten zum Teufel zu schicken, der gerade jetzt etwas von ihr wollte. Allerdings hielt der Mann einen so riesigen Strauß aus roséfarbenen Old-English-Rosen in seinen Händen, dass er dahinter fast verschwand. „Was kann ich für Sie tun?", fragte sie etwas ruhiger.

„Die sind für Sie." Er stellte die Vase mit dem Strauß auf ihrem Schreibtisch ab und hielt ihr ein Klemmbrett hin. „Würden Sie das bitte unterschreiben?"

Emma blinzelte ein paarmal und starrte die Rosen an. Wer hatte ihr die geschickt? Ohne von dem Boten Notiz zu nehmen, griff sie nach der Karte, die im Strauß steckte.

Diese Blumen sind fast so schön wie Du.
In Liebe
Kyle

Emma ließ die Karte auf den Schreibtisch fallen, als hätte sie sich die Finger daran verbrannt. *In Liebe.* Er hatte Liebe erwähnt. Zum ersten Mal war das Wort gefallen. Aber wieso ausgerechnet jetzt? Steckte irgendeine Absicht hinter diesem Irrsinn?

Sandy wäre fast über die Trennwand gefallen, so sehr bemühte sie sich, den Text zu lesen. Dabei stieß sie einen Wackelkopf-Footballer um, der bedenklich nah an der Kante gestanden hatte und nun dem Boten auf den Fuß fiel. „Oh, Shit. Tut mir leid."

„Würden Sie das bitte unterzeichnen?", drängte der Mann, der allmählich ungeduldig wurde.

Emma kritzelte etwas hin, das annähernd nach ihrer Unterschrift aussah. „Danke", murmelte sie. Schließlich stand sie auf, wischte sich die Hände an ihrer weißen Leinenhose ab und fragte Sandy: „Hast du Kyle heute Morgen schon gesehen?"

„Claire redet mit ihm unter vier Augen in ihrem Büro. Ich wette, sie diskutieren über wichtige Dinge. Wie hoch sein Gehalt sein wird und wie weit er Claire in den Arsch kriechen muss."

Emma verzog den Mund. „Danke. Du bist mir heute Morgen wirklich eine große Hilfe, Sandy."

„Ich gebe mir eben Mühe."

„Das war sarkastisch gemeint!", fuhr sie ihre Kollegin an. Dann erlaubte sie sich, einmal tief den wunderbaren Duft der Rosen einzuatmen, bevor sie sich die Vase schnappte und damit zu Kyles Platz marschierte, der natürlich verlassen war, weil er ja beim Tête-à-Tête mit seiner Chefin war.

Ohne zu zögern, kippte sie die Vase aus, sodass das Wasser mitsamt den Blumen auf seinem Bürostuhl landete.

Sollte Claire sie doch feuern! Ihr war das egal.

Vermutlich würde sie es später bereuen, aber im Augenblick kümmerte es sie überhaupt nicht.

Die leere Vase stellte sie in den Papierkorb, während sie von mindestens vier Leuten ungläubig angestarrt wurde. Sie fühlte sich etwas besser als noch vor zwei Minuten, drehte sich um und wollte gerade zu ihrem Schreibtisch zurückkehren, als sie fast gegen Kyles breite Brust prallte.

„Warum hast du das gemacht?“, fragte er und besaß auch noch die Frechheit, betroffen dreinzuschauen. „Ich dachte, du magst Rosen. Das ist eine besonders alte und elegante Sorte, also genau dein Stil.“

Zum Teufel mit ihm, dass er bei allem wusste, was ihr gefiel. Sie bemerkte erste kleine Risse in ihrer Wut, die sie wie ein Panzer umgab. „Und? Das macht nicht die Tatsache wett, dass ich gestern mit dem Taxi heimfahren musste!“

„Du bist doch einfach weggegangen“, wandte er ein. „Und genau genommen hast du dich nicht mal von mir verabschiedet.“

Ein klein wenig mochte er damit recht haben, doch dadurch änderte sich überhaupt nichts. „Du hättest mir hinterherkommen und mit mir reden können."

„Honey, du warst nicht in der Stimmung, um über irgendwas zu reden. Ich dachte mir, wenn wir uns beide erst mal richtig abkühlen, könnten wir anschließend mehr erreichen."

„Hättest du mir bei der Gelegenheit auch von deiner Beförderung erzählt?" Emma verschränkte die Arme vor der Brust. Sie wollte sich ihre Verärgerung nicht durch vernünftige Argumente ausreden lassen.

„Ich wollte es dir jetzt sagen, gleich nach meinem Meeting mit Claire. Aber offensichtlich ist mir jemand zuvorgekommen. Ich hatte nicht erwartet, dass sich Tratsch in diesem Büro so schnell verbreitet." Wütend ließ er den Blick durch den Raum schweifen.

„Wann hat sie es dir gesagt?"

„Gestern Abend. Das war ein ziemlicher Schock für mich, musst du wissen. Sie hat mir nämlich keine Wahl gelassen. Sie sagte, ich müsse die Beförderung annehmen. Ich hätte es dir sofort erzählt, aber da noch Streit zwischen uns herrschte, hielt ich das für schlechtes Timing." Kyle berührte ihren Arm. „Ich weiß, du verdienst diesen Posten, und ich weiß, du hast hart dafür gearbeitet. Ich habe versucht abzulehnen, ganz ehrlich. Claire meinte, entweder nehme ich die Stelle an oder ich werde gefeuert. Sie war richtig sauer, dass zwischen uns beiden was läuft, doch ich habe ihr geradeheraus mitgeteilt, dass ich mich nicht von dir trennen werde, nur damit ich meinen Job behalten kann.“ Er sprach leise, damit die anderen sie nicht belauschen konnten. Außerdem war er ein Stück näher gekommen.

Es lenkte sie ab, wenn sie seine Finger auf ihrer Haut spürte, wenn sie seinen Duft wahrnahm, der ihr längst so vertraut war. Ihre Lippen sehnten sich danach, von seinen geküsst zu werden.

Emma musste sich zusammenreißen und konzentrierte sich angestrengt darauf, die Logik hinter seinen Erklärungen zu begreifen. „Und warum sollte Claire dich befördern, wenn sie dir unmittelbar davor mit der Kündigung gedroht hat?“

„Sie will uns auseinanderbringen. Wahrscheinlich denkt sie, wenn sie mir deinen Traumjob gibt, werden wir beide uns so in die Haare kriegen, dass es zwischen uns aus ist.“ Mit dem Daumen rieb er leicht über ihren Arm. „Wir wollen sie doch nicht gewinnen lassen, oder?“

„Ich … ich weiß nicht. Ich meine, nein. Natürlich nicht.“ Sie bemerkte das vertraute Ziehen zwischen ihren Schenkeln. Durch den Streit war sie am Wochenende um einige Orgasmen gebracht worden, und das spürte sie jetzt. Jedenfalls war das die einzige Erklärung, die sie dafür finden konnte, dass sie um zehn Uhr morgens im Büro feucht und erregt war. „Worüber hatten wir uns noch gleich gestritten? Hilf mir doch mal auf die Sprünge.“

„Ich habe keine Ahnung. Ich glaube, es hatte was damit

zu tun, dass ich unsensibel war und dass ich es nicht respektiert habe, wenn du nicht von mir aufgezogen werden willst – vor allem nicht, wenn du schon sauer bist." Er lächelte sie schief an. „Lektion gelernt. Den Fehler werde ich nicht wiederholen."

„Ich war einfach unsicher", platzte sie heraus. „Ich wusste nicht so recht, was du für mich empfindest."

Kyle schaute sie verwundert an. „Emma ..." Er zeigte auf die Rosen auf seinem Stuhl und fügte hinzu: „So empfinde ich für dich. Na ja, die Rosen sollten dafür eigentlich noch in ihrer Vase stehen."

Sie bekam einen roten Kopf. „Das tut mir leid. Ich war ein bisschen außer mir."

„Ist nicht zu übersehen." Er bückte sich, holte die Vase aus dem Papierkorb und stellte die Rosen wieder hinein. „Aber ich glaube, die Blumen sind noch zu retten. Die Frage ist bloß: Sind wir noch zu retten?"

Auch wenn es sie mit Sicherheit wahnsinnig machen würde, dass Kyle in der Titelstory-Redaktion saß, konnte Emma einfach nicht anders, als sie beide als Paar zu sehen. Dafür genoss sie seine Gesellschaft viel zu sehr. Sie biss sich auf die Unterlippe und nickte. „Ich denke ja."

Er stieß einen von Herzen kommenden Seufzer aus. „Gut. Wenn wir Feierabend haben, werde ich die Füllung aus dir rausküssen."

Sie musste unwillkürlich lachen. „Hört sich verdorben an."

„Zurück an deinen Schreibtisch, du freches Ding“, sagte Kyle lächelnd. „Und nimm deine Rosen mit.“

Genau das tat sie, wobei sie die Vase wie eine Siegestrophäe an sich gedrückt hielt. In gewisser Weise stellten die Blumen ja tatsächlich eine Art Trophäe dar: Emma hatte über ihre eigenen Ängste und über Claires Manipulationsversuche gesiegt. Und sie fühlte sich verdammt gut.

12. KAPITEL

Kyle rief Emma gegen sieben Uhr an, weil er wusste, dass sie dann zu Hause war und ihren Salat bereits gegessen hatte, den sie sich als schnelles Abendessen gern zusammenstellte. Um diese Zeit hatte sie auch die Bluse aus dem schmalen Rock gezogen, und sie trug das Haar offen. Möglicherweise hielt sie ein Glas Wein in der Hand, aber auf jeden Fall hatte sie für diesen Tag das Thema Arbeit beendet, und sie war ganz entspannt. Seine Emma. Die private Emma, die er hatte erleben dürfen – nicht die zielstrebige Karrierefrau, die alle anderen jeden Tag im Büro zu sehen bekamen. Allerdings war diese Emma auf ihre Art ebenfalls verdammt sexy, weil sie stark und selbstbewusst war. Allerdings hatte sie den Fehler, dass sie nicht angefasst werden wollte. Seine Emma wollte das dagegen umso mehr, und das schätzte er sehr an ihr.

„Hallo?“

Kyle schaltete das Autoradio auf stumm. „Ich bin’s. Wie geht’s dir?“

„Gut. Ich relaxe noch ein bisschen, bevor ich um neun bei der Filmpremiere sein muss.“

Oh, verdammt. Die Premiere hatte er völlig vergessen. Er musste nicht hin, Emma blieb jedoch keine Wahl. Zwar schrieb sie keine Filmkritiken, doch dafür sollte sie über das Drumherum bei der Eröffnung einer Reihe von sechs Independent-Produktionen im Museum berichten.

„Ich hatte gehofft, dich kurz sehen zu können, bevor du dich auf den Weg machen musst“, meinte er.

„Ich habe jetzt nur noch eine Stunde, und davon kann ich höchstens ein paar Minuten abzweigen.“

„Tja, dann ist es ja gar nicht so schlecht, dass ich schon auf dem Parkplatz von deinem Haus stehe.“ Kyle lächelte, als er ihren überraschten Ausruf hörte.

„Was? Ehrlich?“

„Ja. Ich dachte, wenn du nicht zu Hause bist oder gar keine Zeit hast, wäre ich nur für zehn Minuten weg. Das Risiko war es wert, um dich sehen zu können.“

„Ich würde dich gerne sehen“, sagte sie. „Komm rauf.“

Ihre Stimme war leise und zärtlich, und sie gab ihm das Gefühl, dass sich etwas in ihm unwiderruflich verändert hatte. „Okay, ich bin gleich da.“

Nachdem sie aufgelegt hatte, saß er noch sekundenlang da und sah auf sein Handy. Er dachte an den Schmerz, den er verspürt hatte, als er davon überzeugt gewesen war, dass er Emma verloren hatte. Und er dachte an das Gefühl von Zufriedenheit, das er verspürte, seit er wusste, dass sie beide doch zusammen sein würden.

War das etwa Liebe?

Ganz sicher war er sich nicht, aber er fand, dass es zumindest ziemlich nah an Liebe herankam.

Also sollte er besser zusehen, dass er ins Haus kam, bevor er weitere kostbare Minuten verschwendete.

Emma öffnete ihm und sah so aus, wie er sie sich vorgestellt hatte: die Haare offen, die Bluse aus dem Rock gezogen und ein wenig zerknittert. Dazu war sie barfuß. Was er nicht erwartet hatte, war das Fruchteis, das sie in der Hand hielt. „Hi", begrüßte sie ihn und ließ die Zungenspitze über das tiefrote Eis gleiten, bis sie an der Spitze angelangt war, die sich mit einem leisen schmatzenden Geräusch von ihren Lippen löste.

Sofort merkte er, wie sein Schwanz hart wurde. Eine bessere Präsentation hätte er sich nicht wünschen können. Ihre Lippen waren nass und vom Eis rot verfärbt. Er war sich nicht sicher, ob es sich um Erdbeer oder Himbeer handelte, doch das ließ sich ja leicht herausfinden.

„Darf ich probieren?"

„Klar." Sie hielt ihm das Eis am Stiel hin.

Anstatt auf das Angebot einzugehen, küsste er sie nun auf die Lippen und ließ seine Zunge in ihren Mund eintauchen, um den fruchtigen Geschmack zu kosten. „Hmm, Erdbeereis." Erst danach biss er ein Stück von dem Fruchteis ab.

Emmas Augen hatten einen dunklen Schimmer angenommen, sie machte einen entspannten Eindruck. Bereit für Versöhnungssex.

„Deine Lieblingssorte?", fragte er.

„Meine Lieblingssorte bist du." Lächelnd schloss sie die Tür hinter ihm. „Du hast ungefähr vierzig Minuten. Etwas weniger, wenn ich anschließend noch duschen muss."

Mit gespielter Ahnungslosigkeit erwiderte er: „Ich weiß

nicht, was du da redest. Ich bin hergekommen, um mich zu dir auf die Couch zu setzen und deine Hand zu halten, während wir uns unterhalten. Ich wüsste nicht, warum du dich anschließend duschen müsstest."

„Legst du deswegen deine Krawatte ab?"

Ertappt. „Ich entspanne mich nur." Er zog die Schuhe aus und begann, sein Hemd aufzuknöpfen.

„Lass mich dir beim Entspannen helfen." Emma zog sein Hemd aus der Hose und öffnete den Gürtel.

Oh ja, er liebte sie. Sie war eine Frau, die die Dinge selbst in die Hand nahm, und das wusste er sehr zu schätzen.

Nach weiteren dreißig Sekunden hatte sie Bluse und BH ausgezogen. Zack, und schon war sie fast ganz nackt. Ihre vollkommenen Brüste waren frei von allem Stoff, ihre rosigen Nippel streckten sich ihm entgegen und flehten förmlich darum, von ihm mit der Zunge verwöhnt zu werden. Und im nächsten Moment war ihr Slip so schnell verschwunden, als hätte sie gar keinen getragen. Kyle ließ seinen Blick zwischen ihre Schenkel wandern, wo ein schmaler Streifen aus blonden Haaren ihre Klitoris vor ihm verbarg.

„Du hast noch immer viel zu viel an", stellte sie fest und schaute zur Wanduhr. „Und dir bleiben jetzt bloß siebenunddreißig Minuten. Ab ins Schlafzimmer mit dir." Sie leckte wieder an ihrem Eis.

Kyle stöhnte auf.

Wer konnte einem Mann einen Dauerständer zum Vorwurf machen, wenn er mit einer Frau wie ihr zusammen war?

„Willst du noch mal probieren?“ Erneut hielt sie ihm das Eis hin, bevor sie es wieder zurückzog und damit über ihren Nippel strich. „Na so was. Jetzt habe ich mich doch tatsächlich bekleckert.“

Oh, da war jemand in genau der Stimmung, die ihm gefiel. „Ach, wie schrecklich. Komm, vielleicht kann ich dir ja helfen.“

Kyle zog sein Hemd aus und riss sich das Unterhemd vom Leib. Beides landete dort, wo bereits ihre Sachen lagen. Während er sich vorbeugte und Emmas Brustspitze mit der Zunge umkreiste, öffnete er den Reißverschluss seiner Hose, die daraufhin ihren Halt verlor und bis zu seinen Knöcheln hinabrutschte. Er zog sie aus und genoss dabei den süßlichen Erdbeergeschmack und Emmas leises Stöhnen.

„Habe ich alles erwischt?“, fragte er.

„Könnte sein, dass du eine Stelle übersehen hast“, antwortete sie mit einem listigen Grinsen auf den Lippen, was bei ihm dazu führte, dass sich seine Eier zusammenzogen und sein Schwanz zu pulsieren begann.

Das war eindeutig eine Seite an Emma, die niemand sonst zu sehen bekam. Kyle war verdammt dankbar dafür, dass er das erleben durfte.

„Tatsächlich?“ Kyle nahm ihr das Eis ab und ließ es über ihren Bauch bis zu dem Streifen blonder Haare gleich oberhalb ihrer Klitoris gleiten. Die Kälte ließ sie nach Luft schnappen. Er biss ein weiteres Stück von dem Eis ab und bewegte es im Mund herum, bevor er sich wieder ihrem Nippel widmete.

Sie gab ein kehliges Knurren von sich, wie er es nie zuvor von ihr gehört hatte.

Er saugte an ihrer aufgerichteten Spitze, sodass das Eis in seinem Mund sie berührte. Emma krallte daraufhin die Finger in seine Taille und warf den Kopf in den Nacken. Gleichzeitig schob sie ihr Becken vor, um so seinen Ständer auf sich aufmerksam zu machen.

Zwar näherte er sich der Belastungsgrenze für seine Unterhose, trotzdem ließ er Emma gewähren. Sie presste ihren Körper an ihn und rieb sich an ihm, während er den letzten Rest Fruchteis herunterschluckte und mit der kalten Zungenspitze die geschwungene Linie ihres Rippenbogens nachzeichnete.

„Die Zeit läuft uns davon", keuchte sie und klang verzweifelt. „Komm besser schnell zu mir."

„Schhht."

„Mach nicht Schhht zu mir", fuhr sie ihn an.

Grinsend bewegte Kyle sich langsam nach unten. Als er einen Finger in die feuchte Hitze zwischen ihren Schenkeln eintauchte, wurde aus ihrem ungehaltenen Grummeln ein lautes, lustvolles Stöhnen. Er zog den Finger zurück und führte ihn zu seinem Mund. „Hmm, so süß."

Zu seinem Erstaunen ergriff nun Emma die Initiative.

Sie atmete scharf ein, bevor sie plötzlich auf dem Absatz kehrtmachte und über den Flur ging, der zu ihrem Schlafzimmer führte. Bei jedem Schritt wippte ihr herzförmiger Hintern verlockend hin und her. Kyle biss noch mal von dem Fruchteis ab und zerkaute es, während er ihr gemächlich folgte. Er wollte wissen, was sie tun würde, während sie auf ihn wartete. Mit dem restlichen Eis beschäftigt, lehnte er sich gegen den Türrahmen und beobachtete, wie sie auf allen vieren aufs Bett kletterte.

Einen Moment lang glaubte er, sich nicht mehr zurückhalten zu können. Er war kurz davor, ihre unverhohlene Einladung anzunehmen, zu ihr zu gehen und einfach in sie einzudringen. Doch irgendwie gelang es ihm, sich zu beherrschen. Er überkreuzte die Beine, behielt seine Unterhose an, auch wenn das eine noch so große Qual war, und aß in aller Ruhe weiter.

„Was machst du da?“, fragte sie ungeduldig und sah ihn über die Schulter hinweg an, dabei wackelte sie wieder unmissverständlich mit dem Po.

„Aufessen. Das schmeckt gut.“

Sie schaute ihn ungläubig an, dann legte sie sich auf die Seite und spielte mit ihrem Nippel. Ihre Beine bewegten sich rastlos hin und her. „Komm her, ich will auch noch was davon haben.“

Sie wollte ihn zu sich locken – und es funktionierte. Kyle klemmte sich das Eis zwischen die Lippen, zog die Unterhose aus und eilte zielstrebig zum Bett.

Ohne auf die Erektion zu achten, die ihr ein Auge hätte ausstechen können, nahm sie ihm das Eis aus dem Mund. Sie schob es zwischen ihre Lippen und leckte es ab, während er mit dem Finger in ihre Hitze eintauchte. Und damit endete für ihn das Spiel. Emma hatte es geschafft, seine eigenen Methoden gegen ihn anzuwenden, und so seine Zurückhaltung gebrochen.

Ihnen blieben vielleicht noch dreißig Minuten, aber sein Gefühl sagte ihm, dass das hier nur fünf Minuten in Anspruch nehmen würde.

Er nahm ihr den Stiel aus der Hand und warf ihn in den kleinen Abfalleimer neben dem Nachttisch, dann zog er die Schublade auf, in der die Kondome lagen. Während er das mit einer Hand erledigte, hatte er die andere für Emma frei. Sie lag immer noch auf der Seite, was es für ihn leicht machte, die Finger zwischen ihre Beine zu schieben und sie zur Ekstase zu streicheln.

„Gefällt dir das?“, fragte er, als sie auf die Art zu stöhnen begann, die ihm so gut gefiel.

Sie nickte.

„Mehr davon?“

„Ja.“

Nur zu gern wollte er ihr geben, wonach sie sich sehnte. Er wusste, sie rechnete damit, dass er gleich in sie eindrang, doch er schob kurzerhand den Kopf zwischen ihre Beine und brachte sie mit seiner Zunge zu einem schnellen, intensiven Orgasmus. Es gefiel ihm, wenn sie so kam, wenn sie ihn so an sich drückte, während sich ihr Körper verkrampfte. Es gab für ihn nichts Befriedigenderes als das Wissen, dass er ihr diese Lust bereitet hatte, dass allein seine Berührungen körperliche Reaktionen bei ihr auslösen konnten, dass er der Grund dafür war, wenn sie die Augen zukniff und Laute über ihre Lippen kamen, über die sie keine Kontrolle hatte.

Als sie langsam zur Erde zurückkehrte und entspannt auf die Matratze sank, streckte sie eine Hand nach ihm aus und hauchte ihm etwas zu, das flehentlich klang. Erst jetzt richtete Kyle sich auf, rutschte zwischen ihre Schenkel und gab ihr, was sie sich beide wünschten. Während er in ihre wunderbare Hitze eintauchte, sah er ihr ins Gesicht und sagte ganz ohne Vorsatz und ohne Rücksicht auf die Konsequenzen: „Ich liebe dich."

Er war sich nicht sicher, wer von ihnen verblüffter über dieses Geständnis war. Auf jeden Fall starrte Emma ihn mit großen Augen an und stieß einen leisen Seufzer aus. Er bewegte sich langsam vor und zurück und wurde auf die intimste Weise eins mit ihr, während er völlig gelassen blieb, was seine Äußerung anging. Ob ihm diese Worte einfach so über die Lippen gekommen waren oder nicht, spielte keine Rolle – Tatsache war, dass er sie liebte. Es war völlig unkompliziert, weil es die Wahrheit war. Emma war ehrlich, rücksichtsvoll und loyal, und er liebte sie.

Es wäre wunderbar, wenn sie für ihn genauso empfand, aber wenn nicht, wäre das kein Weltuntergang. Früher oder später würde er sie schon zu dieser Erkenntnis bringen.

Doch nun betrachtete sie ihn mit ernster und zugleich verwundbarer Miene. „Ich liebe dich auch."

Mehr brauchte er nicht, damit sein Herz vor Freude überschäumte. Kyle hatte seine Finger mit ihren verschränkt, bis er mit ihr über den Rand des Verlangens hinausgetragen wurde. Als er tief in ihr kam, fühlte er sich Emma enger verbunden als jeder Frau, der er vor ihr begegnet war. Es ergab vielleicht keinen Sinn, aber er war unweigerlich da, war schon von Anfang an da gewesen: dieser Funke zwischen ihnen, aus dem inzwischen ein Flächenbrand der Liebe und Leidenschaft entstanden war.

Und es war gut zu wissen, dass er nicht als Einziger inmitten dieses Flammenmeers stand.

Sein Orgasmus ebbte ab, und Kyle beugte sich vor und küsste Emma stürmisch. Er war sicher, dass er ihr dadurch viel besser als mit Worten zeigen konnte, was er für sie empfand. Dann rollte er sich zur Seite und lauschte ihrem Atem, der allmählich wieder ruhiger wurde.

„Ich muss dir etwas gestehen", sagte Emma keine zwei Minuten später, als sie eng umschlungen auf dem Bett lagen.

So fing nichts an, was ein Mann gern hören wollte. Hatte sie in den zwanzig Stunden, in denen sie wegen ihres Streits getrennt gewesen waren, einen anderen kennengelernt? Nein, das war nicht Emmas Stil. Ebenso wenig konnte er sich vorstellen, dass sie ihm jetzt erklären würde, sich nicht mehr mit ihm treffen zu wollen. Schließlich hatte sie ihm gerade erst gesagt, dass sie ihn liebte. Trotzdem befiel ihn eine nicht zu leugnende Angst.

Also reagierte er so, wie er es immer machte, und erwiderte: „Also, du wirst mir nicht das Geheimnis offenbaren können, dass du einen dritten Nippel hast."

Wie nicht anders zu erwarten verdrehte sie die Augen. „Den vor dir zu verbergen wäre in den letzten Wochen ein ziemlich sinnloses Unterfangen gewesen."

„Und was willst du mir dann sagen?" Ihm war klar, dass er keine weitere Albernheit folgen lassen konnte. Damit würde er sie bloß verärgern. Eine witzige Bemerkung reichte. Mit einer zweiten würde er sein Glück herausfordern.

Daher wartete Kyle geduldig ab. Egal, was gleich kam, es würde diesen Augenblick nicht ruinieren. Das würde er nicht zulassen.

Emma wusste selbst nicht, warum sie ausgerechnet diesen Moment ausgewählt hatte, um das Thema anzusprechen. Vielleicht war pure Feigheit der Grund, denn da sie sich in weniger als zehn Minuten auf den Weg machen musste, blieb kaum Zeit, um sich ernsthaft darüber zu unterhalten. Aber womöglich fühlte sie sich ihm auch nahe genug, wie sie so neben ihm lag, körperlich und gefühlsmäßig rundum zufrieden mit ihrer Beziehung. Er hatte ihr gesagt, dass er sie liebte. Zugegeben, er hatte es ihr beim Sex zugeflüstert, also gab es keine absolute Gewissheit. Trotzdem war es wunderschön gewesen, ihn diese Worte aussprechen zu hören und dabei zu wissen, dass er sie meinte.

Damit hatten sich auch ihre letzten Unsicherheiten in Luft aufgelöst.

Deshalb musste sie nun völlig ehrlich zu ihm sein, denn ihre Erwiderung auf seine Liebeserklärung hatte sie ernst gemeint. Sie liebte Kyle. Darüber nachzudenken war seltsam und wundervoll zugleich, und es war die Wahrheit. Vom ersten Tag an hatte sie sich zu ihm hingezogen gefühlt, und als er sich dazu bereit erklärt hatte, zusammen mit ihr die kurzbeinige Hundemeute ihrer Mom auszuführen, war sie längst Hals über Kopf in ihn verliebt gewesen. Diese Entwicklung hatte sie gar nicht aufhalten können.

„Ich habe herausgefunden, wer Ian Bainbridges Stalkerin ist", meinte sie und war ein wenig verlegen, da sie eigentlich nicht wusste, warum sie ihm das Ergebnis ihrer Recherche bis jetzt verschwiegen hatte. Vielleicht hatte sie verhindern wollen, dass er versuchte, es ihr auszureden. Und dass er sie für verrückt hielt, weil sie damit ihren Job aufs Spiel setzte.

„Was?" Kyle sah sie erstaunt an. „Was soll das heißen? Wie hast du das angestellt?"

„Na ja, wie du weißt, hat Ian mir erzählt, dass seine

Stalkerin ihre E-Mails mit Savannah unterschreibt. Und sie hat ihn wissen lassen, dass sie sich in Pittsburgh in einem Pub begegnet sind, in dem sie gearbeitet hat. Ian konnte sich allerdings nicht an diese Frau erinnern. Also habe ich ein bisschen rumtelefoniert, denn wie viele Savannahs kann es schon geben? Ich habe eine gefunden, von der ich mir sicher bin, dass sie diejenige ist. Außerdem bin ich dahintergekommen, dass sie sich jedes Mal zum Zeitpunkt der Fotoshootings in der jeweiligen Stadt aufgehalten hat."

„Wie hast du denn das rausgekriegt?"

„Das willst du lieber nicht wissen." Unter anderem hatte sie sich gegenüber dem Mobilfunkanbieter als Savannah ausgegeben, um Informationen über ihre jeweiligen Aufenthaltsorte zu sammeln. Doch das behielt sie lieber für sich.

Kyle wirkte noch schläfrig und vom Sex verausgabt, daher zog er nur eine Augenbraue hoch. „Was willst du mit den Informationen anfangen?"

„Ich weiß nicht. Ich schwanke dazwischen, mich an die Polizei zu wenden oder mit ihr Kontakt aufzunehmen."

„Nein, nimm auf keinen Fall mit ihr Kontakt auf. Das ist viel zu riskant! Sie wird dir nichts erzählen, und abgesehen davon wissen wir, dass sie ein bisschen spinnt!"

„Ian kann ich davon jedenfalls nichts sagen. Stell dir vor, er nimmt daraufhin Rache an ihr!" Das war ihre größte

Sorge. Ian war ihr zwar wie ein netter und normaler Typ vorgekommen, doch sie kannte ihn ja nicht näher. Daher wusste sie nicht, wie er reagieren würde, wenn er die Identität seiner Stalkerin erfuhr.

„Du solltest der Polizei melden, was du weißt, und die Sache damit auf sich beruhen lassen. Von dem Moment an kannst du sowieso nicht mehr eingreifen."

„Findest du?" Das war der richtige Weg, so viel war ihr klar. Trotzdem gefiel es ihr überhaupt nicht. „Ja, ich schätze, du hast recht."

„Du *weißt* sogar, dass ich recht habe." Er küsste sie auf die Stirn. „Und jetzt hör auf, dir Gedanken zu machen, und zieh dich lieber an. Auf dich wartet eine Filmpremiere." Dann gab er ihr einen leichten Klaps auf den Po.

Insgeheim glaubte Emma noch immer, dass sie eine Beförderung erwartete, wenn sie Claire nur die richtige Story vorlegte. Doch zugleich ahnte sie auch, dass das nicht mehr als Wunschdenken war. Wenn sie von ihrer Chefin respektiert werden wollte, würde sie sich einen Penis wachsen lassen müssen.

Das würde garantiert nicht passieren.

Emma verdrängte alle Gedanken an Stalkerinnen, exzentrische Fotografen und voreingenommene Vorgesetzte und konzentrierte sich stattdessen auf den Mann, der neben ihr lag. „Danke, dass du vorbeigekommen bist."

„War mir ein Vergnügen." Er setzte sich hin. „Verdammt, ich will nicht, dass du jetzt weggehst. Ich will nicht nach Hause gehen. Ich möchte ein Jahr lang einfach hier bei dir bleiben."

„Irgendjemand muss die Miete bezahlen", erwiderte sie und setzte sich ebenfalls auf, während sie schon überlegte, was sie tragen sollte.

„Hör auf, so vernünftig zu sein. Lass mich wenigstens einen Moment lang so tun, als ob es möglich wäre."

Sollte sie deswegen auch so tun, als würde es sie nicht stören, dass er ab sofort über echte Ereignisse berichten durfte und nicht bloß über Promi-Klatsch schreiben musste? Darüber wollte sie jetzt nicht nachgrübeln. Sie lächelte Kyle an. „Tut mir leid. Aber wie wär's, wenn du mich zur Premiere begleitest? Danach können wir unsere Sachen ja wieder ausziehen und da weitermachen, wo wir aufgehört haben."

Gerade zog Kyle seine Unterwäsche an und hielt mitten in der Bewegung inne. „Du bist ein Genie, Emma. Ein echtes Genie. Wenn wir es im Büro sowieso vor niemandem mehr verheimlichen müssen, ist es doch egal, ob uns jemand zusammen sieht."

„Ehrlich gesagt haben wir uns ja von Anfang an gar nicht so sehr darum geschert", gab sie zurück. „Immerhin sind wir beim Baseball von der Kiss Cam erfasst worden."

„Stimmt. Allerdings hatten wir es ja nicht darauf angelegt, von allen gesehen zu werden."

„Vor aller Welt versteckt haben wir uns aber auch nicht." Sie stand auf, holte einen BH und einen Slip aus der Kommode und lief ins Bad, um die schnellste Dusche aller Zeiten hinter sich zu bringen.

Alle Widerstände waren jetzt ausgeräumt. Keine Dramen mehr im Büro, und privat schwebte Emma im siebten Himmel.

Was sollte da noch schiefgehen?

13. KAPITEL

Wie sich schon bald herausstellte, konnte eine ganze Menge schiefgehen. In dieser Woche verwandelte sich Emmas Zustand sehr rasch von einer Art Flitterwochenlaune in eine Stimmung, die eher zu einem Begräbnis passte. Am Freitag hätte sie sich am liebsten auf dem Grab ihrer Karriere gewälzt, mit geballten Fäusten auf die Erde getrommelt und „Warum? Warum? Warum? Warum? Warum?“ geschrien.

Beim Meeting zur Wochenplanung am Montagmorgen war sie von Claire mit den Arbeiten überhäuft worden, die Emma auf den Tod nicht ausstehen konnte – vom Verfassen eines Texts über die Eröffnung eines neuen Geschäfts für Künstlerbedarf bis hin zur Teilnahme an der Benefizveranstaltung eines Krankenhauses, zu der außerdem ein Jubelartikel geschrieben werden musste, der mindestens eine ganze Seite umfassen und damit so groß sein sollte wie die gleich daneben befindliche Anzeige ebenjenes Krankenhauses. Das waren als Nachrichten getarnte Werbetexte, und so etwas war Emma zuwider. Das wusste Claire natürlich ganz genau. Ihr war ebenso bekannt, dass Emma nicht als Dienstbotin beschäftigt war, und dennoch wurde sie am Dienstag losgeschickt, um für die Abteilung Kaffee zu holen. Am Mittwoch war es schließlich ihre Aufgabe, Claire nach Hause zu fahren, da deren Wagen in der Werkstatt war.

Der Höhepunkt einer unerträglichen Arbeitswoche erfolgte am Freitag, weil an diesem Tag die jährliche Beurteilung aller Mitarbeiter anstand. Emma hatte die Tür zu Claires Büro noch nicht hinter sich geschlossen, da wusste sie, das würde kein gutes Ende nehmen.

„Du weißt, dass ich dich als Mensch mag, Emma“, begann ihre Chefin.

Eigentlich war das für Emma völlig neu, doch sie verkniff sich eine entsprechende Erwiderung. Außerdem hatte sie genug damit zu tun, ruhig auf ihrem Stuhl zu sitzen und sich ihre Nervosität nicht anmerken zu lassen. „Danke.“

„Aber wir sind natürlich geteilter Meinung, was die Qualität deiner Arbeit angeht. Manchmal verlierst du aus den Augen, dass du für die Redaktion Life & Style schreibst. Du weißt sicher so gut wie ich, dass die Zeiten für Tageszeitungen momentan nicht leicht sind. Die Auflagen sinken, die Anzeigen werden weniger, die Kosten steigen.“

Oh nein. Oh nein, oh nein, oh nein. Das klang nach einer Bewertung, die auf eine Kündigung hinauslief. Emmas Handflächen fühlten sich klamm an, ihr brach der kalte Schweiß aus. Weil sie keine Ahnung hatte, was sie darauf antworten sollte, nickte sie nur. Ihre Ohrringe wippten hin und her.

„Alle Abteilungen hier im Haus müssen drastische Einschnitte vornehmen. So leid es mir tut: Auch wir müssen in unserer Abteilung eine Position wegfallen lassen. Und das betrifft deine Stelle."

Da war sie, die Axt, die auf sie herabsauste. All ihre harte Arbeit, aller Einsatz waren vergebens gewesen. Zack und weg. In Luft aufgelöst. Einfach so. „Ich verstehe das nicht. Du hast Kyle zur Titelstory versetzt. Wer soll denn jetzt Life & Style abdecken? Du bist extrem unterbesetzt."

Claire zuckte mit den Schultern. „Wir werden das umverteilen müssen. Das wird für uns alle die Hölle werden, das kannst du mir glauben. Es wird für uns alle eine schwierige Zeit."

Na toll. Emma fand, dass es für sie eine viel schwierigere Zeit werden würde, denn schließlich war sie diejenige, die plötzlich ohne Job dastand. Aber sie konnte nicht aufstehen und das Büro verlassen, ohne wenigstens versucht zu haben, um ihre Stelle zu kämpfen. „Ich arbeite seit drei Jahren hier", wandte sie ein. „Gibt es niemanden, der nach mir angefangen hat?"

Ihre Chefin schürzte die Lippen. „Seit dem Vorfall mit der Story über Ian Bainbridge bist du auf Bewährung. Außerdem gibt es Gerüchte, du hättest einen Kollegen mit einer Blumenvase beworfen und damit den Frieden im Betrieb ernsthaft gestört."

„Wie bitte?", platzte Emma heraus. „Ich habe niemanden mit einer Vase beworfen!" Sie hatte zwar die Blumen mitsamt Wasser auf Kyles Stuhl verteilt, doch als eine Störung des Betriebsfriedens konnte man das ja wohl kaum bezeichnen. Das Ganze war innerhalb von drei Minuten erledigt gewesen. Trotzdem spürte sie, wie ihre Wangen rot wurden. Fakt war, dass sie sich unprofessionell verhalten hatte, und das war Emma auch klar.

„Mir bleibt wirklich keine andere Wahl. Wie sollte ich es rechtfertigen, jemanden zu entlassen, der sich nichts hat zuschulden kommen lassen, und dich stattdessen weiter hier arbeiten zu lassen?“ Claires Lächeln sollte Mitgefühl vermitteln, aber Emma wusste, was es eigentlich bedeutete.

Die Hexe hatte die perfekte Lösung gefunden, um sie aus dem Weg zu räumen, ohne dass irgendjemand stutzig werden konnte. Wäre es hier nicht um ihren Arbeitsplatz gegangen, hätte Emma wohl fast so etwas wie Bewunderung für ihre nunmehr ehemalige Chefin empfunden. Da sie aber diejenige war, die ohne Einkommen dastand, konnte sie nicht mehr tun, als nur zu nicken und abrupt aufzustehen. „Zu wann erfolgt die Kündigung?“

„Mit sofortiger Wirkung.“

„Das heißt … jetzt sofort?“ Emma starrte sie ungläubig an.

Claire versuchte, eine zerknirschte Miene zur Schau zu stellen, doch so richtig überzeugend wirkte es nicht. „Es tut mir leid, Emma. Natürlich hast du noch Anspruch auf Vergütung deines anteiligen Urlaubs.“

Das war ein schwacher Trost.

Völlig verdutzt verließ sie Claires Büro und wünschte

sich, dass Kyle nicht ausgerechnet heute früher freigenommen hätte, um sich für ein paar Stunden seiner neugeborenen Nichte zu widmen. Sie brauchte dringend jemanden, der ihr in die Augen sehen und verhindern konnte, dass sie vor allen Kollegen in Tränen ausbrach.

Zum Glück achtete niemand auf sie, da alle damit beschäftigt waren, ihre Schreibtische aufzuräumen, um ins Wochenende gehen zu können. Sie schaffte es bis zu ihrem Schreibtisch, ohne mit irgendwem ein Wort reden zu müssen, und sank auf ihren Stuhl. Ihre Hände zitterten. Was sollte sie jetzt machen?

Nachdem sie ein paar Minuten lang mit den Tränen gerungen hatte, wurde ihr klar, dass ihr nichts anderes zu tun blieb, als ihren Platz zu räumen, ihren offiziellen E-Mail-Account zu löschen und nach Hause zu gehen. Es war ein entsetzliches und unwürdiges Ende ihrer Karriere bei der Zeitung. Ihre wenigen persönlichen Habseligkeiten einzupacken und sich davonzuschleichen tat ihrem Selbstbewusstsein überhaupt nicht gut.

Das galt ebenso für die Tatsache, von Ian Bainbridges Stalkerin als fette Kuh bezeichnet zu werden.

Bei einem letzten Blick auf ihre E-Mails erschrak sie, und ihr Herz begann zu rasen, als sie sah, dass eine Antwort von Savannah eingegangen war. Anfang der Woche hatte sie sich an eine der Kontaktadressen gewandt, auf die sie bei ihren Recherchen gestoßen war. Ihre Anfrage war in einem freundlichen Plauderton gehalten gewesen. Sie hatte auf ihre eigene Teilnahme beim letzten Fotoshooting und auf den geplanten Artikel darüber hingewiesen, um auf diese Weise etwas über die Verbindung zwischen Savannah und Bainbridge herauszufinden.

Savannahs Erwiderung las sich kurz und knapp: *Ich habe nach dir gesucht. Schöne Haare. Halt dich von Ian fern, du fette Kuh.*

Das waren nicht gerade die Worte, die sie jetzt gebrauchen konnte.

Natürlich sollte sie Beleidigungen einer Stalkerin nicht persönlich nehmen, doch das war leichter gesagt als getan. Sie war schließlich eine Frau, und bestimmte Bemerkungen versetzten einem nun mal einen Stich.

Beleidigungen als Zugabe zu einer fristlosen Kündigung? Nein, das war nun wirklich kein fröhlicher Freitag.

Aber über all das hätte sie hinwegsehen können, wäre Savannah nicht noch einen Schritt weitergegangen. In einer zweiten E-Mail stellte sie Emmas moralische Haltung als Journalistin infrage, indem sie eine stark vergrößerte Nahaufnahme von Emma beim Fotoshooting anhängte, die sie mit verängstigtem Blick und verschränkten Armen zeigte, die ihre Brüste nicht ganz bedeckten. Auf einem zweiten Foto waren Emma und Ian zu sehen, wie sie in der Bar an der Theke saßen. Savannah unterstellte ihr, dass nackte Schlampen, die mit Fotografen in Bars gingen, ihre Jobs auf die bewährte Methode bekamen. Sie drohte damit, alles online in einem Blog zu veröffentlichen.

Es war eine dumme Drohung, weil ihr Blog in der Masse ähnlicher Seiten im Internet untergehen würde. Allerdings musste bloß jemand nach Emmas Namen suchen, um dann dort fündig zu werden. Wenn sie je wieder in einer Nachrichtenredaktion arbeiten wollte, durfte sie nicht zulassen, dass irgendjemand diesen Müll mitsamt dem vergrößerten Foto von ihr zu sehen bekam. Danach würde niemand sie mehr ernst nehmen, und ihre Artikel würden nie über das Niveau von Berichten über die Eröffnung eines neuen örtlichen Fitnesscenters hinauskommen. Emma wollte weder das eine noch das andere ertragen.

Wer wusste schon, ob Savannah ihre Drohung wahr machen würde? Vieles sprach jedoch dafür – vor allem, wenn man bedachte, dass sie nicht so ganz klar im Kopf war.

Aus Angst, jemand im Büro könnte die Fotos zu Gesicht bekommen, die sie sich gerade anschaute, ließ sie den Blick immer wieder durch den Raum schweifen. Sie überlegte, ob sie die Mails löschen oder darauf antworten sollte.

Aber wenn Savannah Aufnahmen von Ian und ihr in der Bar gemacht hatte, stand eins fest: Sie verfolgte den Fotografen heimlich und schoss Bilder von ihm – das machte das Ganze noch unheimlicher. Außerdem bedeutete es, dass jetzt auch Emma ins Visier der Stalkerin geraten war …

Ehe sie ihre Meinung ändern konnte, schrieb sie: *Reden wir darüber. Ich möchte Ihre Version der Geschichte hören.* Dann klickte sie auf „Senden“.

Das war doch das, was alle Stalker wollten: jemanden, der ihre verrückte Sicht der Dinge öffentlich machte.

Ihr blieb gar keine Zeit, um darüber nachzudenken, wie sinnvoll oder sinnlos es sein mochte, sich auf eine Diskussion mit einer Irren einzulassen. Savannah hatte schon geantwortet. *Warum sollte ich mit dir reden wollen?*

Emma biss sich auf die Unterlippe. Das hier war ihre einzige Chance, diese Story zu bekommen. Ihr Job wäre zwar trotzdem verloren, doch es würde ihr sehr gefallen, alle Informationen vor Claires Augen an die Polizei zu übergeben. Vielleicht würde das ja in ihrem Lebenslauf die unrühmliche Entlassung wettmachen.

Andererseits war es womöglich die schlimmste Fehlentscheidung ihres Lebens. Während sie noch darüber nachgrübelte, ging die nächste Mail von Savannah ein. *Plaid Kilt in Pittsburgh. Heute Abend um sieben. Auf dem Parkplatz. Sei da. Außer du hast keine Zeit, weil du als Schlampe genug zu tun hast.*

Emmas Herz raste, als sie ohne Zögern tippte: *Wir sehen uns.*

Was sollten bloß all diese Bemerkungen über ihren Charakter, die sie in letzter Zeit über sich ergehen lassen musste? Erst ging Rosanna ihr in der Bar an die Gurgel, und jetzt legte die Stalkerin noch eins drauf. Emma war solche persönlichen Beleidigungen nicht gewohnt. Sie war eine Geschäftsfrau, sie war hoch qualifiziert, sie war … arbeitslos.

Verdammt. In aller Eile sammelte sie ihre persönlichen Dinge ein, dann leitete sie Savannahs Mail an ihre private Adresse weiter und löschte den dienstlichen Mail-Account. Von Übelkeit begleitet verließ sie das Büro, in dem sie die letzten drei Jahre den größten Teil des Tages verbracht hatte. Sie war nicht mal in der Lage, sich von ihren Kollegen zu verabschieden.

Sie hatte das Gefühl, dass sie entweder sechs riesige Eisbecher oder drei Flaschen Wein zu sich nehmen musste, um zur Ruhe zu kommen, aber weder das eine noch das andere waren für die Gesundheit förderlich.

Dass sie unbedingt um beides einen Bogen machen wollte, war die einzige Erklärung dafür, wieso sie am Freitagabend Gott und aller Welt Lügen auftischte und sich in Wahrheit nach Pittsburgh begab, um sich auf einem dunklen Parkplatz mit einer Verrückten zu treffen.

Als Kyle anrief und wissen wollte, was sie am Abend vorhatte, erzählte sie ihm mit einer erstaunlichen Selbstverständlichkeit: „Ich gehe mit meiner Cousine ins Kino. Wie geht's dem Baby?"

„Es ist rosig. Runzlig. So wie alle Babys. Aber die Kleine ist richtig süß und schaut sehr ernst drein. Sie hat so eine Art Gandhi-Blick drauf. Da fühlt man sich gleich weiser, wenn man sie nur ein paar Minuten hält."

Sie zwang sich zu einem Lacher. „Das ist großartig. Du bist doch heute Abend mit deinem Bruder und deinen Freunden unterwegs, oder?"

„Ja, genau. Dann sehen wir beide uns morgen, Babe.“

Emma verabschiedete sich und legte auf, während sie weiter gegen ihre Übelkeit ankämpfen musste. Sie hätte ihm wenigstens von ihrer Entlassung berichten sollen, aber sie brachte es einfach noch nicht fertig, die Worte auszusprechen. Es war ihr so peinlich. Es kam ihr vor, als wäre all ihre harte Arbeit bloß ein Witz gewesen. Als wäre sie selbst der Witz gewesen. Die wirtschaftliche Lage war nicht ihre Schuld, das wusste sie. Trotzdem war es nicht leicht, eine Kündigung nicht persönlich zu nehmen.

Auf jeden Fall war es besser, sich mit Savannah zu treffen und den Rest der Nacht damit zu verbringen, über das Geschehene nachzudenken und dabei im Pyjama auf der Couch zu sitzen, Schokoladeneis zu essen und sich von Sitcoms den Geist betäuben zu lassen. Morgen würde sie Kyle alles erzählen.

Als sie den Pennsylvania Turnpike entlangfuhr, griff sie nach ihrem Handy und wählte Sandys Nummer. Ihr war bewusst geworden, dass irgendjemand wissen sollte, wo sie sich befand. Immerhin konnte sie ja trotz allem in Schwierigkeiten geraten, ermordet werden oder im Gefängnis landen. Sandy würde sich darüber freuen, eingeweiht zu werden, sie würde aber nicht so sehr in Sorge um sie sein, dass sie versuchen könnte, ihr dieses Vorhaben auszureden. So sah es zumindest theoretisch aus, und tatsächlich wurde sie von Sandy nicht enttäuscht.

„Du bist verrückt", sagte Sandy, als Emma ihr alles erklärt hatte.

„Kann gut sein." Widerlegen konnte Emma es jedenfalls nicht.

„Damit wirst du aber Claire nicht davon überzeugen können, dass sie dir deinen alten Job zurückgibt. Das weißt du doch, oder?"

Oh. Wie schnell sich manche Dinge herumsprachen.

„Das weiß ich. Wer hat dir erzählt, dass ich gefeuert worden bin?"

„Genau genommen wurdest du freigestellt, nicht gefeuert. Claire hat auch ein Memo mit Statistiken zur Produktivität und mit Hinweisen rumgeschickt, wie die Umverteilung der Arbeit die verbliebenen Mitarbeiter mit sofortiger Wirkung zu erfolgen hat. Viel Blabla, das eigentlich nur aussagt, dass wir alle mehr leisten müssen, obwohl jeder ja bereits für zwei arbeitet. Du kannst froh sein, dass du damit nichts mehr zu tun hast."

„Nur dass ich damit auch keinen Job mehr habe!"

Was der Grund dafür war, dass sie über den Highway raste, um ein Treffen wahrzunehmen, das sich vermutlich als Zeit- und Benzinverschwendung entpuppen und ihr auch den letzten Rest an Glaubwürdigkeit und geistiger Gesundheit rauben würde.

„Da hast du allerdings recht."

„Vielleicht sollte ich umkehren", überlegte sie laut, während sie die Klimaanlage eine Stufe höher einstellte und einen Transporter überholte. „Nein, vergiss es. Ich werde nicht umkehren. Ich mache das, um mir und Claire etwas zu beweisen. Nämlich, dass ich von Anfang an recht hatte."

„In welchem Punkt?"

„Dass von Savannah eine potenzielle Bedrohung ausgeht."

„Und wie willst du das anstellen? Indem du dich von ihr angreifen lässt? Oh ja, das wäre wirklich ein stichhaltiger Beweis – sogar im wörtlichen Sinne." Sandy machte irgendein raschelndes Geräusch, dann rief sie aufgebracht: „Hört endlich auf damit! Himmel, ich bin es so leid, dass die Enkel immer wieder ihren Rülpswettbewerb austragen müssen. Das ruiniert mir die ganze Freitagslaune. Vor allem, weil mein Mann sich jedes Mal einmischt und am Ende auch noch gewinnt."

Emma wollte über Sandys Worte lachen, doch sie war viel zu nervös und brachte nur ein Husten zustande. „Bist du die ganze Nacht erreichbar? Gehst du ran, wenn ich noch sehr spät anrufe? Du weißt schon, falls ich Hilfe brauche."

„Natürlich gehe ich ran. Ich weiß nur nicht, was du von mir erwartest. Wie soll ich dir von Cleveland aus helfen, wenn du in der Unterwelt von Pittsburgh in Schwierigkeiten steckst?"

„Pittsburgh hat eine Unterwelt?"

„Eine Unterwelt findest du überall, sogar in Wisconsin."

„Na gut, dann danke. Ruf einfach die Polizei an, wenn was ist. Aber es wird mir nichts passieren. Im schlimmsten Fall verfahre ich mich hoffnungslos, und das ist dann auch schon alles.“

Sandy gab einen nichtssagenden Laut von sich. „Was hast du Kyle gesagt?“

„Dass ich mit meiner Cousine ins Kino gehe.“

„Das hat er dir abgekauft?“

„Normalerweise lüge ich nicht, deshalb gehe ich davon aus, dass er es mir glaubt.“ Wegen dieser Lüge fühlte sie sich grässlich, doch ihr war klar, wie er reagiert hätte: Kyle hätte ihr erklärt, dass sie verrückt war. Allerdings hätte er die Worte mit deutlich stärkeren Emotionen unterlegt, als Sandy das getan hatte. Wahrscheinlich wäre er zu ihr nach Hause gekommen, um auf sie aufzupassen und sicherzugehen, dass sie keine Dummheit beging. Oder er hätte sie mit einem Orgasmus nach dem anderen abgelenkt, um sie ihren eigentlichen Plan vergessen zu lassen. Er hätte mit schmutzigen Tricks gearbeitet, und das konnte sie nicht riskieren.

Kyle hatte seinen Job ja auch noch. Sie hätte ihm keine logische Erklärung dafür liefern können, warum sie das hier unbedingt machen musste, selbst wenn es dumm und gefährlich war. Er war schließlich nicht als fette Kuh bezeichnet worden.

„Und was genau erhoffst du dir von dieser Aktion?“, wollte Sandy nun wissen.

„Ich will, dass sie mir ihre Störaktionen gegen Ians Projekte gesteht. Aber zumindest will ich von ihr irgendeine Art von Drohung hören – entweder gegen mich oder gegen Ian gerichtet.“ Sie sah zum x-ten Mal auf ihr Navigationsgerät, dann räusperte sie sich. Ihr Vorhaben laut ausgesprochen zu hören ließ es noch idiotischer klingen, als es ihr bislang vorgekommen war. „Okay, ich muss mich darauf konzentrieren, wohin mich mein Navi schicken will. Ich rufe dich später wieder an.“

„Viel Glück.“ Emma konnte praktisch hören, wie ihre ehemalige Kollegin bei ihrem frommen Wunsch den Kopf schüttelte. „Du wirst es brauchen“, fügte sie hinzu.

„Ich weiß, was ich tue“, versicherte Emma ihr. Jedenfalls hoffte sie das.

„Sie macht *was*?“ Kyle blieb so abrupt stehen, dass sein Bruder Jason gegen ihn prallte. „Willst du mich auf den Arm nehmen?“

„Hey“, murmelte Jason mürrisch, aber Kyle nahm keine Notiz von ihm.

Es kam ihm vor, als wäre die Welt mit kreischenden Bremsen zum Stehen gekommen, während er zu begreifen versuchte, was Sandy ihm mit ihrem Anruf mitgeteilt hatte.

„Natürlich meine ich das ernst“, erwiderte seine Kollegin nun. „Emma ist in diesem Moment auf dem Weg nach Pittsburgh, um sich mit dieser Stalkerin zu treffen. Ich glaube, du musst sie daran hindern. Sie ist eine Spitzenreporterin, sie ist klug, aber sie besitzt keine Bauernschläue. Wenn du mich fragst, marschiert sie geradewegs in ihr Unheil."

„Oh mein Gott!" Kyle stöhnte. „Was hat sie sich dabei gedacht?"

„Dass sie so vielleicht ihren Job zurückbekommt."

Dann erzählte Sandy ihm, wie Claire Emma abgeschossen hatte. Er konnte es nicht fassen.

Er hätte es besser wissen müssen. Ihm hätte klar sein müssen, dass Emma über Claires kleine Bekanntmachung viel zu aufgewühlt war und ganz sicher nicht mit einer Cousine ins Kino ging, über die sie zuvor nie ein Wort verloren hatte. Emma war wegen der Situation im Büro am Boden zerstört und hatte ihm gegenüber vermutlich nicht ihre wahren Gefühle offenbart, weil er die Beförderung bekommen hatte, während sie die fristlose Kündigung erhalten hatte. Er hätte sich dafür ohrfeigen können, dass er ihr am Telefon bedenkenlos jedes Wort geglaubt hatte. Angst und Gewissensbisse machten ihm jetzt so zu schaffen, dass er am liebsten laut geschrien hätte. „Sie kriegt ihren Job nicht zurück, nur weil sie sich mit einer irren Stalkerin trifft, um sie auszufragen. Viel wahrscheinlicher endet sie mit einem Messer zwischen den Rippen. Ich fahre ihr hinterher. Wo genau ist sie?" Kyles Gedanken überschlugen sich bereits. Emma hatte eine Stunde Vorsprung, was gefährlich viel Zeit war. Bis er sie eingeholt hatte, konnte alles Mögliche passiert sein.

„Vor einer Bar namens Plaid Kilt."

„Okay, das finde ich. Ich bin dir sehr dankbar, dass du mir diese Mail geschickt hast."

Er war mit den Jungs auf dem Weg in die Kneipe gewesen, als eine dringende E-Mail von Sandy auf seinem Handy eingegangen war. Sie hatte ihm geschrieben, sie sei in Sorge um Emma, habe aber seine Handynummer nicht. Da Sandy für gewöhnlich nicht zu Überreaktionen neigte, hatte er sofort seine Nummer zurückgemailt und Sekunden später ihren Anruf erhalten.

„Bring sie bitte zur Vernunft", beschwor Sandy ihn. „Sie ist zwar manchmal ein bisschen zickig, aber ich kann sie gut leiden und will nicht, dass ihr was zustößt."

„Ich kann sie zufälligerweise auch gut leiden." Kyle tippte Jason auf die Schulter und machte eine Geste, damit er wartete, während die drei Freunde bereits das Lokal betraten. „Keine Sorge, Sandy. Ich werde sie unversehrt zurückbringen."

Und dann würde er sie für ihr unvernünftiges und gefährliches Verhalten umbringen.

Emma war spät dran. Sie hatte abfahren müssen, um zu tanken, und dann war sie in einen Stau geraten, der von einem liegen gebliebenen Lastwagen verursacht worden war. Bis sie endlich wieder freie Fahrt gehabt hatte, war sie mit ihrem Zeitplan dreißig Minuten in Verzug gewesen.

Ungeduldig suchte sie nach der Straße, die zum Parkplatz hinter der Bar führte. Sie musste damit rechnen, dass Savannah bereits gegangen war.

Als sie angekommen war, steckte sie das Handy in ihre Tasche, nachdem sie sich davon überzeugt hatte, dass die Tonaufzeichnung begann, sobald sie den Wagen verließ. Sie trug Rock und Blazer, dazu hohe Absätze, weil sie wie eine professionelle Journalistin herüberkommen wollte. Beim Blick auf den Kiesbelag auf dem düsteren Parkplatz bereute sie schon jetzt ihre Entscheidung. Die Umgebung gab ihr das Gefühl, in einen Gangsterfilm mit Robert De Niro geraten zu sein, und mit einem Mal bedauerte sie, dass sie eine blütenreine Weste hatte. Hätte sie irgendwann mal Drogen genommen oder was mit einem Mafioso gehabt, wäre sie für eine solche Situation besser gewappnet gewesen. So aber kam sie sich vor wie ein Ewok, der gegen einen Stormtrooper antreten sollte. Es würde kein fairer Kampf werden, doch vielleicht machte sie ja auf Savannah keinen bedrohlichen Eindruck.

Sie sollte bald merken, dass sie die Stalkerin unterschätzt hatte.

Kaum war Emma ausgestiegen, trat hinter dem Müllcontainer eine Frau hervor. „Hierher“, sagte sie und deutete mit einer Kopfbewegung in eine Richtung, die von Emmas Auto wegführte.

Na großartig. Widerwillig folgte Emma ihr. An einer rostigen Metalltür, bei der es sich wohl um den Hintereingang der Bar handelte, blieb Savannah stehen und drehte sich zu ihr um. „Du siehst gar nicht so fett aus wie auf den Fotos."

Ach, wirklich? Emma gab sich alle Mühe, sich ihre Verärgerung nicht anmerken zu lassen. Vergeblich. „Tja, bekanntlich macht die Kamera jeden fünf Kilo schwerer, aber deswegen müssen Sie sich nicht wie ein Miststück benehmen und es mir ständig unter die Nase reiben." Irgendwann reichte es.

Savannah war selbstverständlich dünn, sah jedoch äußerst unscheinbar aus. Sie trug eine Streberbrille, hatte ein blasses längliches Gesicht, schmale Lippen und dichte Augenbrauen. Ihr Haar war von einem unauffälligen Braunton, die Jeans schienen drei Nummern zu groß zu sein, dazu trug sie schmutzige Oxfords. Über ihr T-Shirt hatte sie eine Militärjacke gezogen. An jedem Finger steckte ein klobiger Bronzering, was für ihre zierlichen Hände eindeutig zu viel war.

Das Eigenartige war, dass diese Frau Emma an jemanden erinnerte, sie konnte allerdings nicht zuordnen, an wen. Emma schob die Hände in die Taschen ihres Blazers und konnte nur hoffen, dass ihr Handy alles aufnahm.

Die junge Frau lachte. „Du wirst mir gleich ein bisschen sympathischer. Also, wie soll das aussehen? Was genau hast du mir zu bieten, und was willst du dafür haben?"

„Ich werde einen Artikel über Ihre Geschichte schreiben, wenn Sie mir versichern, dass Sie diese andere Story nicht in Ihrem Blog veröffentlichen." Savannah musste ja nicht erfahren, dass Emma längst nicht mehr bei der Zeitung arbeitete.

„Das ist alles? Mehr willst du nicht?“ Savannah schien nicht sehr beeindruckt zu sein.

„Ich will die ganze Wahrheit. Ich will ganz genau wissen, wie Sie es geschafft haben, Ian Bainbridge auf Schritt und Tritt zu folgen. Ich will wissen, was Sie damit erreichen wollen.“

„Das ist ganz einfach zu beantworten. Ich will Ian heiraten. Er ist mein Seelenverwandter.“

Ein Hauch von Wahnsinn schwang in den Worten mit, aber der genügte für Emma, um eine Gänsehaut zu bekommen. „Dann haben Sie einen Plan, um seine Aufmerksamkeit auf sich zu lenken?“

„Natürlich. Dazu gehört auch, sämtliche Konkurrenz aus dem Weg zu räumen. Wozu du übrigens ebenfalls gehörst, Schätzchen.“

Das war ein wenig beunruhigend. Besorgt schaute sie sich um. Der Parkplatz war menschenleer, und bis zu ihrem Wagen waren es bestimmt fünfzehn bis zwanzig Meter. „Ich bin keine Konkurrenz. An Ian habe ich überhaupt kein Interesse. Ich habe einen Freund.“ Der sich garantiert von ihr trennen würde, wenn er herausfand, dass sie ihn belogen hatte. Wieso hatte sie diese Aktion bloß für eine gute Idee gehalten?

„Ich habe doch gesehen, wie du dich an dem Abend in der Bar an ihn ’rangemacht hast. Du konntest die Finger nicht von ihm lassen, und ich werde es dir nicht erlauben, dass du dich noch mal in unsere Beziehung einmischst."

Welche Beziehung? Soweit Emma das beurteilen konnte, gab es keinerlei Beziehung zwischen den beiden, was diese Unterhaltung noch eigenartiger machte. Allmählich wurde ihr klar, dass sie mit einer Verrückten nicht vernünftig reden konnte.

„Was haben Sie vor?", fragte Emma und betete, einigermaßen selbstbewusst zu klingen und nicht so, als würde sie sich jeden Moment in die Hose machen. Das Gefühl hatte sie nämlich.

Savannah lachte, und jetzt merkte Emma, dass ihr sogar die Stimme bekannt vorkam. „Wenn du ihn nicht in Ruhe lässt, werde ich deine Karriere zerstören."

Diese Drohung nahm Emma genug von ihrer Angst, um ihrerseits mit einem Lacher zu reagieren. „Meine Karriere ist bereits den Bach 'runter, Honey. Denken Sie sich was anderes aus."

„Wie wär's, wenn ich deinem Boss dieses Foto zukommen lasse? Oder wenn ich es als Anzeige in der Zeitung aufgebe? Oder als Spam an eine Million Internetnutzer verschicke?" Savannah hielt ihr das Handy hin.

Emma beugte sich vor, um besser sehen zu können. „Was soll das darstellen? Ich kann nichts erkennen."

„Das ist ein Foto von dir. Es zeigt dich, wie du gerade etwas sehr Unanständiges machst."

Im ersten Moment erstarrte sie vor Schreck, doch dann

entspannte sie sich wieder. Sie hatte nichts Unanständiges gemacht. Außer mit Kyle hatte sie seit einer Ewigkeit nichts mehr mit einem Mann gehabt, und in der Öffentlichkeit hatten sie beide sich nichts zuschulden kommen lassen. Savannah konnte nichts gegen sie in der Hand haben. „Ich glaube Ihnen kein Wort."

„Willst du das Risiko wirklich eingehen? Vielleicht ist es dir ja egal, wenn alle Welt sieht, wie sehr du darauf stehst, wenn es dir von hinten besorgt wird."

Verdammt, dieses Miststück war gut. Sie schaffte es, Emma Zweifel einzureden. Zwar war sie sich zu neunundneunzig Prozent sicher, dass Savannah bluffte. Aber was, wenn nicht? Vermutlich gefiel vielen Frauen die Doggy-Stellung, womit nichts bewiesen war, weil das ebenso gut geraten sein konnte. Die Vorstellung, jedermann könnte auf Fotos zugreifen, die sie beim Sex zeigten, war allerdings beängstigend. Wenn so etwas erst mal veröffentlicht war, wurde man das niemals wieder vollständig los.

Der Gedanke hatte etwas Lähmendes an sich.

„Oder vielleicht möchtest du mal einen Blick auf das Video werfen, das deinen Freund mit meiner Schwester zeigt. Nach allem, was ich von euch beiden zu sehen bekommen habe, steht er auf Oralsex."

Oh nein, das wollte sie nicht. Das Blut wich ihr aus dem Gesicht, ihre Finger fühlten sich auf einmal taub an. „Ihre Schwester?", fragte sie mit rauer Stimme.

„Genau. Ihr macht es nichts aus, mit deinem abgelegten

Exfreund rumzumachen, aber ich schätze, dein Stil ist das nicht. Du weißt wohl gar nichts davon, dass Kyle sich mit anderen Frauen rumtreibt, wie?"

In diesem Moment wurde ihr klar, an wen Savannah sie erinnerte.

Rosanna.

Ians Assistentin.

Savannahs Schwester.

Daher wusste Savannah also, wann Ian wo war, in welchem Hotel er abstieg und wo das nächste Fotoshooting stattfand. Seine Assistentin besaß all diese Informationen und konnte sie an die Stalkerin weiterleiten.

Zwar sah Savannah nicht exakt so aus wie Rosanna, aber das Timbre der Stimme war gleich, und Nase und Kieferpartie waren fast identisch. Es war jedoch auch der arrogante Tonfall, der die Verwandtschaft deutlich machte.

„Kyle treibt sich nicht mit Rosanna 'rum", erwiderte Emma, und sogar in ihren eigenen Ohren klang der Protest schwach und wenig überzeugend. Sie wusste, es stimmte nicht. Sie wusste, Kyle würde ihr nicht erzählen, dass er sie liebte, wenn er sie mit einer anderen Frau betrog. Das wusste sie.

Zumindest war sie sich sehr sicher.

Doch das Bild, das Kyle zusammen mit Rosanna zeigte, war vor Emmas geistigem Auge entstanden, und jetzt wurde sie es nicht mehr los. Es irritierte sie, und sie sah keinen anderen Weg, als das Gespräch zum eigentlichen

Thema zurückzulenken. „Dann hat Ihre Schwester für Sie spioniert? Und Sie auf Sicherheitslücken hingewiesen, damit Sie seine Fotoshootings sabotieren konnten?“

„Du bist gar nicht so dumm, wie du aussiehst. Auch wenn du tausend Jahre und ein Dutzend Hinweise von mir dafür gebraucht hast.“ Spöttisch verdrehte Savannah die Augen.

„Und was haben Sie nun vor? Warum stören Sie Ians Shootings? Ich meine, damit verärgern Sie ihn doch nur. Wäre es nicht viel wahrscheinlicher, dass er sich in Sie verliebt, wenn Sie seine Karriere nicht zerstören?“ Diese Tatsache verwunderte Emma, und sie fand, dass es nicht verkehrt war, diese Fragen zu stellen.

„Ich tue das, weil ich es nicht ausstehen kann, dass er sich mit diesen nackten Schlampen umgibt. Er soll mit diesen ekelhaften Fotos endlich aufhören.“ Savannah wirkte inzwischen sehr aufgebracht, der gelangweilte Unterton war verschwunden.

Emma wusste, der Schlüssel zu einem guten Interview bestand darin, sein Gegenüber zu einem Geständnis zu verleiten, das gar nicht ans Tageslicht kommen sollte. Sie hatte den Eindruck, bei Savannah kurz vor diesem Punkt zu sein. „Macht es Ihnen nichts aus, dass Ihre Schwester so viel Zeit mit Ian verbringen darf, Sie aber nicht?“ Es war ein gewagter Zug von ihr – der sich als Volltreffer erwies.

Savannah verzog den Mund, umklammerte krampfhaft ihr Handy. „Nein. Ich meine ... na ja, ein bisschen vielleicht. Aber das muss eben so sein. Rosanna ist die Schlampe. Ihr macht es Spaß, mit allen möglichen Kerlen zu schlafen, die bei den Shootings mitmachen. Doch von Ian lässt sie die Finger, weil sie weiß, dass er mir gehört." Trotzdem machte sie plötzlich einen leicht verunsicherten Eindruck. „Wieso? Ist dir irgendwas bekannt?"

„Nein. Ich halte es nur für riskant, weiter nichts. Wenn Rosanna dauernd andere Männer hat, könnte sie ja durchaus in Versuchung geraten. Das wäre eine bequeme Sache."

Savannah schob ihre Brille zurecht. „Du bringst mich aus dem Konzept."

Bingo.

Das Gleiche hatte Savannah vorhin bei ihr mit Kyle und Rosanna abgezogen, und Emma hatte sich dafür nun revanchieren können. Sie waren in eine Pattsituation geraten und starrten sich bestimmt eine Minute lang schweigend an.

Als Savannah einen Satz auf sie zumachte, reagierte Emma fast zu spät.

Doch es gelang ihr, der Verrückten auszuweichen und im Dunkeln über den Kies davonzulaufen. Bei jedem Schritt bereute sie wieder, sich für High Heels mit Riemchen entschieden zu haben.

14. KAPITEL

Kyle war nass geschwitzt und fluchte leise vor sich hin, als er endlich die Bar erreichte und um das Gebäude herumfuhr, um auf dem Parkplatz dahinter nach Emma zu suchen. Ohne Rücksicht auf Tempolimits und die eigene Sicherheit war er nach Pittsburgh gerast. Währenddessen hatte er mindestens ein Dutzend Mal Emmas Nummer gewählt – vergeblich. Er hatte sogar noch einmal bei Sandy angerufen und sie gebeten, es parallel zu ihm bei Emma zu probieren, doch auch das war ein erfolgloses Unterfangen geblieben.

Je mehr Zeit verstrich, ohne dass er Kontakt mit ihr aufnehmen konnte, umso unruhiger wurde er. Eine eisige Hand hatte sich um sein Herz gelegt und drückte immer fester zu.

Er würde Emma ganz gehörig ins Gewissen reden und sich von ihr das Versprechen geben lassen, ihm so etwas nie wieder anzutun. Vielleicht würde er sie auch so stürmisch lieben, dass ihr gar keine andere Wahl blieb, als jedem seiner Vorschläge freiwillig zuzustimmen.

Jedes nur vorstellbare Szenario war ihm durch den Kopf gegangen, dargestellt in drastischen Bildern wie in einem Film von Quentin Tarantino, bis er schließlich so gut wie überzeugt davon war, ihren blutüberströmten Leichnam vorzufinden, umgeben von Gangstern, Junkies und Killern mit Maschinengewehren.

Nein, das war wirklich keine angenehme Vorstellung.

Was er dann tatsächlich im Schein der Straßenlampe vorfand, als er auf den Parkplatz einbog, war eine zumindest unversehrt erscheinende Emma, die über den Platz zu ihrem Wagen rannte, dicht gefolgt von einer schmächtigen jungen Frau. Als sie an ihrem Auto ankam, hatte sie so viel Schwung, dass sie gegen die Fahrertür prallte. Gleich darauf holte ihre Verfolgerin sie ein, riss sie herum und stieß sie mit Wucht mit dem Rücken gegen das Fahrzeug.

„Emma!“, rief er, hielt an und sprang aus seinem Wagen, ohne sich erst noch die Mühe zu machen, den Motor abzustellen. Er lief zu ihr und tastete dabei seine Taschen nach dem Handy ab, um die Polizei zu alarmieren.

Die beiden Frauen kreischten und brüllten sich an, sie zogen sich gegenseitig an den Haaren und schlugen wild drauflos. Irgendwelche Hinweise auf Waffen konnte Kyle bei der Stalkerin nicht finden, aber sie war eine gerissene Kämpferin, die immer wieder so gegen Emmas Schienbeine trat, dass er beim bloßen Anblick zusammenzuckte.

„Hey, lass sie gefälligst in Ruhe!“ Er schob sich zwischen die Frauen, die über sein Auftauchen so erstaunt waren, dass er sie voneinander trennen konnte, ohne fest zupacken zu müssen.

„Kyle? Was machst du denn hier?“, fragte Emma verdutzt.

„Ich war in Sorge um dich“, erklärte er. „Offenbar aus gutem Grund.“ Er stellte sich breitbeinig hin, als Savannah sich nun an ihm vorbeidrängen wollte, um sich wieder auf Emma stürzen zu können. Mit den Armen bildete er einen Schutzschild um seine verrückte Freundin und versuchte, sich auf die Erleichterung zu konzentrieren, die er darüber verspürte, doch nicht mit einem Blutbad konfrontiert worden zu sein. Zum Glück war da nur diese durchgeknallte Brünette … und eine Blonde, die auch nicht ganz bei Verstand sein konnte.

Keiner von beiden wollte er gern den Rücken zuwenden, doch die Stalkerin war ihm eindeutig unheimlicher als die wild herumfuchtelnde Emma. Abrupt drehte er sich um und musterte die andere Frau. Dabei drückte er Emma so gegen den Wagen, dass sie abgeschirmt war.

„Ich hatte hier alles unter Kontrolle", protestierte Emma und schaute über seine Schulter.

Er musste sich zwingen, nicht die Augen zu verdrehen. „Wenn du das hier als ‚unter Kontrolle' bezeichnest, möchte ich lieber nicht wissen, was für dich ‚außer Kontrolle' ist." Dann widmete er sich wieder ganz der Stalkerin, die ihn lauernd betrachtete und die Hände wie Krallen hochhielt, mit denen sie ihn kratzen wollte. Ihr Gesichtsausdruck ließ jede Normalität vermissen.

„Savannah?", fragte er.

Sie nickte.

„Ich schlage vor, Sie ziehen sich langsam zurück, sonst alarmiere ich die Polizei." Vor allem ging es ihm darum, die Irre von Emma fernzuhalten. Sie kannten jetzt den Namen dieser Frau und wussten, wie sie zu erreichen war, also sollte es für die Polizei keine Schwierigkeit sein, sie aufzuspüren. Sorge bereitete ihm allerdings die Tatsache, dass Emma es darauf anzulegen schien, sich selbst in Gefahr zu bringen. Noch immer bemühte sie sich nach Kräften, sich aus ihrer Position zwischen ihm und ihrem Auto zu befreien, und schließlich drückte er sein rechtes Bein so nach hinten zwischen ihre Beine, dass sie zu keiner Seite entkommen konnte.

„Hey!"

Er ignorierte Emma ebenso wie ihren Protest.

Savannah wich einen Schritt zurück, ohne Kyle aus den Augen zu lassen. Es war offensichtlich, dass sie überlegte, welcher Zug für sie jetzt der beste sein würde. Vermutlich wurde ihr klar, dass er der einzige Zeuge hier war, der ihren Angriff auf Emma beobachtet hatte, als sie sich in ihren Wagen hatte retten wollen. Im nächsten Moment machte Savannah auf dem Absatz kehrt und rannte davon.

„Lass sie nicht entkommen!", rief Emma entsetzt und stemmte sich gegen seine Rückseite, um endlich freizukommen.

Kyle wandte sich um und packte sie an den Handgelenken. „Bist du verrückt?", fragte er, als Savannah weit genug entfernt war. Aus dem Augenwinkel sah er, wie sie in einen Wagen einstieg, der am anderen Ende des Parkplatzes stand. Er musste sich zwingen, Emma nicht zu schütteln. „Was hast du dir bloß dabei gedacht? Das hier ist keine Gala im Kunstmuseum, bei der die einzige Gefahr von einem verdorbenen Kanapee ausgeht. Du hast dich mit einer Verbrecherin auf einem menschenleeren Parkplatz getroffen!“

Sie zog die Nase kraus, was für ihn ein sicheres Zeichen dafür war, dass ihr klar war, wie recht er hatte. „Ich dachte, ich kann ihr ein Geständnis entlocken. Hat auch geklappt.“ Sie zog ihr Handy aus der Tasche des Blazers. „Ich hab’s aufgenommen. Glaube ich jedenfalls.“

Das klang gar nicht nach einer zerknirschten Emma. „Emma! Was bringt dir ein mitgeschnittenes Geständnis, wenn du tot bist?“

„Sie ist keine Mörderin. Sie ist bloß eine arme Irre.“

„Besteht da irgendein Unterschied?“

Emma legte die Hände auf seine Brust und wollte ihn wegschieben. „Kannst du mal zurückgehen? Ich kriege keine Luft mehr. Sie ist weg, also kannst du dich wieder abregen.“

Es war ein verlockender Gedanke, sie einfach in dieser Position zu halten … Doch dann machte er ihr Platz, damit sie durchatmen konnte. „Hast du irgendeine Ahnung, wie dumm diese Aktion war? Ich möchte mir gar nicht ausmalen, was du geglaubt hast, was hier passieren wird!“

„Genau das, was auch passiert ist. Ich habe alle nötigen Informationen, damit Ian eine einstweilige Verfügung gegen sie erwirken kann.“ Emma widmete sich ihrem Handy, offenbar wollte sie die Aufnahme überprüfen.

Er hörte die Stimmen, als sie die Aufzeichnung abspielte. „Du hast mich belogen. Niemand hatte eine Ahnung, wo du hinwolltest. Dir hätte weiß Gott was zustoßen können." War er eigentlich der Einzige, dem das bewusst war?

„Anscheinend hat es aber jemand gewusst, denn sonst hättest du mich nicht finden können. Ich habe es Sandy nur für Notfälle gesagt, aber nicht, damit sie mich sofort verpetzt." Sie verzog den Mund. „Es tut mir leid, dass ich dich belogen habe, doch du hättest versucht, mich davon abzuhalten."

„Allerdings", knurrte er. Nachdem sein Herzschlag sich wieder einigermaßen normalisiert hatte, griff er nach seinem Telefon. „Ich lasse jetzt die Cops herkommen."

„Gut", meinte sie und nickte. „Savannah ist eindeutig verrückt. Sie muss aufgehalten werden."

Jede andere Frau wäre in dieser Situation ein Nervenbündel gewesen. Emma dagegen machte einen siegessicheren Eindruck. Das war ziemlich beunruhigend. „Warum siehst du so fröhlich aus?"

„Weil ich womöglich ein Verbrechen verhindert habe. Diese Frau ist auf dem besten Weg, Menschen ernsthaft zu verletzen. Ich hatte recht. Ich habe auf meinen Instinkt gehört und nicht auf Claire, und jetzt wird es Savannah nicht mehr möglich sein, bei Ians nächstem Shooting mit einer Waffe aufzutauchen und Leute zu erschießen. Denn darauf wird es meiner Meinung nach hinauslaufen, wenn nichts unternommen wird." Sie tippte sich mit dem Finger an die Stirn. „Die Kleine tickt nicht ganz richtig."

„Du aber auch nicht", gab er zurück, weil er immer noch wütend war, dass sie ein solches Risiko eingegangen war.

Mit offenem Mund starrte sie ihn an. „Wie bitte?"

„Warum bist du nicht zur Polizei gegangen?"

„Vielleicht wollte ich selbst hören, was sie zu sagen hat. Vielleicht wusste ich, dass die Polizei mich nicht ernst nehmen würde. Vielleicht brauchte ich einfach mehr Beweise. Oder, weißt du was?" Ihre Stimme wurde lauter. „Vielleicht habe ich auch bloß eine miese Woche hinter mir, weil ich heute gefeuert worden bin, während mein Freund von meiner ehemaligen Vorgesetzten befördert wurde. Und weil die Bemerkung einer Stalkerin, ich sei eine fette Kuh, das Fass endgültig zum Überlaufen gebracht hat und ich nicht mehr klar denken konnte. Du solltest mir Trost spenden, anstatt mir von oben herab Vorhaltungen zu machen."

„Du hast das wegen Claire getan? Wieso hast du mir nicht gleich Bescheid gesagt, nachdem sie dich rausgeworfen hat? Ich musste das von Sandy erfahren. Vertraust du mir nicht?"

„Was? Natürlich tue ich das. Aber es war so demütigend, gefeuert zu werden!"

Kyle hatte geahnt, dass seine Bevorzugung durch Claire zu Problemen zwischen ihnen führen würde. Mit seiner

Reaktion zögerte er jetzt keinen Moment. Das Leben war zu kurz und die Liebe zu kostbar. „Soll ich meine Stelle bei der Zeitung kündigen? Das werde ich machen, wenn du es sagst."

„Nein!" Sie schaute ihn erschrocken an. „Auf gar keinen Fall! Wenn du kündigst, werde ich mir dauernd Vorwürfe deswegen machen, und so kann ich nicht leben! Ich würde mich selbst dafür hassen."

Mit einem Mal bekam er wahnsinnige Kopfschmerzen. „Also soll ich den Job lieber behalten, damit ich ständig ein schlechtes Gewissen habe?"

„Du sollst kein schlechtes Gewissen haben!"

Kyle sah sie an. Er war ratlos. Er hatte keine Ahnung, was er noch machen sollte. „Emma, begreifst du überhaupt, wie sehr es meine Gefühle verletzt hat, dass du mir die Wahrheit nicht anvertrauen wolltest? Ohne Sandy wüsste ich noch immer nichts davon, richtig? Wolltest du mir irgendwann davon erzählen, dass du vorhattest, dich mit Savannah zu treffen?"

Als sie daraufhin den Kopf senkte, wusste er die Antwort, auch ohne dass sie sie aussprach.

„Du wolltest mir gar nichts davon sagen, oder?", fragte er.

„Es war ein ganz spontaner Entschluss. Ich habe ihre E-Mail ja erst heute Nachmittag erhalten. Ich hätte dir erzählt, dass ich mich wegen Savannah an die Polizei wende. Vielleicht hätte ich das Treffen mit ihr nicht erwähnt. Ganz ehrlich, den Teil der Geschichte hätte ich wahrscheinlich verschwiegen."

Emma schien gar nicht zu verstehen, wie sehr ihn das traf. Er war so wütend und enttäuscht, dass er einfach dastand, die Fäuste ballte und angestrengt schluckte. Er brauchte einen Moment, um sich zu sammeln.

„Als Claire mir mitgeteilt hat, dass ich gehen sollte, und ich als Verliererin ihr Büro verlassen musste ... Das war das Schlimmste, was mir je passiert ist", fuhr sie fort. „Doch womöglich war es auch gut so. Ich weiß nicht, was ich als Nächstes tun werde, aber ich werde mich nicht länger mit den Häppchen zufriedengeben müssen, die Claire mir hinwirft. Ich kann mehr leisten als das."

Selbstbewusst zu sein war gut, und er freute sich wirklich für sie. Trotzdem wurde ihm bei ihren Worten eine Sache bewusst. „Du bist also tatsächlich ein Workaholic. Denn wie definiert man einen Workaholic? Das ist jemand, dem die Karriere wichtiger ist als zwischenmenschliche Beziehungen und als das eigene Wohlergehen. Jemand, der Tag und Nacht nur an seinen Job denkt. Jemand, der sich emotional nie von seiner Arbeit lösen kann. Das bist du."

Sie sah ihn aufgebracht an. „Du übertreibst maßlos. So etwas mache ich überhaupt nicht. Ich verbringe jedes Wochenende bei dir."

Es war eine schreckliche Erkenntnis, aber er wusste jetzt, dass Emmas Denkweise es ihr niemals ermöglichen würde, die Welt aus seiner Perspektive zu betrachten. Trotz aller Risiken würde die Arbeit bei ihr immer an erster Stelle stehen. Die Frage war, ob Kyle damit leben konnte. Er musste an den betrübten Blick seiner Nichte denken, und ihm war klar, dass er eines Tages eine eigene Familie haben wollte, mit einer Ehefrau, die in der Woche nicht erst um acht Uhr abends nach Hause kam. Er wollte Spaß an seiner Arbeit haben, er wollte aber nicht der Sklave seiner Arbeit sein. Und er hatte nicht vor, eine Frau zu lieben, die erst dann einen Gedanken an ihn verschwendete, wenn ihr Job es zuließ.

„Emma, du hast dich oben ohne fotografieren lassen, was du nie im Leben freiwillig getan hättest, wenn es nicht für die Arbeit von Nutzen gewesen wäre. Du hast den ganzen Sommer auf eine Beförderung hingearbeitet und dir Wege überlegt, um dir die Story zu sichern, obwohl Claire dir diesen Auftrag ausdrücklich nicht gegeben hat. Du hast dich mit einer Verrückten auf einem düsteren Parkplatz verabredet. Das sind alles Dinge, die ein Workaholic macht." Seine Kehle war wie zugeschnürt, als er sich vorbeugte und sie auf die Stirn küsste. „Es tut mir leid, aber ich glaube nicht, dass ich länger mit dir zusammen sein kann. Ich will in deinem Leben nicht die zweite Geige nach deiner Arbeit spielen. Ich will ganz oben an erster Stelle stehen. Ich will das Leben genießen, aber mir keine Sorgen machen müssen, dass du dich so wie mein Dad zu Tode schuftest."

Sie stutzte und strich sich eine Strähne hinters Ohr. „Du machst mit mir Schluss? Ist das dein Ernst?“

Sosehr es ihm missfiel, war ihm doch klar geworden, was er zu tun hatte, bevor seine Liebe zu Emma noch intensiver werden konnte. Er wusste, er würde mit ihr nicht glücklich sein. Ihre Entscheidungen würden ihn immer wieder frustrieren, und es würde ihm gegen den Strich gehen, wenn sie ihrem Job den Vorzug vor ihm gab.

„Ja, es tut mir leid.“ Er drückte ihre Hände, seine Stimme klang rau. „Jetzt setz dich bitte in den Wagen und warte, während ich die Polizei verständige. Bist du dir ganz sicher, dass du nicht verletzt bist?“

Emma blinzelte immer wieder, während sie kurz und hastig einatmete, um nicht weinen zu müssen. War sie verletzt? Meinte er diese Frage ernst? „Es geht mir gut.“ Es war natürlich eine glatte Lüge. Sie mochte körperlich unversehrt sein, aber Kyle hatte ihr soeben emotional einen Schlag in die Magengrube verpasst.

Sicher, sie hatte gewusst, dass er verärgert reagieren würde, wenn er von ihrem Treffen mit Savannah erfuhr. Dass er sich vor allem darüber ärgern würde, von ihr belogen worden zu sein. Es war ein Fehler gewesen, es darauf ankommen zu lassen. Aber war das Grund genug, um mit ihr Schluss zu machen? Eine härtere Bestrafung war gar nicht möglich. Ja, sie war ein Workaholic. In dem Punkt waren sie sich einig, doch eine Neuigkeit war das nicht.

Außerdem hatte ihn das in den letzten eineinhalb Monaten auch nicht gestört, weshalb sie der Meinung gewesen war, dass sie ein gutes Gleichgewicht zwischen Arbeit und Vergnügen gefunden hatte.

Das alles ließ sein Argument wie eine billige Ausrede erscheinen, um die Beziehung beenden zu können.

Was die Frage aufwarf, ob da vielleicht doch etwas mit Rosanna gelaufen war.

Sie glaubte es eigentlich nicht, weil das nicht zu Kyle gepasst hätte. Der Gedanke genügte jedoch, um sie unsicher werden zu lassen, und das wiederum machte sie wütend.

Also protestierte sie nicht, stritt nicht mit ihm und versuchte nicht, sich zu rechtfertigen. Und sie sagte ihm auch nicht, dass sie ihn liebte. Stattdessen setzte sie sich in ihren Wagen und wartete auf die Polizei. Die Tränen kamen nicht, denn mit einem Mal fühlten sich ihr Herz und ihr Verstand wie betäubt an. Dass er sich ausgerechnet an diesem Tag von ihr trennte, war einfach nur brutal. Es kam ihr vor, als hätte sie ihn nie richtig gekannt, denn Kyle war normalerweise sehr rücksichtsvoll, und er war immer für sie da. Jedenfalls hatte sie das geglaubt.

Okay, sie hatte sich zu einer unglaublichen Dummheit hinreißen lassen, aber letztlich war alles gut ausgegangen. Sie war sich sicher, dass sie vor Savannah hätte weglaufen können. Jeder reagierte anders auf schlechte Neuigkeiten. Emma war eben jemand, der in solchen Momenten etwas unternehmen musste. Sie selbst hielt das ganz und gar nicht für etwas Schlimmes, doch Kyle sah das offenbar anders. Nur weil sein Vater an einem Herzinfarkt gestorben war, musste das nicht bedeuten, dass sie das gleiche Schicksal erwartete.

Sie hätten doch darüber reden können. Er hätte seine Sorgen äußern und sich mit ihr vernünftig unterhalten können. Stattdessen beendete er ihre Beziehung, und das am unbestreitbar schlimmsten Tag ihres Erwachsenendaseins. Nichts konnte die Peinlichkeit überbieten, am ersten Tag in der siebten Klasse vor den Augen von fünfzig Mitschülern von Vogelkacke getroffen zu werden, aber der heutige Tag lag gleich dahinter auf dem zweiten Platz.

Als die Cops eintrafen, beantwortete sie umfassend alle Fragen und erzählte ihnen alles, was sie über Savannah wusste. Hin und wieder ergänzte Kyle etwas zu den zeitlichen Abläufen rund um das Fotoshooting.

Dann war es vorbei.

„Tja, dann mach's gut", meinte sie, weil ihr sonst nichts einfiel, was sie zu Kyle sagen sollte. Sie wäre bereit gewesen, sich nochmals zu entschuldigen. Das hatte sie allerdings gerade tun wollen, als er sie plötzlich abserviert hatte. Ihr Bedauern war daraufhin Schmerz und Wut gewichen.

„Emma." Kyle sah sie zerknirscht an. „Es tut mir leid."

„Ja, mir auch", stieß sie hervor, setzte sich wieder in ihr Auto und fuhr los. Kaum war sie außer Sichtweite, brach sie in Tränen aus, die die wichtigste Beziehung ihres Lebens und die schlimmste Woche aller Zeiten besiegelten. Es gab bestimmt nicht viele Menschen, die an ein und demselben Tag ihre Kündigung und den Laufpass erhielten. Anscheinend gehörte sie zu den Leuten, die es übertreiben mussten.

Daheim angekommen wurde ihr bewusst, dass es außer ihrer Mom niemanden gab, mit dem sie sich irgendwo auf einen Drink treffen konnte, um ihr Leid zu klagen und sich auszuheulen. Und ihre Mutter hatte an diesem Abend ein Date mit Buck. In den Jahren nach dem College war der Kontakt zu fast allen damaligen Freundinnen eingeschlafen, und man traf sich nur noch bei besonderen Anlässen. Es wäre anmaßend gewesen, zu glauben, dass irgendeine von ihnen sofort alles stehen und liegen lassen würde, um zu ihr zu eilen und sie zu trösten.

Sie rief Sandy an, um ihr Bescheid zu geben, dass sie alles unversehrt überstanden hatte.

„Tut mir leid“, sagte ihre ehemalige Kollegin. „Aber ich hielt es für richtig, Kyle zu benachrichtigen.“

„Ist schon okay, ich kann dich verstehen.“ Das konnte sie tatsächlich, auch wenn sie darüber nicht begeistert war. Emma zog die Schuhe aus und ließ sich auf die Couch fallen. „Ich weiß deine Sorge zu schätzen.“ Sie hatte nicht viele Menschen in ihrem Leben, die es interessierte, wie es ihr ging. Das war allein ihre Schuld. Und sie konnte auch keinen anderen als sich selbst für die Stille in ihrer Wohnung verantwortlich machen.

Man konnte nicht mit der Autorennennung unter einem Artikel kuscheln. Zum allerersten Mal bekam Emma mit voller Wucht die Bedeutung dieser Erkenntnis zu spüren.

„Er wird sich wieder einkriegen“, meinte Sandy, klang aber nicht sehr überzeugt.

„Danke.“ Emma rieb sich die schmerzenden Füße und kämpfte gegen ihre Tränen an. „Wir bleiben in Verbindung, okay?“

„Natürlich. Lass uns mal essen gehen.“

Emma würde sie auf jeden Fall beim Wort nehmen. Es war höchste Zeit, ein paar Freundschaften zu pflegen.

Nachdem sie aufgelegt hatte, goss sie sich ein Glas Wein ein, schlüpfte in eine bequeme Hose und machte sich leise schluchzend daran, mit allen ehemaligen Freundinnen per SMS und E-Mail Kontakt aufzunehmen.

Hätte ihr Freitagabend eine Überschrift bekommen müssen, hätte die in etwa so gelautet: *Trauriger Single sucht Trost in sozialen Netzwerken.*

Emma schaltete den Fernseher ein. Während sie darauf wartete, dass irgendjemand auf ihre Nachrichten reagierte, überlegte sie, welche beruflichen Möglichkeiten vor ihr lagen. Nonne zu werden war zweifellos eine Lösung.

Vielleicht konnte sie ja auch hauptberuflich als abschreckendes Beispiel arbeiten.

Aber wahrscheinlich war die Bezahlung nicht allzu gut.

Außerdem war sie vermutlich überqualifiziert.

15. KAPITEL

Kyle hielt seine zwei Wochen alte Nichte Jessica in den Armen und warf seinem Bruder Andrew und dessen Frau Katie einen finsteren Blick zu. „Ihr wisst hoffentlich, dass ihr mir gerade alles ruiniert. Ich will einfach nur diesen wunderschönen Moment mit Jessica genießen, und ihr macht mir hier Vorhaltungen."

„Wir sind um dich besorgt", sagte Katie beschwichtigend. Seine Schwägerin hatte sich zu einem mustergültigen Vorbild mütterlicher Ruhe und Gelassenheit entwickelt. Und sogar das Rülpsen hatte aufgehört.

Andrew sah seine Frau mit solch unverhohlener Bewunderung an, dass Kyle sich ein wenig unbehaglich fühlte.

„Ihr habt genug um die Ohren, da müsst ihr euch nicht auch noch um mich Sorgen machen", erwiderte er, während er auf der Terrasse im Liegestuhl saß und der kleinen Jessica sanft über den Kopf strich. „Mir geht es gut."

Das war eine glatte Lüge, doch das ging niemanden etwas an. Ohne Emma erschien ihm alles so sinnlos, sie fehlte ihm ganz entsetzlich.

Er hasste die Arbeit in der Titelstory-Redaktion, hasste den Druck und den Konkurrenzkampf, und vor allem hasste er es, Menschen mit rücksichtslosen Fragen zu behelligen, deren Leben durch irgendwelche Katastrophen aus der Bahn geworfen worden war. Er kam sich vor, als wäre er gefangen, als würde ihm nach und nach seine gesamte Lebensenergie entzogen.

„Bist du dir sicher, dass du das mit Emma nicht irgendwie hinbiegen kannst?“, fragte Andrew.

„Ich habe keine Ahnung.“ Kyle hatte sich die Situation wieder und wieder durch den Kopf gehen lassen, aber er sah einfach keine Möglichkeit, mit Emma glücklich zu werden, wenn sie so auf ihre Karriere fixiert war. Andererseits wusste er auch nicht, wie er jemals ohne sie glücklich sein sollte. Es war also egal, wie er sich entschied: So oder so würde er unglücklich enden.

„Du solltest sie anrufen.“

„Und was soll ich ihr sagen? Ich kann sie nicht zwingen, sich meinetwegen zu ändern.“ Kyle beobachtete, wie Jessica gähnte. Ihr rundes, rosiges Gesicht war einfach perfekt. Beim Anblick des Babys wurde ihm eines klar: Er würde nicht noch eine weitere Woche seines Lebens damit vergeuden, in Claires Auftrag über große Katastrophen und Krisen zu berichten. Auf die Dauer konnte er das nicht aushalten. Gleich am Montagmorgen würde er kündigen und Claire empfehlen, den Posten Emma anzubieten.

Genau das tat er. Und so vehement Claire schließlich dagegen protestierte: Er blieb bei seinem Entschluss und erklärte ihr, dass es das Klügste wäre, Emma zurückzuholen und ihr seinen Posten zu geben. Auch wenn er ohne Emma würde leben müssen, wollte er unbedingt, dass sie glücklich war und ihren Traumjob ausüben konnte.

„Willst du wirklich nicht, dass ich dich in einer anderen Redaktion unterbringe? Beim Sport könnten wir etwas arrangieren."

„Nein, ich glaube, ich bin bereit für ein neues Kapitel in meinem Leben", erwiderte er. Er war sich nicht sicher, wie dieses Kapitel aussehen sollte, aber er hatte bislang ziemlich sparsam gelebt und eine ansehnliche Summe zurücklegen können. „Also? Wirst du Emma den Posten anbieten?"

Claire zuckte mit den Schultern. „Ich werde darüber nachdenken." Dann lächelte sie ihn an und strich mit ihren rot lackierten Fingernägeln an ihrem Hals entlang bis zum Ansatz ihres nicht vorhandenen Dekolletés. „Na ja, wenn du es tatsächlich ernst meinst, kann zumindest noch eine gute Sache dabei herauskommen."

„Und zwar?", fragte er, obwohl er bereits eine düstere Vorahnung hatte, worauf sie hinauswollte.

„Wir beide können endlich richtig unanständigen Sex haben. Ich lasse mich gern fesseln", antwortete sie und zwinkerte ihm dabei zu.

Er hätte Claire gern als eine ganz nette Frau bezeichnet; er hätte gern gesagt, dass er sie als seine Chefin respektierte oder dass unter ihrer rauen Schale ein weicher Kern zu finden war. Aber er konnte nichts in dieser Art sagen, weil sie einfach ein Miststück war, und wahrscheinlich benahm sie sich im Bett genauso bestimmend und egoistisch wie im Büro. Damit war sie in keiner Weise sein Typ – unter keinen Umständen und ganz sicher nicht unter den gegebenen.

„Ich weiß das Angebot zu schätzen", behauptete er dennoch in lässigem Tonfall. „Aber ich werde mich erst mal für eine Weile von Frauen fernhalten." Dennoch wollte er Emma helfen und fügte hinzu: „Sandy kann Emma ja schon mal ankündigen, dass du dich bei ihr melden wirst."

„Du wirst es ihr nicht selbst mitteilen?", hakte sie nach und sah ihn forschend an.

„Nein, ich habe schon seit einigen Wochen nicht mehr mit ihr gesprochen."

„Interessant. Ja, könnte sein, dass ich sie anrufe. Vorausgesetzt, du lässt dich von mir auf einen Drink einladen."

Das war offensichtlich kein Scherz. Kyle ging jedoch darauf ein, weil er wusste, wie viel Emma dieser Job bedeutete. „Ein Drink, kein Sex. Und du bietest ihr den Platz in der Titelstory-Redaktion an, ohne ihr ein Wort von dem zu sagen, was wir besprochen haben."

„Einverstanden." Claire stand auf und schüttelte seine Hand. „Es war mir ein Vergnügen, mit dir zu arbeiten. Mach dir keine Gedanken wegen der zwei Wochen Kündigungsfrist. Du kannst heute Nachmittag deinen Schreibtisch leer räumen. Wir sehen uns dann heute Abend in der Weinbar in der 117th Street."

Diese Frau war einfach in jeder Hinsicht geschäftstüchtig.

Kyle nickte und verließ ihr Büro, um seine gesamte Zeitungskarriere in einen Pappkarton zu packen.

Emma saß vor ihrem Computer und starrte auf die Zeitungsseite, die sie anhand einer Vorlage selbst kreiert hatte. Der Name ihrer Pseudozeitung war *Emmas Extra-Extrablatt*, die oberste Schlagzeile lautete *Frau ohne ihren Freund am Boden zerstört.*

Der Artikel beschrieb, wie elend sie sich fühlte, seit Kyle sich auf dem Parkplatz von ihr getrennt hatte. Dann ging es in einem – wie sie hoffte – leicht humorvollen Tonfall weiter, der ihm sicher gefallen würde.

Emma Gideon leidet unter dem schlimmsten vorstellbaren Kummer, ausgelöst durch ihre jämmerlichen Fehlentscheidungen und durch ihre falsch gesetzten Prioritäten. Man kann nur rätseln, was mit ihr passiert, während sie immer älter und älter wird und ihrer einen großen Liebe Kyle Hadley nachtrauert. Der übrigens ein heißer Typ ist.

Eine weitere Meldung verkündete: *Arbeitslose Journalistin hilft anderen arbeitslosen Frauen.*

Emma Gideon nimmt Stelle bei gemeinnütziger Einrichtung an, die arbeitslose Frauen und bedürftige alleinerziehende Mütter für Vorstellungsgespräche schult und sie für diese Gespräche mit passender Kleidung ausstattet. Ms. Gideon freut sich darauf, zum Erfolg der Agentur beizutragen und so vielen Frauen wie möglich zu helfen.

Andere Überschriften lauteten *Noch Plätze für Swingtanz-Unterricht frei – Teilnahme nur mit Tanzpartner* und *Karaokewettbewerb am Freitag im Lucky's.*

Und dann waren da noch die Kleinanzeigen.

Sie, ledig, Exworkaholic, sucht Ihn, ledig, für lange Spaziergänge mit Dackeln. Liebt Karaoke, gedämpften Brokkoli, Fruchteis am Stiel und lange heiße Duschbäder mit grünen Männern. Mag keinen Druck in der Beziehung.

Sie kaute an den Fingernägeln, während sie den Text noch einmal auf Tippfehler überprüfte, konnte aber keine finden. Oben links befand sich ein Foto von ihr, das sie mit sehr, sehr tiefem Ausschnitt und einem vieldeutig zwischen die Zähne geklemmten Bleistift zeigte. Das Bild hatte Sandy gemacht, allerdings waren um die zwanzig Anläufe nötig gewesen, da sie beide immer wieder von Lachanfällen heimgesucht worden waren.

Jetzt oder nie, sagte sie sich im Stillen und klickte auf „Senden", dann seufzte sie erleichtert. Wenn Kyle darauf nicht reagieren würde, war zwischen ihnen wirklich alles aus und vorbei. Aber sie musste wenigstens einen letzten Versuch unternehmen, ihn zumindest zum Reden zu bringen. Die Idee, das Ganze als Titelseite einer Tageszeitung zu verpacken, würde ihn vielleicht so sehr amüsieren, dass er sich doch noch bei ihr meldete.

Ihre Fehltritte taten ihr aufrichtig leid. Abgesehen von ihrem gebrochenen Herzen hatte sich die Trennung von Kyle für sie als dringend benötigter Weckruf erwiesen. Auf all die SMS und E-Mails, die sie noch in der Nacht danach verschickt hatte, war gut ein halbes Dutzend Reaktionen alter Freundinnen eingegangen, mit denen sie den Kontakt nicht wieder einschlafen lassen wollte. Und sie war mit Sandy essen gegangen. Sie hatte sich außerdem vorgenommen, sich eine Arbeit zu suchen, die ihr Spaß machte und mit der sie etwas Positives bewirken konnte, ohne sechzig Stunden in der Woche arbeiten zu müssen. Fündig geworden war sie bei dieser Organisation, an die sich Frauen wenden konnten, die nicht weiterwussten.

Das Leben würde für Emma auch weitergehen, wenn Kyle definitiv nicht an einem Wiederaufleben ihrer Beziehung interessiert sein sollte.

Es wäre natürlich viel schöner, wenn er es sich noch einmal überlegen würde …

Plötzlich klingelte ihr Handy, und sie zuckte vor Schreck zusammen. War das etwa schon Kyle?

Ein Blick aufs Display ließ sie den Mund verziehen. Oh nein. Es war Claire. Sie war nun wirklich die Letzte, mit der sie reden wollte – zumal die Chance bestand, dass Kyle in diesen Sekunden ihre Mail las und sie anzurufen versuchte, während sie mit ihrer Exchefin sprach.

Fast hätte sie den Anruf weggedrückt, aber ihre Neugier war stärker. Es war Mittwochabend, und es gab keinen vernünftigen Grund, wieso Claire sich bei ihr melden sollte, noch dazu lange nach Feierabend.

„Hallo?"

„Hey, Emma, Claire hier. Wie geht es dir?"

„Danke, gut. Und dir?" Nicht, dass es sie interessiert hätte. Unwillkürlich verdrehte sie die Augen angesichts dieser sinnlosen Floskeln.

„Gut. Hör zu, es gab hier bei der Zeitung einige personelle Veränderungen, und wenn du willst, kannst du die Seite eins haben."

„Was?", rief sie ungläubig. „Was ist mit Kyle? Er hat doch den Posten bekommen."

„Er hat gekündigt. Und er hat vorgeschlagen, dass ich dir die Stelle gebe."

„Wie kommt er denn auf diese Idee?", fragte Emma verwundert.

„Was weiß ich?", gab Claire gereizt zurück. „Willst du den Job? In meiner Bar wartet ein Martini auf mich, und ich werde allmählich ungeduldig."

Welche Ironie, dass sie kein Interesse mehr an der Stelle hatte, auf die sie drei Jahre lang hingearbeitet hatte.

„Danke, Claire, ich weiß das Angebot zu schätzen, aber ich muss dir eine Absage erteilen", erklärte Emma. „Ich habe inzwischen einen neuen Job."

„Wo denn?"

„Bei einer gemeinnützigen Organisation."

„Machst du Witze? Du wirfst deine Zeitungskarriere einfach hin? Nach allem, was ich für dich getan habe?"

Ja, ihr zu kündigen. *Das* hatte Claire für sie getan. Doch Emma verspürte keine Wut mehr auf ihre ehemalige Chefin. Letztlich hatte die dafür gesorgt, dass ihr Leben einige unglaublich positive Veränderungen erfahren hatte. Sie war sich sicher, dass nichts davon in nächster Zeit eingetreten wäre, hätte sie weiterhin bei der Zeitung gearbeitet.

„Tut mir leid, aber ich bin für neue Dinge im Leben bereit.“ Es bedeutete eine immense Erleichterung, so etwas sagen zu können und es tatsächlich so zu meinen.

„Ihr seid beide verrückt. Mein Gott, was bin ich froh, dass ich nicht mehr fünfundzwanzig bin.“ Mit diesen Worten beendete Claire das Gespräch.

Lachend legte Emma das Telefon zur Seite und warf einen Blick in ihre E-Mail-Inbox. Nichts. Sie überprüfte den SMS-Eingang des Handys. Auch nichts.

Nach zwanzig Minuten zwang sie sich, den Computer herunterzufahren, und beschloss, sich einen Film anzuschauen, um sich abzulenken. Ein Handy, das unter Beobachtung stand, klingelte bekanntlich nie.

Die BBC-Verfilmung von *Stolz und Vorurteil* lief erst ein paar Minuten, und Emma überlegte schon, ob es wohl angebracht war, bis zu dem Punkt vorzuspulen, an dem Colin Firth aus dem Wasser stieg. Bevor sie sich entscheiden konnte, summte ihr Handy. Eine SMS von Kyle.

Habe gerade die Zeitung gelesen. Glückwunsch.

Danke.

Nachdem sie ihre Antwort abgeschickt hatte, fragte sie sich, ob sie etwas mehr dazuschreiben sollte. Sie hoffte, dass er trotzdem noch mal reagierte. „Sag bitte, bitte, bitte, dass du mit mir zusammen sein willst.“

Er, ledig, sucht Sie, ledig, die ihm vergibt, dass er sich wie ein Arschloch aufgeführt hat.

Emma kicherte vor Erleichterung und begann zu tippen.

Schon passiert. Er, ledig, hatte völlig recht.

Er, ledig, vermisst Sie, ledig, und möchte gern 'raufkommen.

Gleich darauf folgte ein Nachtrag von ihm:

Ich stehe unten auf dem Parkplatz. Ich liebe dich, Emma.

Volltreffer! Ihr Herz raste.

Ich liebe dich auch.

Emma rannte durch ihr Apartment, riss die Wohnungstür auf und stürmte barfuß die Treppe hinunter ins Erdgeschoss. Es kümmerte sie nicht, dass sie nur ihre Schlafanzughose und ein Tanktop ohne BH darunter trug. Kyle war bereits auf dem Weg zur Treppe, als sie unten ankam und ihm geradewegs in die Arme lief.

Er drückte sie an sich und wirbelte sie herum. „Es tut mir leid", murmelte er und küsste sie wieder und wieder.

„Ich war ein Idiot. Ausgerechnet an so einem Tag habe ich auch noch mit dir Schluss gemacht!“

Sie erwiderte jeden seiner Küsse und legte all ihre Leidenschaft für die Zukunft und ihr Bedauern für die Fehler der Vergangenheit hinein. „Mir tut es auch leid, dass ich dich belogen habe und dass mir meine Arbeit wichtiger war als alles andere.“

„Versuchen wir's noch mal von vorn.“

„Hört sich nach einer guten Idee an.“

Kyle grinste sie an und presste sie an sich. „*Emmas Extra-Extrablatt* könnte gut eine neue Schlagzeile gebrauchen.“

„Welche denn?“, fragte sie und verspürte einen wohligen Schauer.

„Wie wäre es mit *Frau macht Striptease für Freund*?“ Er hob vielsagend die Augenbrauen.

„Für den Anfang klingt das schon mal gut“, meinte sie, beugte sich vor und flüsterte ihm ihren Vorschlag für die Schlagzeile der nächsten Ausgabe ins Ohr. Sie musste laut lachen, als sie seine verblüffte Miene sah.

„Verdammt. Das gehört wirklich auf die Titelseite“, stimmte Kyle ihr zu. „Nur gut, dass ich heute gefrühstückt habe.“

Kyle nahm ihre Hand und eilte mit ihr die Treppe hinauf. Genau wie sie selbst konnte auch er es anscheinend nicht mehr erwarten, wieder mit ihr allein zu sein, um ihr zu zeigen, wie sehr sie ihm gefehlt hatte.

„Da ich kein Workaholic mehr bin, kann es sein, dass ich mich einfach hinlege und dich die ganze Arbeit erledigen lasse“, ließ sie ihn wissen.

„Kein Problem. Übrigens, nettes Foto. Mir gefällt der Ausschnitt.“

„War mir ein Vergnügen“, erwiderte sie forsch.

Kyle lachte. „Du hast ja keine Ahnung, was auf dich zukommt. *Frau stirbt an Überdosis Oralsex.*“

„Dann sterbe ich wenigstens glücklich“, konterte sie lachend und schloss die Wohnungstür hinter ihnen.

Er legte die Hände an ihre Wangen und erklärte sehr ernst: „Du machst mich sehr, sehr glücklich. Ich liebe dich.“

„Ich liebe dich auch.“ Sie drehte den Kopf und küsste seine Handfläche. „Und jetzt zieh dich aus.“

„Muss ich eine Verzichtserklärung unterschreiben?“, scherzte er.

„Ja – und zwar eine, mit der du mir dein Erstgeborenes überlässt.“

„Das sollte kein Problem sein“, sagte er leise und strich über den schmalen Streifen Haut, der zwischen ihrem Tanktop und der Schlafanzughose unbedeckt geblieben war. „Ich hoffe nämlich sehr, dass es auch dein Erstgeborenes sein wird.“

Dann ließ Kyle einen Kuss folgen, der ein Ausrufezeichen hinter seine Worte setzen sollte.

– ENDE –

Monica Murphy
Torn –
Ich begehre dich!

Band-Nr. 35073
9,99 € (D)
ISBN: 978-3-95649-301-0
eBook: 978-3-95649-540-3
304 Seiten

Ich hasse Gage Emerson, seine Milliarden, sein Wahnsinnslächeln, diese unglaublich grünen Augen! Der Mann kauft hier im Napa Valley Immobilien wie andere Leute Wein. Im Moment hat er es auf mein schickes kleines Café abgesehen. Und er verfolgt sein Ziel mit allen Mitteln … Ich muss einen klaren Kopf bewahren, sonst verliere ich dieses Spiel … Doch der Mistkerl bringt mich um den Verstand! Mir wird schwindelig, wenn ich nur an ihn denke – und seit unserem Quickie in seinem Sportwagen denke ich ununterbrochen an ihn. Seine fordernden Lippen auf meinen, sein verlockender Duft … Ich darf Gage nicht nachgeben, das wäre mein Ruin. Und doch wünschte ich, wir wären wieder in diesem Auto, nur wir beide, nackt …

Band-Nr. 35069
9,99 € (D)
ISBN: 978-3-95649-235-8
eBook: 978-3-95649-490-1
432 Seiten

Lisa Renee Jones
Play with me

Vorhang auf für „Stepping Up“, die aufregendste Tanz-Castingshow von Las Vegas: Sinnliche Rhythmen auf der Bühne und hemmungsloses Verlangen hinter den Kulissen!

TV-Produzentin Meagan hat eigentlich schon genug Stress beim Dreh von „Stepping Up“. Da hat Sam ihr grade noch gefehlt. Denn der sexy Sicherheitschef des Senders, sorgt mit seinen sinnlichen Blicken dafür, dass ihr ganz heiß wird … Moderatorin Darla wird in Versuchung geführt: Sie muss bei der Tanzshow ausgerechnet mit Blake, dem arroganten Playboy vom Konkurrenzsender, zusammenarbeiten. Schon lange weckt er in ihr unwiderstehliche erotische Fantasien … Tänzerin Kat ist glücklich, einen Job in der berühmten Castingsendung ergattert zu haben. Bis sie erfährt, dass ihr verführerischer Exmann Jason der Regisseur ist. Zu oft hat er ihr das Herz gebrochen. Dennoch setzt sie es für eine wilde Nacht erneut aufs Spiel …

Willkommen auf der dunklen Seite der Lust ...

Sandra Henke
Das Geheimnis meines Meisters

Band-Nr. 35062
9,99 € (D)
ISBN: 978-3-95649-046-0
eBook: 978-3-95649-466-6
320 Seiten

Gefangen im Netz der Lust: Erst zaghaft, dann immer leidenschaftlicher kommen sich Willow und ihr neuer Boss, der attraktive, aber zurückgezogen lebende Unternehmer Dale Henderson näher. Doch dann trifft sie nachts in dessen Mansion auf den mysteriösen maskierten Savage. Wie im Rausch lässt Willow sich von dem dominanten Fremden auf die dunkle Seite der Begierde führen. Hin- und hergerissen zwischen dem strengen Meister Savage und ihrem einfühlsamen Lover Dale, stößt sie plötzlich auf finstere Abgründe in der Familiengeschichte der Hendersons, die beide Männer in einem neuen Licht erscheinen lassen ...